講談社文庫

ベスト８ミステリーズ２０１５

日本推理作家協会 編

講談社

ベスト8ミステリーズ

BEST 8 MYSTERIES 2015

目次

〈日本推理作家協会賞　短編部門　受賞作〉

日本推理作家協会賞
短編部門　受賞作

おばあちゃんといっしょ

大石直紀《おおいしなおき》

1958年、静岡県生まれ。関西大学文学部史学科卒業。1998年『パレスチナから来た少女』で第２回日本ミステリー文学大賞新人賞を受賞し、翌1999年にデビューを果たす。中東問題をテーマにしたスケールの大きさが評価された。2003年には『テロリストが夢見た桜』が第３回小学館文庫小説賞を得る。本賞はプロ、アマチュアの区別なく公募する賞で、作者自らがすでにデビューしているにもかかわらず積極的に応募して入賞したのである。この作品もイラク戦争という世界規模の大事件を取り上げ、それを新幹線乗っ取りと結び付けたパニック・ミステリーに仕上がっている。2006年『オブリビオン～忘却』（後に『夢のすべて』と改題）で第26回横溝正史ミステリ大賞テレビ東京賞を受賞。その他、コージー色の濃いもの、映画のノベライズも得意分野にしている。今回収録の作品では国際性を打ち出してはいないが、むしろコンパクトな造りに巧みなひねりを利かせている。（N）

プロローグ

おばあちゃんは詐欺師だった。

映画やテレビドラマに出てくるような、瞬く間に大金を稼ぎ出す詐欺師ではない。おばあちゃんが手にするのは、一度の詐欺でわずか百七十円。それが一時期、私とおばあちゃん二人の生活を支えていた。

おばあちゃんの「仕事場」は、京都市内にある橋の上だ。ただし、繁華街の真ん中にあって、警察が目を光らせている三条大橋や四条大橋などではない。おばあちゃんは、街の中心地から離れた、さほど人通りが多くない、長い橋を選んだ。

中でもお気に入りだったのは、三条大橋から二キロ余り鴨川を北上したところにある賀茂大橋。この橋の上からは、「五山の送り火」で有名な大文字山と、比叡山が一望できる。橋のすぐ北側には下鴨神社、西には京都御苑があり、周辺には観光客の姿も目につく。

長さ百メートル足らずのこの賀茂大橋を、おばあちゃんは、小さなキャリーケースを手に、片足をわずかに引きずりながら三十分以上かけて往復した。そして、すれ違う人全員に声をかけた。

——すいません。

ようやく聞き取れるほどの声、すがるような表情——。誰もが一瞬おばあちゃんの顔に目を向ける。

大半の人はそのまま通り過ぎる。でも、立ち止まる人もいる。

すかさずおばあちゃんは続ける。

——財布を落としてしもたんです。中には大したお金はなかったし、大事なもんも入れてなかったんで、それはどうでもええんですけど、家に帰るお金がないんです。バス代の百七十円だけ貸してもらえないでしょうか。

身に着けているセーターには毛玉が浮き出し、靴もすり減っているが、おばあちゃんから不潔な感じはしない。化粧気はなく、表情も暗いが、よく見ると上品な整った顔立ちをしていることもわかる。

おばあちゃんは決して物乞いには見えない。そこが狙い目なのだ。

ひと通り話したあと、おばあちゃんは黙って相手の反応を待つ。舌打ちして去って行く人もいれば、交番に行くよう言い聞かせてから歩き出す人もいる。

そして、金を差し出す人もいる。

四歳のとき、私はおばあちゃんと二人で暮らし始めた。

両親の記憶はほとんどない。父親は私が生まれてすぐ姿を消し、母親は、私が三歳のとき、働いていたスナックの常連客だった妻子ある男性と駆け落ちしたという。二人からは、その後なんの連絡もない。

しばらくの間児童養護施設で生活していた私を、おばあちゃんは引き取ってくれた。六畳ひと間のアパートが、おばあちゃんと私の住処だった。古い簞笥の上に、私が生まれた年に亡くなったおじいちゃんの小さな遺影が、ぽつんと置かれていた。

当時、おばあちゃんは職を転々としていた。ひとつの仕事が長続きしなかったのは、働いていたスーパーやドラッグストアや総菜屋で、賞味期限が切れた食料品や、テスターとして店頭に出すはずの化粧品や、余った料理を勝手に持ち出し、知り合いに売っていたことがバレて首になるからだ。おばあちゃんは、何度首になろうが懲りなかった。新しく移ったパート先でも同じことを繰り返した。

健康食品のマルチ商法にも手を出した。口のうまいおばあちゃんは、近所の人たちに高額の商品を売りつけた。それが詐欺だということがわかると、被害者がおばあちゃんのところに押しかけ、警察まで出動する騒ぎになった。

――うちかて被害者や。

おばあちゃんはそう反論していたが、本当はかなり儲けていたのではないかと思う。宝飾品が大好きなおばあちゃんは、指輪やネックレスをよく買っていた。そして、それを身に着け、鏡台の前で得意げにポーズをとっていた。

マルチ商法騒ぎのあと、おばあちゃんはしばらくの間おとなしくしていた。家にやって来た市の福祉課の職員から、このままでは私をまた児童養護施設に戻すことになるかもしれない、と言われたからだ。

おばあちゃんは、ビルの清掃のパートを始めた。月曜から金曜まで、毎日きちんと働いた。でも、それも長続きはしなかった。

――便器についた他人のうんこの始末するんはもうあきた。

数ヵ月たったとき、おばあちゃんはうんざりした顔でそう言った。そして、橋の上に立つようになった。

おばあちゃんが出かけている間、私は、買い置かれた菓子パンで空腹をしのぎながら、ほとんどの時間を、部屋の中でテレビを見たり絵を描いたりして過ごした。そんな生活は、別に苦痛ではなかった。私はひとりだけの時間を楽しんだ。おばあちゃんが買って帰る、たこ焼きや焼きそばやプリンのことを考えると胸が弾んだ。

おばあちゃんは、ときどき私を外に連れ出してくれた。

おばあちゃんの仕事が終わるまで、私は川辺に腰を下ろしてスケッチブックに絵を描いたり、近くの商店街の中を探検したりして時間を潰した。おばあちゃんは、ひとつの橋を何度か往復すると、別の場所に移動した。

まだ五十代だったおばあちゃんは、わざと腰を曲げて老人のフリをしていたから、橋を降りると思い切り身体を伸ばし、入念にストレッチを繰り返した。

私といっしょのときは、昼になるとコンビニで弁当を買い、ベンチに並んで食べた。二人でスーパーに行くこともあった。おばあちゃんは、チョコレートやクッキーなどをいくつか平然と自分のバッグに入れて店を出た。お菓子を頬張りながら、私は、おばあちゃんの仕事ぶりを見守った。

一日の収入は、少ないときで三千円、多いときには八千円ほどあった。稼ぎのいい日は帰りに食堂に寄り、ラーメンやオムライスや唐揚げを食べた。おばあちゃんはおいしそうにビールを飲んでいた。

おばあちゃんとの生活は楽しかった。私はずっとそれが続くものと思っていた。しかし、橋の上の「仕事」を始めて半年後――。

楽しい日々は、突然、終わりを告げた。


その日――、私は川辺の遊歩道に置かれたベンチに腰を下ろし、橋の上のおばあちゃんの様子をちらちらとうかがいながら、スケッチブックに色鉛筆を走らせていた。雲一つない秋晴れの昼下がりだった。

不意に、女がベンチに近づいて来た。ピンクのミニのワンピースを身に着けた、厚化粧の若い女。ついさっき、近くの電話ボックスに入るところを、偶然私は見ていた。もちろん、女のことなど私は気にも留めていなかった。

私の横に立つと、女はまずスケッチブックに目を落とし、次に頭上数メートルの高さにある橋を見上げた。絵は、橋の上のおばあちゃんの姿を描いたものだった。

――あの人、あんたのおばあちゃん？

突然、女は訊いた。

私は息を吞んだ。自分が橋の上にいる間は、決して二人の関係を他人に気づかれてはいけない、とおばあちゃんに言い聞かせられていたのだ。

私は、黙ったまま首を左右に振った。女は薄く笑った。

——でもそれ、あの人やろ?

女が再びスケッチブックに目を向ける。私は激しく首を振った。

おばあちゃんは、私たちがいるベンチからわずか十メートルほどのところにいたが、こっちに背を向け、橋を向こう側に渡っているところだった。私たちのことには気がついていない。

そのとき、橋の向こう側から警官が二人、自転車でやって来るのが見えた。

——ごめんね。恨まんといてよ。

ささやくように女は言った。

おばあちゃんの横で、警官は自転車を降りた。険しい表情で声をかける。

私は腰を浮かせた。膝の上からスケッチブックが滑り落ちた。心臓が激しく波打つ。息が苦しい。どうしたらいいのかわからない。

いつの間にか、女がいなくなっていた。振り返ると、足早に遠ざかる後ろ姿が見えた。女が警官を呼んだのだ、と私は気づいた。

警官のひとりがこっちに目を向けた。呆然と立ち尽くしている私を見て訝《いぶか》しげな表情になり、おばあちゃんに話しかける。おばあちゃんはうなだれ、横目で私を見ながら、何かをつぶやいた。私のことを話したのだとわかった。

警官の顔色が変わった。その瞬間、おばあちゃんとはもういっしょに暮らせなくなるのだ、と悟った。

足元に落ちたスケッチブックを拾うと、私はゆっくりそれを閉じた。

私はおばあちゃんと引き離され、再び児童養護施設に入った。

――今度こそまともに働いて、あんたを迎えに来るさかい。

おばあちゃんはそう言ってくれたが、そんな日がこないことはわかっていた。

逆に私は、将来施設を出たら、私がおばあちゃんを引き取ろうと思うようになった。大金を稼ぎ、おばあちゃんと二人で贅沢な暮らしをする――。それを夢見た。

成長するにつれ、私は、自分ならおばあちゃんよりもっとうまくやれるはずだと思うようになった。人は簡単にだますことができる。それは、おばあちゃんが目の前で証明してくれた。

警察に逮捕されることなく、一度に何十万、何百万と手にできる仕掛けができないものか、私はずっと考え続けた。そして、詐欺事件に関するルポルタージュや小説を図書館で読みふけった。その世界について知れば知るほど、だますほうが悪いのではなく、だまされるほうがバカなのだと思うようになった。

学校を卒業し、広島の小さな建設会社に就職が決まると、私は養護施設を出て、会社の寮でひとり暮らしを始めた。おばあちゃんには、もうしばらく待っていてほしいと頼んだ。

二年間、生活を切り詰めて、二百万ほど金を貯めた。これから始める仕事の資金だった。

私は、詐欺師になった。

1

巫女の衣装に身を包んだ竹田美代子《たけだみよこ》は、首を捻って背後に顔を向け、祈り続ける人々の様子をうかがった。

古い蔵を改造して畳を敷き詰めた二十坪ほどの広さの道場には、二十数人の信者がいた。半数近くは七十歳を超えた老女で、残りは三十代から六十代の女性が数人ずつ。男性の姿はない。

ところどころに立てられた蠟燭の炎が、正座した人たちの姿を青白く浮かび上がらせている。誰もが、顔の前で合わせた両手を震わせながら、一心不乱に呪文のような言葉をつぶやいている。

「オンサラビ、エギヤットルモンソニカ――、オンサラビ、エギヤットルモンソニカ――」

信者たちは、その文句を唱えるだけで御利益があると信じている。もちろん、そんなことはあり得ない。言葉は美代子が適当に考えたものだ。

信者たちの前方には、金ぴかの祭壇が設けられている。そこに祀られているのは、蚕のような形をした緑色の大きな虫の模型だ。

祭壇の上の壁には、「常世教《とこよのきよう》」と筆で書かれた額が掲げてある。

『日本書紀』によると、飛鳥時代の七世紀半ば、静岡県の富士川近くで、「常世神《とこよのかみ》」なる新興宗教が興った。その教えは、アゲハチョウの幼虫と思われる虫を神であるとし、「虫を祀りさえすれば、貧者は富を得、老人は若返る」という荒唐無稽なものだった。教祖である大生部多《おおうべのおお》は、新たに大きな富を得て若返るためには、今所有している財産はいったん全て捨て去らなければならないと説き、信者に喜捨を求めた。人々は、我先にと財産を教祖に差し出した。まるで現在のカルトの原型のような宗教だ。

この教団を打ち滅ぼしたのが、聖徳太子の側近だったといわれる秦河勝《はたのかわかつ》。渡来人である秦氏は、日本に養蚕と絹織物の技術を伝えたことでも有名だが、「常世神」をなきものにしたことで、一部の人々は後に河勝を神格化するようになる。

京都市太秦《うずまさ》は、河勝はじめ、秦氏一族に縁の深い地域だ。秦氏にまつわる遺跡や寺社も数多い。そこで美代子は、この宗教詐欺を考え出した。

秦河勝の子孫である教祖と、大生部多の子孫である巫女。ここ太秦の地が持つ霊力に引き寄せられた二人が、千三百七十年のときを経て奇跡の出会いを果たす。そして、かつての宿敵同士が、悩み苦しむ人々を救済するため、恩讐を捨てて力を合わせることを決意する。かくして、「常世教」という、究極のパワーを秘めた宗教が誕生することとなった。

バカバカしいにもほどがある話だが、驚いたことにそれを信じてしまう人間がいる。人は「歴史上の人物の子孫」という肩書に弱く、荒唐無稽な話ほど、いったん受け入れてしまうと疑うことを忘れる。

人は簡単にだますことができる。

無論、美代子は大生部多の子孫などではない。教祖は、鴨川に架かる橋の下で生活していた、佐原芳雄《さはらよしお》という四十五歳のホームレスだ。元商社マンだったという佐原は、女とギャンブルにのめり込み、会社の金を使い込んで解雇。闇金の取立てから逃れるために、東京から京都に流れて来たのだという。

切れ長の涼しげな目に、外国人のような高い鉤鼻、いかにも福がありそうな大きな耳――。昔の映画スターをほうふつとさせるその容貌をひと目見るなり、美代子は、教祖に打ってつけだと判断した。

住居を用意し、月給として二十万円支払うことを約束すると、佐原は、大喜びでこの話に飛びついた。

今、佐原は、黒い烏帽子を被り、「狩衣《かりぎぬ》」と呼ばれる平安時代の公家が着ていたような装束を身に着けて、祭壇の前で頭を垂れている。

横目でその背中を見た美代子は、思わず顔をしかめた。身体が前後に揺れていたのだ。

――教祖が居眠りしてどうする。

信者たちに背を向けているから、気づかれてはいない。膝立ちしてそっと近づき、太ももを指でつねる。佐原がハッと目を開く。

美代子が睨むと、元ホームレスの教祖は首をすくめた。

全員での祈禱が終わると、祭壇の横に作られた小部屋に、信者がひとりずつ呼ばれる。「霊視」を行なうためだ。

三畳ほどの広さの板敷の部屋。そこに置かれた小さなテーブルの前に信者が、その正面に教祖が座る。教祖は、信者の顔の前に手をかざす。薄く目を閉じ、微かに首を傾げる。そして、おもむろに口を開く。

――あなたの父方の五代前に殺人者がいる。殺人者の血を清めないと、家族の誰かが暴漢に襲われ、大怪我をする。

――あなたの背後に戦国時代の武将の姿が見える。その武将は、母方の先祖で、村を焼き払い多くの人を死に至らしめた。死者の霊を鎮めないと、身内の誰かが大やけどを負う。

――あなたの肩に、水子の霊が乗っている。父方の四代前に、人知れずお腹の子を始末した者がいる。激しい肩の痛みに襲われるのは、水子を供養していないせいだ。

教祖のお告げに信者たちは恐れ慄《おのの》き、除霊などの神事を行なってもらうために金を差し出す。

佐原の後ろで、美代子はその様子を仏頂面で眺めている。

2

「お疲れさん」

信者たちが全員帰ると、肩を叩き、首を回しながら佐原が声をかけた。

「あんた」

くわえタバコの美代子が目を細める。

「あと一回居眠りしたら首にするからね」

「おお、こわ」

佐原はへらへらと笑っている。本気にしていない。自分がいなければこの商売が成り立たないことがわかっているからだ。

美代子は舌打ちした。金の入ったバッグを手に蔵を出る。

蔵の周りは、高さが二メートルほどのアルミ格子のフェンスで囲まれているが、すぐ隣には古い屋敷が建っている。その二階の窓から、苦々しい顔つきの老夫婦がこっちを見下ろしていた。笑顔で会釈し、フェンスのすぐ外側に停めていた車に乗り込む。

蔵を含む三十坪ほどの土地は、元々その夫婦のものだった。自分たちが住む屋敷を除いた、使っていない蔵つきの土地を売りに出したのを知り、美代子が買い取ったのだ。夫婦は、インチキ宗教のために蔵が使われるとは思ってもいなかっただろう。知ったときには後の祭りだ。

とはいえ、夫婦に実害を与えているわけではない。屋敷と蔵の周りには畑が広がっており、住宅街とは距離があるため、近所から苦情がくることもない。

「じいさんとばあさん、怖い顔で睨んでたぜ」

言いながら佐原が後部座席に滑り込んできた。

「ほっとけばいい」

「訴えられないかな」

「あの夫婦には訴える理由なんてない」

訴えられるとしたら、金をだまし取った人間からだろう。

「常世教」を始めて二年ほど。そろそろ警察やら弁護士やらが動き始めても不思議はない。そのときはそのときだ。

「あんたが心配することやない。私に任せといて」

不安げな表情で屋敷を振り返る佐原に向かって言うと、美代子は車を発進させた。佐原を住まわせているワンルームマンションは、道場がある太秦から遠く離れた、平安神宮にほど近い白川沿いにある。赤く色づき始めた大文字山を前方に見ながら、東に向かって車を走らせる。

三条通を左手に折れ、白川に沿って続く細い道に入ったところで、美代子は眉間に皺を寄せた。マンションの玄関前に若い女が立っているのが見えたのだ。胸の大きく開いたVネックのセーターに、ひらひらしたミニスカート。

「ああ、和希《かずき》ちゃんだ。待っててくれたんだ」

佐原が嬉しそうな声を上げる。

和希というその女とは、近くのパブで知り合ったのだという。ネズミほどの知能しかない、若さだけが売りモノのバカ女だ。

車を停めると、腰を振り、満面に笑みを浮かべながら女が後部座席に歩み寄った。ふわふわした茶色の長い髪に、やたらに長いつけまつげ、黒目コンタクト、てらてらしたピンク色の唇――。本人は二十歳だと言っているらしいが、本当はもう少し上かもしれない。最近、女性の年齢はまるでわからなくなった。そういう美代子も、すでに四十八歳になるが、四十歳より上に見られたことはない。年齢をごまかすことなど、詐欺師には朝飯前だ。

車から出ると、佐原は女と手を繋ぎ、スキップするようにしてマンションの中に入っていった。

それを見ながら、美代子はため息をついた。頭の中では、チカチカと危険信号が点滅している。

そろそろ見限り時かもしれない、と美代子は思った。佐原はこのところ言うことを聞かなくなっている。祈禱中の居眠りもそうだが、マンションの部屋に他人を入れないよう何度も言い聞かせているのに、完全に無視している。最近では、月給の値上げまで要求していた。

――女とギャンブルで身を持ち崩すような男は、所詮何をやらせてもダメなのだ。

苦々しい思いで、美代子はアクセルを踏んだ。

美代子のマンションは、銀閣寺にほど近い閑静な住宅街の中にある。平安神宮の前を通り過ぎ、白川通を北に上がって行く。

マンションの駐車場に車を停め、エレベーターで最上階に上がる。部屋の前に立つと、美代子は、ドアの三ヵ所にある鍵を順に開けていった。二つは美代子がつけさせたものだ。詐欺師が空き巣被害などに遭ったらシャレにならない。用心するに越したことはない。

廊下を進み、突き当りにあるリビングに入る。広さは二十畳ほど。部屋の中央に、黒い革張りのソファと、ノートパソコンが載ったガラステーブル。壁際には大画面テレビとオーディオセット。大きな書棚には、小説から評論、ルポルタージュ、さらには、ファッションや科学、料理など、様々なジャンルの本や雑誌が詰まっている。

バッグをソファに置き、カーテンを引き開ける。広いベランダを隔てて、正面に大文字山が見えた。山肌に「大」の文字が浮かび上がっている。八月十六日の夜には、ベランダに出したテーブルで、シャンペン片手にひとりで点火の様子を楽しんだ。火文字が夜空に浮かび上がる様は、幻想的で美しかった。

踵を返してソファの上のバッグを取り上げ、書棚の横に向かう。そこには、高さが一メートルほどある鉄製の金庫が、むき出しのまま置かれている。金庫自体も百キロ以上ある重いものだが、さらに床と壁にしっかり固定してあるので、持ち出すことはほぼ不可能だ。とびきり頑丈にできているから壊すことも容易ではない。

金庫の前にしゃがみ、右上についた番号ボタンに指を伸ばす。暗証番号は五桁。数字の組み合わせは美代子の頭の中だけにある。

五つの数字を押し終えると、ピッ、という短い電子音がした。取っ手に手をかけ、扉を開ける。

一番上の段には、二千万円ほどの現金。中段に千数百万円の価値がある株券。一番下には、一千万円以上の値打があるというダイヤの指輪をはじめ、金や真珠のネックレスなどの宝飾品が収められている。いずれも信者からだまし取ったものだ。

以前は、稼いだ金品は銀行の口座と貸金庫に入れていた。しかし、五年ほど前、仲間と組んでやっていた美容サプリメントの詐欺が発覚したとき、逃亡する直前に全て差し押さえられてしまい、一円も持ち出せないことがあった。それをきっかけに、美代子は、金品のほとんどを自分の身近に置いておくことにした。今では、金庫を開けて宝の山を眺めるのが、何物にも代え難い楽しみになっている。

今日一日の稼ぎである六十三枚の万札をバッグから出し、十万円ずつの束にして上の段の一番端に置く。三万円は自分の財布に入れ、金庫の扉を閉める。

よいしょ、と言いながら立ち上がると、美代子はソファに腰を下ろした。パソコンのスイッチを入れる。添付文書がついたメールが一通届いていた。新たなカモ候補のリストだ。

近畿地方にあるいくつかの大病院には、美代子の協力者がいる。そこで働く看護師や職員、入院患者の付添人を買収して、重病患者のリストを送ってもらっているのだ。毎週のように届くそのリストには、癌をはじめ、重い糖尿病や心臓疾患などに罹っている患者とその家族の氏名、住所が書かれている。

藁をもつかむ心理状態にあるとき、人は最もだまされやすい。

美代子はすぐに、添付文書をプリントアウトした。

3

赤木《あかぎ》静子《しずこ》は、疲れ切った足取りで門扉を開けた。

末期の肝臓癌と診断されている夫は、今日も病院のベッドの上で苦しんでいた。医師には「痛い、苦しい」と訴え、静子に向かって「もう死にたい」と繰り返した。

ひとり娘は、夫の仕事の関係で、二人の子どもといっしょにニューヨークに住んでいる。簡単に帰って来られないことはわかっているが、今は側にいてほしかった。ひとりでいると、悲しみに押しつぶされそうになる。

鉛のようなため息を漏らしながら門扉を閉め、すぐ横にある郵便受けを開ける。中には、夕刊といっしょに、パンフレットのようなものが入っていた。B5サイズで、表紙の上には『不可能を可能に、絶望を希望に――　あらゆる病苦を取り去る究極の神霊力』と書かれている。その下には、星空の下で手を繋ぐ四人家族のイラスト。

ひと目見て、いかがわしい、と静子は思った。ただ、最後の文句が気になった。あらゆる病苦を取り去る、とはどういうことか。

家に入り、居間の座椅子に腰を下ろすと、パンフレットを開いた。十数ページの薄いもので、その内容のほとんどは、「半身不随で寝たきりだった夫が歩けるようになった」とか、「妻の癌がきれいに消えた」とか、「現代医学では治療方法がないと言われている娘の難病が治った」とかいう体験談だった。

読み進めるうちに、いかがわしい、という最初の印象は薄くなっていった。書かれていることがもし本当なら、この不思議な力に最後の望みを託してみてもよいのではないか、と静子は思い始めた。

パンフレットの最後のページには、アンケートハガキがついていた。「現在悩み事がある」「パンフレットの内容に興味がある」「もっと詳しい話を聞いてみたい」という三項目の質問に「はい」か「いいえ」で答えるだけの簡単なものだ。最後に、名前と住所、電話番号を書き込む欄がある。

わずかに迷ったあと、静子はペンを取った。話だけでも聞いてみる価値はあるかもしれないと思った。このままでは、遅かれ早かれ夫は死んでしまう。ダメで元々なのだ。

記入を終え、ホッとひとつ息をついたとき、玄関のチャイムが鳴った。

すでに時刻は午後七時を過ぎている。こんな時間に誰だろう、と訝りながら、静子は腰を上げた。

4

待ち合わせ場所に指定した木嶋《このしま》神社の鳥居の前には、すでに白髪の老女が立っていた。赤木静子に間違いない。

車の運転席からその姿をひと目見ただけで、美代子は、これは久々の上カモだ、と思った。

静子は、銀鼠《ぎんねず》色の紬に、白系の帯を合わせている。それがどれほど高価な着物か、遠目からでもわかった。手にしているハンドバッグも、名の知れた老舗鞄店のものだ。おそらく数十万円はするだろう。

もし一度に大きく稼ぐことができたら、佐原を残してとっととトンズラしようと美代子は決めていた。もしかしたら、早々とその機会が訪れるかもしれない。

神社の駐車場に車を停め、緑色の作務衣を着た佐原と共に鳥居の前に向かう。今日の美代子は、シンプルな紺のスーツ姿だ。

近づく二人を見て、静子の顔にわずかに緊張の色が浮かんだ。

「赤木静子さんですね。昨日はお電話で失礼いたしました」

美代子が笑顔でお辞儀する。

「こんなところまでご足労いただきまして、申し訳ございません。私は大生部みちる。こちらは秦公房《はたのこうぼう》先生でいらっしゃいます」

佐原は無言で前に進み出た。静子が挨拶しても眉ひとつ動かさず、じっと顔を見つめている。静子は明らかに戸惑っている様子だ。

「あなた、お身内に重い病気の方がおられるでしょう」

いきなり佐原は言った。

「それも、とても身近な方だ。ご主人ですか?」

静子の目が大きく見開かれた。

「ど、どうしてそれを……」

「先生には人の心を霊視する力がおありなのです」

口元に笑みを浮かべながら美代子が説明する。

「今日、ここにお越しいただいたのは、本日がちょうど、一週間に一度先生がこちらにご参拝される日だからなのですが……。先生がこちらでパワーを取り込む様子を、赤木さんにもご覧いただけたらと思いまして」

「パワーを、取り込む……？」

「口で説明するより、実際に見ていただいたほうがいいでしょう。どうぞ」

美代子は鳥居の内側を指し示した。本殿まで、真っ直ぐ石畳が続いている。左右を木々に覆われ、日の光はわずかしか地面に届いていない。

佐原が先頭、静子を挟んで美代子が続く。他に参拝者の姿はない。

本殿の手前にある建物の陰から、神官用の白衣に浅葱《あさぎ》色の袴を身に着けた初老の男性が現れた。佐原を見ると立ち止まり、素早く道を開ける。男は深々と頭を下げた。美代子たちが通り過ぎるまで微動だにしない。

静子が驚いているのが、後ろからでもわかった。

「この神社の起源は、秦氏がこの地に水の神を祀ったことだと言われています。秦氏の末裔である先生は、こちらでは特別な存在として敬われているのです」

美代子の説明に、前を行く静子が、感心したようにうなずく。

参道の突き当りにある石段を上がり、森の中にぽつんとたたずんでいるような古い本殿の前に出る。

佐原は両手を合わせ、頭を垂れた。

「オンサラビ、エギヤットルモンソニカ――、オンサラビ、エギヤットルモンソニカ――」

その口から祈りの言葉が漏れる。佐原の後ろに立つ美代子が手を合わせ、目を閉じると、静子も慌ててマネをした。

「では、こちらへ」

祈禱を終えると、佐原は本殿の左手に進んだ。鬱蒼と木が生い茂る中に、石垣で囲まれたスペースがある。元々は小さな池だったのだが、今は水は涸れ、地面がむき出しになっている。その中央に、高さが五メートルほどの鳥居が建っているのが見える。

竹で作られた胸ほどの高さの柵の前まで歩く。それ以上、鳥居には近づけない。

「この神社は、一般的には『蚕《かいこ》ノ社《やしろ》』と呼ばれています。ご存知ですか？」

左横に立つ静子に、美代子はたずねた。

「あの……、聞いたことはあるのですが……」

静子の住まいは、大阪府吹田市にある。この辺りのことにはさほど詳しくないようだ。

「秦氏は、日本に養蚕と絹織物の技術を伝えたと言われています。社は、そのことに因んで建立されたものです」

美代子は、鳥居を指さした。

「御覧なさい。柱が三本あるでしょう？」

その鳥居は、三本の石柱が立つ珍しい形状をしており、三方から遥拝《ようはい》ができるようになっている。その中心には、石を盛って作られた神座がある。

「鳥居を上から見ると、三角の形をしています。その三角形の中心は宇宙の中心をも表します」

静子に顔を向ける。

「ピラミッドが三角形をしているのはご存知でしょう？　ピラミッドも同じです。三角形の中心には宇宙のパワーが宿ると言われています」

「はあ……」

「先生はこれから、鳥居の中心にある神座からパワーをいただきます。そしてそのパワーを、人を救うためにお使いになります」

「ぬうっ！」

鋭く気合を発しながら、佐原は両手のひらを鳥居に向かって突き出した。

腕がぷるぷると震え始める。頰が紅潮する。

「ああ……」

静子の口から驚きの声が漏れた。鳥居の下の神座が、ぼおっと青白い光を発したのだ。

「宇宙からの霊気です。今、先生がその気を取り込んでおられます」

静子の耳元で美代子がささやく。

そのとき、背後で笑い声がした。振り返ると、観光客らしい若いカップルがこっちに向かって歩いてくる。美代子は、右横に立つ佐原の足を軽く蹴って合図した。

佐原が手を引っ込める。同時に、光が消えた。

驚愕の表情を浮かべたまま、静子はその場に立ち尽くしていた。

5

道場に誘うと、静子は素直に車に乗り込んだ。もう引っかかったも同然だ。あとは仕上げだけだった。

道場では、数人の信者が祈禱していた。佐原と美代子が入って行くと、拝むように手を合わせる。佐原が笑顔で会釈する。その様子を見ながら、静子があとに続く。

祭壇の横にある小部屋に入ると、佐原は早速、静子の顔の前に手のひらをかざした。しばらくの間、目を細めて額の辺りを睨みつけ、苦い顔つきで腕を下ろす。

「あなたには、たくさんの邪悪な霊が憑いています。災いはその霊の仕業です」

重い口調で、佐原は告げた。

「あなたの先祖の何人かは、昔、ずいぶんと残酷なことをしたようです。たくさんの人を殺し、たくさんの人を不幸に陥れています。もちろんそれはあなたのせいではない。しかし、何故か霊はあなたに取り憑き、あなたの身内に不幸をもたらそうとしている」

静子の顔に怯えの色が浮かぶ。

「あなたには、遠く離れた場所にお身内がいらっしゃいますね？　おそらく、お子さま……、娘さんでしょうか？」

ぽかんと口を開けたまま、静子は微かにうなずいた。あまりの驚きに言葉を失っているようだ。

「このままでは、娘さんやそのご家族も病気で倒れることになりかねません」

「私は……」

静子はようやく声を発した。

「いったい、どうしたらいいのでしょうか」

「根本的に問題を解決するには、ある程度の時間をかけて除霊するしかないでしょう。これから毎日、ここにいらっしゃい」

「けど、主人の命は、もう長くは……」

「除霊にどのくらいの時間がかかるかは、あなたの心がけ次第です」

「心がけ……？」

「除霊を行なうには、あなたを惑わしているものを全て投げ出す必要があります。おいしい食べ物、快適な暮らし、豪華な装飾品……、今あなたが身に着けている着物も、バッグも、あなたを惑わすものです。あなた自身から余分なものを取り払い、純粋な気持ちで臨まない限り、除霊はできません」

「全てを喜捨する覚悟はおありですか？」

美代子があとを継いだ。

「喜捨？」

「お金や宝飾品など、喜捨していただければ、我々が責任をもって、世界中にいる恵まれない人々のために使わせていただきます。そういう功徳を積むことでも、邪悪な霊はあなたから去って行きます」

静子はうつむいた。唇を噛み、じっと考え込む。

「今すぐに、全てを喜捨しろと申しているわけではありません」

美代子が続ける。

「現世で生きていくためには、お金も必要です。とりあえず銀行預金の半分、あるいは三分の一でも構いません。まずは、あなたがそういう気持ちになれるかどうかが大切なのです」

静子は顔を上げた。

「本当にそれで、主人の病気が治るのでしょうか。娘の家族が不幸にならずに済むのでしょうか」

美代子は小さく息をついた。小部屋のドアを開け、信者の名前を呼ぶ。

中年の女性がひとり、中に入って来た。あなたのことを教えてあげてください、と美代子が告げると、おずおずとした口調ながら、自分の家族に起きた奇跡について語り始めた。

夫は末期の肺癌と診断されていた。いくつか病院を変えたが、診断は同じだった。

藁にもすがる思いでここに来た。取り憑いていた悪霊を追い払い、宇宙の霊気を分け与えてもらうことで、夫の癌は消えた。今では、夫と二人、健康に仲良く暮らしている。

語る女性の顔を見ながら、静子は目に涙を溜めている。

落ちる――、と美代子は確信した。静子は、今まで見聞きしてきたことを全て信じている。喜捨を申し出るのは時間の問題だ。

アンケートハガキが返ってくると、美代子は、病院の協力者に連絡を取って、静子の家族に関する詳しい情報を集めさせた。そして、待ち合わせ場所の木嶋神社に、神官の衣装を着た仲間を待機させ、鳥居の下にはリモコンで操作できるライトを隠し置いた。リモコンは美代子のスーツのポケットの中にあった。そして、ダメ押しとして、道場に信者のサクラを用意した。

女性が話を終えた。静子はハンカチで目頭を押さえている。

一礼して女性が出て行くと、静子は、覚悟を決めたかのように、真っ直ぐ佐原を見つめた。そして、よろしくお願い致します、と言って頭を下げた。

6

翌日の昼過ぎ、静子は千五百万円を現金で持ってきた。

バッグを開け、銀行の帯封がついた札束を佐原と美代子に見せると、静子は、今自分に用意できるのはこれが精一杯だ、これで家族を助けてほしい――と、必死の形相で頼んだ。

佐原は、にこりともしないでうなずいた。そして、静子を祭壇の前に誘《いざな》った。緑色の虫の模型の前に仰向けに寝かせ、頭からつま先へ向かって、ゆっくり手のひらをかざしていく。

わずか一分で除霊は終わった。

さも疲れ切ったかのようにその場にへたり込むと、佐原は荒い息を繰り返した。上半身を起こした静子が、心配そうな顔を向ける。

「強い」

ひとつ大きく息をつくと、佐原は言った。

「あなたに取り憑いている悪霊は、なかなか強い。だが、いくらかは去って行きました。あと何度か繰り返せば、ひとつ残らず離れて行くでしょう」

「先生はしばらくお休みになります」

美代子が手を貸し、佐原を立ち上がらせる。

「またおいでください。明日でも、明後日でも、都合のよいときで結構ですから」

「あ……、はい」

静子は慌てて応えた。


小部屋の奥のカーテンを引き開けると、佐原は、壁際に置かれた冷蔵庫の扉を開けた。缶ビールを手に振り返る。

「今日は、コーヒーよりビールがいいだろ？」

「そうね」

佐原と同じく、美代子も祝杯を上げたい気分だった。一度に千五百万もの大金が手に入ったのだ。

テーブルに積み上げた十五の札束の前に、佐原はグラスを置いた。うまそうな泡が立っている。美代子が手に取り、佐原のグラスと合わせる。

「あの婆さん、まだまだ金出しそうだぞ。搾れるだけ搾るか？」

「うん……」

美代子は迷っていた。目の前の金を持って姿を消すという手もある。しかし、佐原の言うように、静子のような金づるはそうそういるものではない。

「なあ、分け前増やしてくれよ。それだけ稼いだんだから、百万ぐらいくれたっていいだろ？」

「ここの土地買ったときに、貯金を使い果たしてるのよ。仲間を雇ったりパンフレット作ったり、いろいろ出費もあるしね。もうちょっと余裕ができたら考えてあげるから」

不満げな顔つきで佐原が舌打ちする。

明日の霊視の打ち合わせをしながら缶ビールを三本空けたところで、美代子は、タクシーを呼ぶよう佐原に言いつけた。グラスに残っていたビールを飲み干し、札束をバッグに入れ始める。

ファスナーを閉めようとしたとき、突然視界がぼやけた。モノが二重に見える。立ち上がろうとしたが、膝に力が入らない。

「あれえ、どうしたんですかあ？」

楽しげな声に顔を上げると、佐原が笑っていた。

「あんた……、いったい何したの」

瞼が重い。身体が動かせない。ビールに一服盛られたのだと気づいた。

美代子は意識を失った。

7

肩を激しく揺すられて目を覚ました。

身体を折り曲げた格好で、床に横向けに寝かされている。視界は依然としてぼやけているが、ここが自分の部屋だということはすぐにわかった。目の前に金庫があった。

揃えた両方の足首は、ガムテープでぐるぐる巻きにされていた。腕は背中に回されている。おそらく同じようにガムテープで巻かれているのだろう、動かすことができない。

「金庫の暗証番号、教えてくれ」

すぐ横で声がした。首を捻ると、佐原があぐらをかいて座っている。その後ろには、見たことのない大きなキャリーケースが投げ出されていた。あれに詰め込まれてここまで運ばれたのだろう。

「あんたなんかに教えるもんか」

自分が発したのに、他人の声のように聞こえた。意識はまだ朦朧としている。呂律もよく回らない。

「もう二年近く前になるかな」

悠然とした口調で佐原が話し始める。

「この商売やり始めてから、初めて大口のカモ引っかけたときさ、二人で居酒屋行って、祝杯上げたじゃない。覚えてる？　あんときは、まだ俺たち、仲良しだったじゃんか」

「何が言いたいの？」

美代子はもがいた。しかし、手も足も自由にならない。

「そんとき、あんた、結構酔っ払って、ちょっとだけプライベートなこと、話してくれただろ。あんた、旦那に何度も浮気されて、ストレスで万引き繰り返して、警察に捕まって……、それで離婚されて、五歳だったひとり娘の親権も奪われて……。もう二十年以上前になるのかな」

「いったい、なんの話……？」

「優秀な探偵を雇ったんだよ。それで、あんたの娘を探してもらった。意外なことに、まともな社会人になってたよ」

美代子は目を剝いた。

佐原は携帯電話を取り出した。美代子に向かって笑いかけながら操作する。相手はすぐに出た。

「ああ、ボク、佐原ですけど。娘さん、電話に出してくれる？」

弾んだ声で指示すると、美代子の耳に携帯を押しあてる。

〈誰⁉〉

いきなり甲高い女の声が聞こえた。美代子は息を吞んだ。

「真澄《ますみ》！　真澄なん⁉」

〈お母さん？　本当にお母さん⁉　真澄だよ！　なんでこんな目に遭わなきゃ――〉

佐原は携帯を取り上げた。

「暗証番号教えてくれないと、何されるかわからないよ」

「あんた！」

美代子は上半身を起こそうとした。しかし、肩をつかまれ、また床に転がった。佐原が声を上げて笑う。

「こんなことして、ただで済むと思ってるの？」

「あんたが俺をポイ捨てしようとしてたことぐらい、わかってるんだよ。そうなりゃ、俺はブタ箱入りだ。運よく捕まらなかったとしても、闇金に追いかけ回される。まとまった金を手に入れて、偽造パスポートでも手に入れて、外国にトンズラする。俺にはそれしかない。こっちも必死なんだ」

佐原の顔に、今まで見たことがない凄味が浮かんだ。

このヤサ男がこんな手荒なマネをするなど信じられなかった。油断していた。

「こっちは、千五百万はもう手にしてる。もしあんたが暗証番号教えない気ならそれでもいい。あんたと娘をボコボコにしてほったらかしにしておく。警察に行きたきゃ行けばいいさ。そんなことすれば、あんたもブタ箱入りだ」

美代子は目を閉じた。その途端、涙が溢れ出した。泣いたのは、真澄と別れた日以来だ。

「娘に手を出さないで」

振り絞るようにして言った。こんなことに真澄を巻き込むわけにはいかない。

美代子は暗証番号を教えた。

金庫の扉が開く。そこから出した金品を、佐原がトランクに入れていく。

「ゆっくり、もうひと眠りするといいよ」

トランクを閉めると、美代子に向かって言った。

「手と足はガムテープで巻いてあるだけだから、ちゃんと目が覚めて頑張ればそのうちほどける。じゃあな」

笑顔で手を振りながら、佐原が部屋を出て行く。

美代子は、再び眠りに落ちた。

8

次に目を覚ましたとき、辺りは薄暗くなっていた。

必死で手足を動かし、ガムテープを弛める。十分ほどで腕が自由になった。すぐに足首のガムテープをはがして立ち上がる。

空になった金庫に目を向けたとき、おかしい、と初めて気づいた。

確かに娘のことは佐原に話した。大金を手にした祝いで居酒屋に行ったとき、まず佐原が、東京に残してきた妻子のことを涙ながらに語ったのだった。それで、柄にもなくついほだされて、自分も家族のことを話した。

しかし、娘の名前は言っていない。それどころか、自分は本名さえ佐原に教えていない。いったいどうやって娘の居所を突き止められるというのだ。

美代子は、電話での会話を思い起こした。

〈誰!?〉

――まず、若い女の甲高い声がした。

「真澄！　真澄なん!?」

――娘の名を口にしたのは私だ。

〈真澄だよ！〉

――そのあと初めて、女は名前を言った。

全身から血の気が引いた。一杯食わされたのだ。

――まさか、こんな単純な手口にだまされるとは……。

美代子はその場に崩れ落ちた。

9

赤木静子は、疲れ切った足取りで門扉を開けた。

夫の初七日が過ぎ、娘一家はニューヨークへ帰って行った。これでまたしばらく会えなくなる。ただ、来年中には夫の任期が終わり、日本に帰って来られそうだと娘は言っていた。その頃には、連れ合いを失った悲しみも少しは癒えているかもしれない。

郵便受けから夕刊を抜き取り、玄関ドアに鍵を差し込もうとしたとき、すいません、と声をかけられた。振り返ると、グレーのスーツに黒縁メガネの中年女性が立っている。

「私、吹田市役所福祉課の、タナカ、と申します」

「はあ」

鍵を持つ手を引っ込め、静子は女性に向き直った。

「実は、この辺りで、このようなパンフレットが配布されているというお話をうかがいまして」

門扉の向こうで、女性はパンフレットを掲げた。

見覚えがあった。表紙には、『不可能を可能に、絶望を希望に――　あらゆる病苦を取り去る究極の神霊力』と書かれている。

「これ、実は詐欺なんです」

「はい。知っております」

「知っている？」

　女性は眉をひそめた。

「それは、どうして」

「確か、一ヵ月くらい前やったと思いますけど……、ちょうどそれが郵便受けに入っていた日に、警察の方が見えて――」

「警察が？」

「はい。防犯課から来たという、制服を着た女性の警察官でした」

「それで？」

「偽の宗教団体が詐欺目的でパンフレットを配っているので、もし届いているようなら回収させていただきたい、ということで」

「で、渡したんですか？」

「はい」

「アンケートハガキがついていませんでしたか？」

「はい。それもお渡ししました」

　確か、ちょうど記入を終えたときに、玄関のチャイムが鳴ったのだ。

「その女性警官は、名を名乗りましたか?」

「はい。確か……」

割と珍しい苗字だったので覚えている。

「カズキさんとおっしゃったと思いますけど」

今度は、メガネの奥の目が大きく見開かれた。しかし女性は、すぐに元の能面のような表情に戻った。

「わかりました。どうやら警察に先を越されてしまったようです」

軽く頭を下げると、女性はすぐに踵を返した。

——市の福祉課の職員が、どうして詐欺のパンフレットのことを訊きになど来たのだろう。

首を傾げながら、静子は家の中に入った。

10

——木嶋神社に現れた赤木静子は、やはり偽者だった。

静子本人に背を向けて歩き出しながら、美代子は顔をしかめた。

佐原が金品の強奪を以前から計画していたなら、静子の登場のタイミングも偶然とは思えなかった。アンケートハガキを見直してみると、白い修正液の上に携帯番号が書かれていることがわかった。赤木静子が書いた電話番号を修正液で消し、誰かが別の番号を上書きした可能性がある。

居てもたってもいられず、自分の推理を確かめるために、こうして静子の自宅を訪ねてみたのだったが……。

「和希も仲間だったのか」

美代子は口に出してつぶやいた。

まさか、ネズミほどの知能しかないと思っていたあの女が黒幕のひとりだとは、思いもしなかった。もっとも、詐欺師は詐欺師のような顔をして近づいてはこない。和希の演技は完璧だった。完全にだまされた。見事としか言いようがない。

静子の偽者と和希を名乗る女が、過去に自分と何か繋がりがなかったかどうか、美代子は考え始めた。

――老女と、その孫ぐらいの年齢差の二人組。

記憶の糸をたどっていくうち、頭の中で小さな火花が散った。

二十年近く前――。詐欺行為をまだ始めたばかりの頃だ。美代子は、仲間と組んでマルチ商法詐欺を繰り返していた。化粧品や健康食品の偽会社を立ち上げ、会員を募集して荒稼ぎし、犯罪が発覚しそうになったところでとっとと姿を消す。面白いほど儲かった。

その日、美代子は、川のすぐ近くにある喫茶店の、窓際の席にいた。マルチ商法の会員の勧誘をするためだった。そして、電話で呼び出した中年男を相手に話をしているとき、橋の上を行ったり来たりしている女に気づいた。亀のようにゆっくり歩きながら次々に通行人に言葉をかけ、小銭を巻き上げていく。

こっちに近づいて来たとき、顔が見えた。どこかで見たことがある、とすぐに思った。そして、以前健康食品のマルチをしていたとき、勧誘した女だと気づいた。そのときとはずいぶん雰囲気が違っているが、間違いない。

まずいな、と思った。目と鼻の先で、以前だました女にうろつかれるのは目障りだった。それに、誰かが女のケチな詐欺行為に気づいて警察に通報でもしたら、ちょっとした騒ぎになることも考えられる。この日は、一時間後にもうひとり、ここで会う約束をしていた。勧誘している最中に警官に近くをうろつかれることだけは、ごめんこうむりたい。

美代子に限らず、ほとんどの詐欺師は、病的といっていいほど神経質だ。わずかなほころびの可能性も、事前に排除しようとする。

美代子は先手を打った。勧誘に成功した中年男といっしょに店を出ると、公衆電話から自分で警察に通報したのだ。

そのあと、橋の上の女を見ている少女に気づいた。別れた娘と同じくらいの年頃だった。引き寄せられるように近づき、声をかけた。

少女の顔が和希と、橋の上の女の顔が赤木静子の偽者とダブる。

美代子は足を止めた。あまりの驚きで息ができない。

——間違いない。あのときの二人だ。

頭の中に、スケッチブックを抱えていた少女の映像が浮かんだ。

エピローグ

一度詐欺の被害に遭った人は、二度三度とだまされることが多い。

被害者は、ひとり暮らしの女性だったり、モテない独身男性だったり、金を貯め込んでいる独居老人だったりする。そして、そういうカモになりやすい人名リストは、詐欺仲間のネットワークで密かに売買されている。一度被害に遭った人間は、そのときから別の詐欺師のターゲットにされているということだ。

数年前から私も、ネットワークの末席に加わっていた。ただ、私の一番の目的は、カモのリストを手に入れることではない。誰がそのリストを買い求めたかをたどることにあった。

警察に逮捕されることなく、一度に大金を手にできる仕掛けができないものか、私はずっと考え続けてきた。そして、出した結論のひとつが、詐欺師から奪うことだった。

嘘のような話だが、詐欺師は詐欺に遭いやすい。プロである自分が詐欺に引っかかるわけがない、と思い込んでいる者が多いからだ。そして詐欺師は、金品を奪われても警察に通報することはできない。

リストの購入を確認できた詐欺師の中に、女がひとりいた。偽宗教で荒稼ぎしているベテランだった。私は、女を詐欺のターゲットの候補に選び、詳しく素性を調べ始めた。

手に入れた女の写真を見て、まずおばあちゃんが自分との関わりに気づいた。そして私も、それがおばあちゃんを警察に売った女だということを思い出した。私もおばあちゃんも、一度見た人の顔は絶対に忘れない。それは、詐欺師に必要な能力のひとつだ。

私たちは、ターゲットを女に絞ることにした。

まず、教祖の佐原に近づいてそそのかし、情報を集めた。重病患者の家にパンフレットを配る女の手下を尾行し、警官に化けて何組かの家族と接触。おばあちゃんが化けやすい赤木静子を、女を釣るエサに選んだ。そして、だまされたフリをして大金を手渡し、油断させてクスリを飲ませ、朦朧として正常な判断が下せない状態のときに、別れた娘という最大の弱みを突いた。

唯一の不安は、女がおばあちゃんのことを思い出さないだろうかということだったが、おばあちゃんは完璧に、裕福で上品な老女を演じきった。おばあちゃんは天性の詐欺師だ。

ニュースでは、「常世教」の教祖を名乗っていた男が、逃亡先のホテルで、詐欺の容疑で逮捕されたと伝えている。男は、事件の背後には自分を操っていた女がおり、さらに、その女をだます計画を、老女と若い娘のペアが持ちかけてきたのだとも証言しているという。

どうやら、ほとぼりが冷めるまで、おとなしくしておいたほうがよさそうだ。

「山奥の温泉にでも行って、のんびりしよか？」

手に入れたばかりのダイヤの指輪を嵌め、鏡台の前で得意げにポーズをとっているおばあちゃんに向かって、私は声をかけた。

「そら、ええな」

おばあちゃんがこっちを向き、満面に笑みを作る。私も笑みを返す。

私たちは、ずっといっしょだ。

日本推理作家協会賞
短編部門　受賞作

ババ抜き

永嶋《ながしま》恵美《えみ》

1964年生まれ。広島大学文学部哲学科卒業。1994年、「ZERO」で第4回ジャンプ小説・ノンフィクション大賞を受賞。小説の執筆にあたる一方、映島巡名義でゲームノベライズや漫画原作も手がけている。本人のブログ「永嶋家の食卓」のプロフィールには、「小説家で占い師でゲーマーで乗り鉄です」とあり、興味のあることとして「ドール、ゲーム、鉄道、アニメ、バレエ、日本切手」を挙げている。近著は『一週間のしごと』(創元推理文庫)。(Y)

「罰ゲーム、やらない？」

雨足が弱まるのを見計らうかのような言葉は、妙に甲高く響いた。築三十年は超えているると思われる建物の古いサッシの窓枠が軋《きし》んだ気がした。

台風は温帯低気圧に変わったはずなのに、深夜になっても土砂降り雨は続いていた。絶対、この中に雨女が居る。でも、私じゃない。

「よく降るわねぇ」

罰ゲームの言い出しっぺ、三枝《さえぐさ》が窓のほうへと首を巡らせる。横に引っ張られた首の肉には、横方向に平行線が走っている。くっきりと、深く。

こんな干からびた女が雨女のはずがない。私より、たった二歳年上なだけなのに、顔の老け加減ときたら。

「朝までには止みますって」

捨て札の山を三枝のほうへと押しやりながら、金井《かない》が言った。私でもなく、三枝でもないのなら、消去法で雨女は金井に決定だ。下膨れの顔は、雨女というよりお多福だけれども。

「で、罰ゲームですけど、何やります？」

「そんなの決まってるじゃない」

三枝が、トランプの札を切る手を止めて意味ありげに言った。

「何かひとつ、秘密をバラすのよ」


トランプでもして遊ぼうかと言い出したのも、三枝だった。会社の保養所はひどく退屈な場所だった。建物も設備も古く、唯一の売りである露天風呂は、この土砂降りでは使えない。

加えて、突風でアンテナが倒れたとかで、館内のテレビは到着時からずっと、砂の嵐だった。

フロントで貸し出しているのは、将棋盤と花札とトランプだけ。私たち三人にトランプ以外の選択肢はなかった。

しかし、三人でも可能なトランプ遊びとなると限られている。大貧民やセブンブリッジは人数が足りない。スピードは一人余る。ナポレオンと51は三人ともルールがうろ覚え。そして、7並べは性格の悪さが露見するから止めておこう、という意見の一致を見た。

無難なところとなると、ババ抜きしかなかった。もっとも、「三ババがババ抜きなんて、シャレにならない」という後ろ向きな理由で、ジジ抜きのほうにした。

私たち三人は、陰で〝三ババ〟と呼ばれている。三枝は女性社員の最年長、その翌々年に入社した私が古参の二番手。三番手の金井は私の翌年入社だった。

もっとも、私と金井は同い年だった。彼女は一年間、留学していたとかで、私のほうが少し早い入社となったのである。勤続年数が十年を超えた頃、もうタメ口でもいいよと言ってみたのに、金井は律儀に敬語を使ってくる。よほど私を〝先輩〟にしておきたいらしい。

何はともあれ、諸々の事情が重なって、深夜のジジ抜きは始まったのだ。

「三枝さん、一枚抜いてもらえます?」

さして迷うことなく札を選ぶと、三枝はそれをケースにしまった。金井が札を配る。何ゲームか繰り返すうちに、〝ジジ〟の選び方も、札の配り方も、どんどん雑になっていった。早い話が、飽きてきたのだ。

第一戦では、熟考に熟考を重ねて〝ジジ〟の札を選び、「一、二、三……」と口に出して札を配り、「ジジ抜きなんて修学旅行以来よ」「妙にテンション上がるわね」など言い合っていたというのに。

　ここまでの勝負はほぼ引き分けていた。ジョーカーが手札に来たときの表情をうまく隠せるかどうかが勝負を分けるババ抜きと違って、最後まで〝ジジ〟がどの札かわからないから、単純に運の問題になる。それで勝ち負けの差がつきにくいのだろう。

「三人しかいないんだから、手札が増えそうな気がするのに、そうならないのが不思議よねえ」

　二枚一組にした札を場に捨てながら、三枝が首を傾げる。ジョーカー二枚と〝ジジ〟を一枚抜いた五十一枚の札を三等分すれば、ちょうど十七枚になる。けれども、同じ数字の札を二枚一組にして捨てていくと、平均で五、六枚しか残らない。言われてみれば、四人でも五人でも、手札の数はそんなものだったように思う。

「最初に持ってれば持ってるだけ、たくさん捨てなきゃいけないってことですよね。うわ。ババ抜き、意外に深い！」

「ジジ抜きね」

　私は金井の言葉を訂正する。そもそも「三ババがババ抜きなんて云々」と言い出したのは、金井だった。

「そういえば、もともとババ抜きって、ルール的にはジジ抜きだったって知ってた?」

「ババがジジ?　性転換?」

違う違う、と三枝が苦笑を浮かべて首を振る。

「ジョーカーを使わないルールだったたってこと。ババ抜きは英語でオールド・メイドっていうんだけど」

「オールド・メイド?　ええと、英語のメイドは、別にメイドさんって意味じゃなかったですよね?」

お嬢さん、だ。つまり、オールド・メイドは老嬢。いずれにしても、あまり愉快ではない単語だった。

「四枚のクイーンのうち、一枚だけ抜くっていうルールだったらしいのね。もちろん、どのマークのクイーンを抜いたのかはわからないようにして。要するに、クイーン限定のジジ抜きだったわけ」

わかった、と金井が叫んだ。

「最後に一枚だけクイーンが売れ残るから、オールド・メイド!」

「正解。イヤミなゲームよねえ。でも、それをババ抜きって和訳するなんて、いい根性してると思わない?」

してるしてる、と私は大きくうなずく。

「そんなの考えたのって、絶対、オヤジ連中ですよね」

女は若いだけが取り柄とでも考えていて、上から目線でふんぞり返るしか能がないクソオヤジ。ババ抜きが日本に入ってきたのは、昔々の話だろうけれど、この手のオヤジだけは今も昔も変わらない。そういうものだ。

今、三枝と金井が同じ顔を思い浮かべているであろうことが、私には手に取るようにわかった。プライドと血糖値と尿酸値が馬鹿高くて、頭のてっぺんが薄ら寒い五十男。私も真っ先にあの顔を思い浮かべた。

でも、その名前を口に出したりはしない。代わりに意味ありげな笑みと視線を交わし合う。それだけで、私たちには通じる。

それに、名前を出して悪口を言ってしまったら、その場はすっきりするかもしれないけれども、相手への嫌悪感が余計に強くなる。あの顔を見るのも苦痛になってしまったら、職場そのものがいやになるかもしれない。曲がりなりにも上司だ。

だから、決してその名前を口にしない。言葉にしなければ、ないのと同じ。目の前にあったとしても、視界の外に追い払ってしまえる……。

私は手にした札を三枝に向けた。一番勝った人が一番負けた人の札を引くことにするか、一番勝った人が右隣の人の札を引くことにするか。前者は三枝が、後者は金井が言い出した。ローカルルールというやつだ。

時計回りになったり反時計回りになったりするのはややこしいから、右隣から札をもらうことにしようと、三枝のほうから言ってくれたときには、正直、ほっとした。多数決の最後の一人にならずにすんだ。その他大勢に紛れてしまえる人数と違って、三人は難しい。

「三人なんてね」

心の中を読まれたようで、どきりとした。

「まさか、三人だけとは思わなかったわ」

微笑とも苦笑ともつかない形で、三枝の口角が上がる。ああ、そっちかと、私は胸をなで下ろした。

同じ課の女性社員全員で一泊二日の旅行に出かけるのは、ずっと昔から続いている年中行事だった。三枝が入社した時点で、すでに「いつ始まったのかわからないくらい、昔から」続いている行事だったらしい。時代に合わないからという理由で社員旅行がなくなっても、こちらのほうは残った。

行き先は毎年同じで、会社が法人契約を結んでいる保養所である。設備は古く、駅からの送迎バスがないとアクセスに困るほどの山の中。一泊二食付きで、申し訳程度の露天風呂があって、料金が格安という以外に何の取り柄もない宿泊施設だった。

私が新入社員だった頃は、まだ全員参加が原則だったけれども、いつの頃からか出席率が下がり始め、去年は半数が不参加だった。今年はさらに少なく、参加表明したのは五人。台風接近の予報が出たことも手伝って、二人がドタキャンして、私たち三人だけになった。

「いいじゃないですか。このメンツだったら、何か食べに行こうとか、どっかに足を延ばそうとか、めんどくさい話にはならないでしょう？」

私も三枝も金井も、揃って出不精だった。できることなら、旅先では余計な観光などせずに、朝から晩まで宿でごろごろしていたい。

ただ、これまでは、参加者の誰かが必ず「少し離れた道の駅の焼き菓子が絶品らしい」とか、「送迎バスで駅まで戻って二駅行ったところに、しゃれたオーベルジュが出来たらしい」とか、余計な情報を仕入れてきた。内心ではうんざりしながらも、「いいんじゃない？」と答えて重たい腰を上げてきたのは、とにかく波風を立てたくなかったからだ。

そんな私たち三人の胸の内を、他の参加者たちが全く気づかないのが不思議でたまらなかった。私たちのほうは、口に出さずとも互いの考えていることがわかっていたというのに。

こうして、三人だけになってみて、よくわかった。私たちはとても似ている。集団行動が大嫌いなところも、それでいて単独行動は取りたくないところも。

「結果的にだけど、三人になってよかったのかも」

「まあ、気心も知れてるしね」

それに、この年齢まで勤めてしまえば、入社年度の差など微々たるものだ。三枝の同期も、私の同期も、金井の同期も今はいない。みんな、辞めてしまった。三枝が入社した年は、女子の採用が絞られていたらしいけれど、私と金井のときはそれなりの人数がいたにも拘わらず。

私たちの同期だけでなく、少し上の先輩社員も気がつけばいなくなっていた。彼女たちの中には、優秀の二文字が服を着て歩いているような人もいた。なのに、残ったのは凡庸極まりない私たち〝三ババ〟だった。

社内の人々の目に、私は「結婚もできずに居残っている」と映っていることだろう。そう、私は、だ。

なぜなら、三枝は既婚で、金井はバツイチだった。一度も結婚したことがない私とは違う。

もっとも金井は成田離婚だったし、三枝にしても、長いこと家庭内離婚状態だと聞いている。正真正銘の離婚に踏み切らないのは、三枝の実家は旧家で、しかも彼女は一人娘だからかもしれない。要するに、離婚は外聞が悪いと親に言い含められているのではないか。

単なる憶測ではない。何しろ彼女の結婚披露宴は招待客数が三百人超えで、主賓は議員のナントカ氏、料理はフレンチのフルコースになぜか鯛の尾頭付き……という、おっそろしくコストの高いシロモノだった。職場の後輩として招待された私と金井は、帰る道々、肩が抜けそうなほど重たい引き出物の袋について、さんざんグチったものだ。

もちろん、成金趣味の披露宴、なんて悪口は言わなかった。論点は主に、引き出物が重すぎることに終始した。

寿退社はしないと表明していた三枝とは、その後も顔をつきあわせて仕事をすることになる。いくら本人に聞こえない場所で言ったとしても、悪口の〝におい〟は残る。どんなに取り繕っても気まずくなる。だから、私も金井も最初から口をつぐんだ。

そんな三枝の披露宴とは対照的に、金井のほうはジミ婚で、会社の人間は誰も招待されなかった。だから、成田離婚などという暴挙も平然とやってのけたに違いない。金井は新婚旅行先にさえ行かずに空港から引き返し、その翌日には「シングルアゲインでーす」とけろりとした顔で出社した。

当時は、金井と同期入社の子たちも、私の同期も、まだ一人二人いた。その日の昼休み、彼女たちが「電撃結婚って壊れるのも早いのね」「デキたと思ってあわてて籍入れたら、間違いだったとか?」「どっちにしても、焦るとロクなことないのよ」などと言い合っているのを、私はうっすらと笑みを浮かべながら聞いていた。聞きはしたけれども、口は開かなかった。

そう、言葉にさえしなければ。賛同するでもなく、反論するでもなく、ただその場に居続ける。そうすれば、悪口の〝におい〟も残らない。悪口を言った側、言われた側、どちらも敵に回さずにすむ。

「はーい、私のターンでーす」

金井がおどけた口調で言って、三枝の手札のど真ん中から一枚抜き取った。

「やった。合った」

金井はハートの6とスペードの6を重ね、勢いをつけて場に捨てる。

「私、ぜんぜん揃わない」

私の手札から一枚引くなり、ふて腐れたように三枝が言った。私はといえば、三枝が手札から一枚持って行ってくれた時点で、残り二枚。金井から引いた札がダイヤの3で、手札にあったハートの3と合わせて捨てることができて、残り一枚。次の一巡で、その一枚は三枝が持って行くことになるから、一抜け確定だった。

私に遅れること二巡、金井がクラブの4とスペードの4を捨てて、ゲーム終了。三枝の負けとなった。

そこで三枝が「罰ゲーム、やらない？」と言い出した。言い出した本人が最初に罰ゲームをやらされるのなら、波風は立たない。私にも金井にも異論はなかった。

罰ゲームの条件は、自分のものでも他人のものでもいいから、仕事絡みの秘密をひとつ、暴露すること。仕事に限定したのは、職場以外のつきあいがほとんどない者同士、プライベートなネタを振っても意味がわからない可能性があるからだ。

そして、「ずいぶん前のことなんだけど」と、三枝は怪談でも話すような口調で始めた。

「金井ちゃんが入ってくるよりも、前。私の同期の子の話よ」

三枝の同期なら、とうの昔に退職していて、社内にはいない。ここで彼女の秘密を暴露したとしても、恨まれることもないだろう。

その場のノリや思いつきで誰かの秘密をばらしてしまうほど、私たち三人は不用心ではなかった。伊達《だて》に古株と呼ばれる年齢まで同じ会社に居座ったわけじゃない。

「仕事できるんだけど、性格がきつい。美人顔だけど、肌荒れがひどい。スリムなんだけど、O脚。覚えてる？」

私は即座にうなずいた。もっとあったはずだ。いつも高い服だけど似合ってない、とか。彼女は陰で「だけど女」と呼ばれていた。

「彼女、気分の波が激しいほうでね。私たちも扱いに手を焼いてたけど、下の子たちはもっと大変だったんじゃないかな」

そう、新入社員だった私は彼女の顔色を窺《うかが》っては、びくびくしていた。だから、年末のボーナスを待たずに彼女が辞めたときには、私だけではなく同期の誰もが喜び、安堵《あんど》した。祝杯をあげようなどという話まで持ち上がったほどだ。

「あの人、枕営業がバレて居づらくなったって噂でしたよね？　本当だったんですか？」

「まさか。どこでどんな尾鰭《おひれ》が付いたら、枕営業になるわけ？」

三枝が、けたけたと声を上げて笑う。そういえば、三枝の笑う声を聞いたのは初めてかもしれない。いつも三枝は、会社で笑うときには声を立てない。私もだ。声の高さで、その笑いが爆笑なのか、嘲笑なのか、苦笑なのか、知られてしまうのがいやだった。

「辞める直前、彼女がやたらミスを連発したの、覚えてない？」

私たちが彼女を恐れ、煙たく感じていたのは、仕事のできる先輩だったからだ。その彼女が些細《ささい》なミスを繰り返すようになったのだから、忘れるはずがない。

「覚えてますよ。とくに、送り先を間違えてファックスしちゃったの、強烈でしたもん。びっくりしましたよ」

誰よりも本人がびっくりしていたっけ、と私は記憶をたぐり寄せる。普段、ミスをしない人だけに動揺していた。

「あの人でも、こんな初歩的なミスをするんだなって」

「そう。それが発端。彼女でも、初歩的なミスをする。だから、みんな思ったの。本当は彼女、たいしたことないんじゃない？　彼女、デキる女ぶってるだけなんじゃない？」

そうそう、そうだった。そんな空気があっという間に広がった。枕営業なんて噂が立ったのも、そのせいだ。

「実際のところはね、彼女のミスじゃないの。あれ、イジメだったのよ」

重要な連絡を伝えない、データを消す、他の人のミスを彼女のせいにする、そんなところだろうか。

「彼女、敵が多かったから。誰もかばおうとしなかった」

当然だろう。下手にかばえば、彼女の敵がイコール自分の敵になる。

「表向きは体こわしたことになってたけど、真相ってそれだったんだ……」

こわーい、と金井がわざとらしく肩を震わせる。

「私、その人と入れ違いだから面識ないですけど、要するに一発めのミスさえなければ、イジメらんなかったわけですよね？　運が悪い人もいるもんですねえ」

「一発めのミスだって、ミスじゃなかったのかもよ」

ファクシミリの送信先を間違えるというのは、実はあり得ないミスだ。当時はすでに大半の連絡がメールで行われていて、ファクシミリを使うのはごく一部の取引先、短縮ボタンに登録できる程度の数だった。

つまり、彼女が書類を送信する直前に、何者かが短縮ボタンに登録された番号を書き換えた。何も知らない彼女が送信を終え、その場を離れるのを待って元に戻す。番号の書き換えなどたいした手間ではない。誰にでもできる。

「ですよね、三枝さん」

三枝は答えなかった。代わりに、うっすらと笑みを浮かべる。

「ああ、そういうことだったんですね」

金井もまた、同じ笑みを浮かべた。私もそれに倣《なら》う。その先は訊《き》かない、という意思表示だった。ファクシミリに仕掛けをしたのは、三枝に違いないから。

「じゃあ、続けましょうか」

三枝が札を配り始める。罰ゲームという要素が加わったからか、その手付きはきびきびとして、仕事中のようだった。札に手を伸ばす金井も、俄然、やる気が出たという顔をしていた。これだけ長く同じ職場にいれば、暴露したくなる〝秘密〟のひとつやふたつ、三人とも持っている。

三枝が順番を譲ったというわけでもないのだろうが、次に負けたのは金井だった。

「ええと、私のは、たいしたことないですよ？　ほら、私が一番下っ端だから。秘密のほうもツーランク下っていうか」

三ババの中でも多少なりとも若いと言いたいのか、金井が「下っ端」を強調してくる。本人は、たいしたネタはないという予防線のつもりなのかもしれないが、私の耳にはそうは聞こえなかった。イヤミな女、と内心で毒づきそうになり、私はあわててそれを消し去る。危ないところだった。心の中でも言葉にしてしまえば、〝におい〟は漏れてしまう。

「経理に配属された子がいたんです。同期に」

金井の同期が一人もいなくなったのは、三年前だっただろうか。いや、もっと前かもしれない。

「真面目で融通が利かないっていうタイプだったから、経理は天職、みたいな？」

いたわね、と三枝がつぶやいた。私も思い出した。ミス経理とでも呼びたくなるくらい適任だったから、彼女が突然、退職してしまった後、経理課は大混乱だったらしい。ただ。

「まさか、使い込みで辞めたっていうオチじゃないでしょうね？」

それなら、さんざん噂になったから秘密でも何でもない。公然の秘密という言い方はあるけれども、そんなものは罰ゲームにならない。

「違います違います。いくらなんでも、そこまでショボいネタじゃないですってば」

金井は、「ぷんぷん」とわざとらしく言って、頬を膨らませた。

「じゃあ、どう違うわけ？」

「使い込みって言うのが、そもそもニュアンス違うんじゃない、みたいな？　彼女、給料とかボーナスとか出たら、すぐにお金を返してたみたいだし」

「正真正銘の使い込みじゃないってこと？　まあ、業務上横領って言ったられっきとした犯罪だもの。ニュースになるレベルよね」

ミス経理は逮捕もされなければ、マスコミに顔や名前が出ることもなかった。しかし、返したとはいえ、横領は横領だろう。

「だいたい、発覚したきっかけって、たったの二千円ですもん」

領収書ごまかして二千円、返すの間に合わなかった二千円、と金井が歌うような調子で言う。

「ただ、経理課だから、間違えてましたじゃすまないし、始末書と減俸で終わりってわけにもいかないでしょう？　会社側が処分を検討している間に、彼女、逃げるみたいに辞めちゃったんですよ。彼女が結構な金額を引き出して、給料日にそれを戻してたのがバレたのって、その後の話だから」

「でも、それって、おかしくない？」

私の問いに答える代わりに、金井は他の問いを重ねた。

「彼女の使い込みの理由って、知ってます？」

「男にでも貢いでたんだろうって噂だったけど」

「それしか考えられませんもんね、彼女の場合」

ミス経理はとにかく質素だった。一目で安物とわかる服を着て、高校時代から使っているのではないかと疑いたくなるようなバッグを持っていた。化粧っけもなかったし、どこかへ旅行に出かけたという話も聞いたことがない。そんな彼女が会社の金に手を出すとしたら、貢ぐ以外に考えられなかった。

「でも、貢いでた相手までは知らないでしょう」

「そういう言い方をするってことは、社内の誰かなんだよね」

誰よ誰、と三枝が身を乗り出す。

「彼女が辞めた翌月、出向になった人がいたの、覚えてません？　覚えてないか。一ヵ月も間が空いたら、印象に残んないですよね」

金井がその名前を口にするなり、私と三枝は目を剝《む》いた。ミス経理以上に地味で貧相な四十男。とはいえ、ちゃんと妻子持ちだった。

「貢がれてあの見た目ってことは、ギャンブルに有り金つぎ込むタイプだったの？」

「ギャンブルじゃなくて、株。株って、今なら有り金ブッ込んでも儲かる、みたいなタイミングが来るらしいんですよね。そのたびに彼女がお金を都合して。もちろん、全然返してもらえなくて、彼女は自分の給料で証拠隠滅を図ってたわけですよ。どっちにしても、よくあるパターンですけどね」

株にハマった男に経理の女が貢ぐ。確かに、ありそうなパターンだけれども、それがあの二人だったというのは、十分驚きに値する。

「あの組み合わせで不倫？　信じられない」

私が言おうとしたのと一字一句違わない台詞《せりふ》が三枝の口から飛び出した。全くだ。信じられない。

「二人とも、ものすごく用心してたみたいだから。誰も気づきませんよね。私だって、本人から聞いてなかったら、デマだって思ったかも」

「本人から？」

「相談されてたんです。ほら、私、口が堅いって思われてるらしくて」

実際のところ、金井は口が堅い。ここに私と三枝以外の誰かがいたとしたら、金井は決してこの話をしなかっただろう。たとえ、当事者が社内にいなくなっていたとしても。口を開くとしたら、秘密が秘密でなくなった後だし、話すとしても相手をきっちり選ぶ。

「彼女が使い込みしてたっていう噂、本当だったのね。金井ちゃんが言うんだもの」

「やだもう。三枝さんってば。褒められてるのか、貶《けな》されてるのか、わかんないじゃないですか、それ」

「褒めてるのよ」

「じゃあ、もうひとつオマケ。彼女が使い込みしたって、噂レベルでしたよね？　男のほうなんて、ひっそりって感じで出向だったし。ちょっと変だと思いませんでした？　フツーはもっと大騒ぎになりそうじゃないですか。いくら辞めちゃっても、犯罪は犯罪だから、会社側が被害届を出すとか」

言われてみればと三枝が首を傾げる。

「インサイダー取引って言うんですか、あれが絡んでたらしいですよ。それで、会社側が必死で揉《も》み消したんですって。会社のイメージ、悪くなっちゃうし。結果的に、彼女は全額会社にお金を返してるから、目をつぶろうって話になったんでしょうね」

「金井ちゃん、ほんとによく知ってるわねえ」

「辞めちゃった後も、彼女、けっこう電話とかくれたんです。でも、話が大きすぎて、もう仰《の》け反《ぞ》っちゃいましたよ、私」

金井はいつになく饒舌《じょうぜつ》だった。昼休みも、帰りのロッカールームでも、金井の口数は決して多いほうではなかった。いつも聞き役に徹して、「うんうん」「わかるわかる」「それで？」くらいしか言わない。それだけで、相手の口を全開にしてしまう。

そのことに気づいてから、私は金井と二人きりで話をしないようにした。

それに、人は聞き役よりも話し役になりたがる。昼休み、帰りのロッカールーム、飲み会。必ず誰かが、私の代わりにべらべらとしゃべってくれた。私はうっすら笑っているだけでよかった。しっかりと口をつぐんだままで。

次の一戦も、金井の負けだった。

「順番で言ったら、私じゃないと思うんだけどなぁ」

金井が恨めしげに私を見る。三枝も「そのほうが収まりがいいのにね」とうなずく。実は私も、内心ではそう思っていた。一人ずつ、順番に話していくほうが形式としては美しい。デカメロンや百物語のように。しかし、残念なことに、そうはならなかった。

次も、その次も、そのまた次も金井が負けて、〝秘密〟を暴露しなければならなかった。

今時めずらしく寿退社した後輩は、イメクラのバイトがバレたのが真相だったということ。三年前に心筋梗塞で急死した係長が、社内に複数の〝セフレ〟を作っていたこと。つい先月、辞めていった新人には盗癖があって、それもなぜかボールペンばかりを盗んでいたこと……。

どれもこれも、初耳だった。金井はそれらをすべて、関係者の一人から直接聞いたという。

「もうネタ切れですって。これ以上は無理！　あとは、辞めてない人のネタしかないし！」

当事者全員が退職しているのなら問題ないが、一人でも残っていれば、話さない。同じように口の堅い、私と三枝が相手であったとしても。

正義感や善意でそうしているわけではないことを、私は知っている。金井はそこまでお人好しではない。金井の口が堅いのは、ここぞというときを選んで、情報を有効活用するためだ。秘密というものは、誰かに話した瞬間から鮮度が落ち、価値が目減りしていく。

何より、金井が口をつぐんでいる限り、秘密を打ち明けた相手が敵に回ることはない。金井はそうやって着々と手駒を増やし、邪魔者を排除した。金井の同期が一人も残っていない理由がそれだ。

ミス経理の一件にしても、「たったの二千円」だったという発覚のきっかけは、金井によって用意されたものなのではないか。物的証拠こそないが、私はそう確信している。金井なら、やりかねない……。

気合いでも入れるつもりなのか、金井が裏返したトランプに手のひらをかざしている。しかし、そんなおまじないもどきに効果があるはずもなく、次も金井は敗北した。罰ゲームが始まるまで、ほぼ均等に白星黒星を刻んでいたことを思えば、不可思議とも言える連敗だった。

「ほんとうにもうネタ切れなんで、プライベート入ってる話でもいいですよね？　一応、関係者は社内に出入りしてたこともあったし」

〝プライベート〟で、〝社内に出入りしていた〟と言われて、すぐに私にはぴんときた。彼の話だな、と。

関連会社から研修に来ていた男性社員。異業種から転職してきたという話で、初歩の初歩を知らなかったりした。同い年だったけれども、まるで年下を相手にしているようだった。金井にとっても、そうだったのだろう。入社年度は違っても、私と金井は同い年なのだから。

「成田離婚、全真相ってやつなんですけど」

そう、彼は金井の〝成田離婚〟のお相手だった。

「いざ結婚してみたら、超絶マザコン男だったたって、金井ちゃん、言ってたよね？」

「あー。あれ、嘘です。そう言っとけば、みんな納得じゃないですか」

道理で。マザコン男だったのは、彼の弟のほうだ。子供の頃から病弱で、入院が年中行事だったらしい。その弟が母親を独占してしまったせいで、彼は自称〝マザコンから最も遠い男〟になった。

当時の金井がそんな理由をでっち上げたのは、本当のことを言いたくなかったからだろう。よもや、今になって本人の口からそれを聞くことになろうとは。

「式の翌日はソッコーで海外に行く予定だったんで、成田のホテルに泊まったんですよね。チェックインしたら、私宛に封筒が届いてたんです。A４サイズの茶封筒。中身、何だったと思います？」

金井が私と三枝の顔を交互に見比べる。三枝が首を横に振る。私もそれに倣う。

……嘘だ。私は知っていた。

「調査報告書。それの写し。興信所っていうんですかね？　探偵事務所？　なんとかリサーチって会社だったから、興信所のほうなのかな」

「何の調査だったの？」

「素行調査っていうか。女ですよ、女。それも複数。めっちゃ複数形。披露宴の数時間後にそれがドーンって。正直、参ったなあ」

彼はマザコンではなかったけれども、女癖が悪かった。興信所に調査を依頼するまでもなく、ちょっと注意深く観察していればわかったはずだ。携帯電話本体だけでなく、メールボックスにまでパスワードが掛かっていた。今のように、ラインやフェイスブックがあったとしたら、それもロックしていたに違いない。

　とりわけ露骨だったのは、時折、つながらなくなる電話だ。工場のそばに自宅があるせいで、電波状態が悪いと彼は説明していた。けれども、食品工場が妨害電波など出すはずがないし、何より数百メートルも離れているのに影響があるとは思えない。そんなふうに、見え透いた嘘がいくつも、いくつも……。

　それくらい、金井も承知の上だと思っていた。私とよく似た女だから。だからこそ、金井は私から彼を奪った。

　私と同じで、女癖の悪さなど気にしない。そんなもの、見なかったことにすればいい。言葉にさえしなければ、ないのと同じ。うっすら笑って、不愉快なものを切り捨てることに、私も金井も慣れている。

　ならば、言葉にしてやろうと思った。とっくの昔に知っていることであっても、目に見える形で突きつけてやれば、多少なりとも金井は動揺するだろう。

　効果は私の予想以上だった。そもそも、私以外にも女がいたことに、金井は全く気づいていなかったらしい。調査報告書に動揺するどころか激怒して、そのまま離婚に踏み切ってしまった。いや、入籍はまだだったらしいから、交際が破綻しただけの話だが。

「犯人、誰だったのかしら」

三枝の問いに、心臓がわずかに跳ねた。

「そりゃあ、あの複数形の中の一人ですよ。たぶん」

たぶんどころか、金井にはわかっていたはずだ。あの報告書の中には、私の名前がなかった。依頼人は調査対象にはならない。

金井とまともに視線がぶつかった。もちろん、私から逸らしたりはしない。ただ、目を合わせたままで、私たちは笑みを交わすだけだ。うっすらと。

金井は笑みを消すと、「でもね」と続けた。

「私、犯人にはちょっとだけ感謝してるんですよ。籍を入れる前に教えてくれて。法的には他人だから、別れるのも簡単だったし。紙切れ一枚の話って言っても、離婚って、めっちゃ疲れるっていうじゃないですか」

この辺は、金井の強がりかもしれない。離婚歴は、一度は結婚できたという証《あかし》でもある。バツイチの女が「結婚はもうこりごり」と言えば、誰もが納得して引き下がる。同情や憐れみの目を向けられずにすむ。

「そうなのよねえ。私も手続きとか、いろいろ面倒くさくて、イマイチ踏み切れないの。別れたほうがいいって、自分でもわかってるんだけど」

さて、と金井が札を配り始める。一枚配るごとに「次は勝つ」とつぶやく様子は、怪しげな儀式でも執り行っているかのようだ。どうせなら、次も金井が負ければいいのに、まだ社内にいる誰かの秘密を暴露する羽目に陥ればいいのにと、意地悪く考える。

いや、やっぱり聞かないほうがいい。私や三枝とまで気まずくなってしまうかもしれない。せっかく今までうまくやってきたのだ。これから先も顔を合わせる可能性のある相手を悪く言わない、という鉄則をひたすら守って。

実際、金井がこれ以上の連敗を重ねることは、確率的にもあり得なかった。次こそは私かと覚悟したが、負けたのは三枝だった。それも、手札がほとんど減らないという、圧倒的な負けである。……いささか不自然に思えるくらいに、圧倒的な。

「私の話も、プライベート入ってるんだけど。あ、社内に出入りしてる関係者はいるかな」

残った手札をその場に伏せると、三枝はこめかみに人差し指を当てた。迷っているときの癖、というよりも「私は迷ってるのよ」という周囲に向けたサインだ。それを察した金井がすかさず「いいんじゃないですか」と言った。

「私だって、そんな感じだったし。ガンガン行っちゃいましょうよ」

金井の言葉を待っていたかのように、三枝がうなずいた。おそらく、三枝には何か暴露したい秘密があるのだろう。だから、わざと負けた。

ジジ抜きやババ抜きで勝とうと思って勝つのは無理だが、負けようと思って負けるのなら可能だ。同じ数字が揃っても、捨てずに持っていればいい。ジジやジョーカーを持っているかどうかは関係ない。要は他のメンバーより早く手札がなくなりさえしなければ、自動的に負けることができる。

負け宣言と同時に、三枝は手札を伏せたまま、捨て札の山に混ぜてしまった。それは少なからず不自然な動作だった。手札の中に同じ数字の札が複数あったからだろう。そこまでして、しゃべりたい秘密というのは、いったい何なのか？

そんな私の心中を察したかのように、三枝が「でも、そんなにたいした話じゃないのよ」と予防線を張った。

「私、取引先にお使いに行って、ダンナと知り合ったってみんなに言ったけど、本当はね、お見合いだったの。今更お見合いって、なんだか恥ずかしくて。っていうか、私、見栄っ張りなのよ」

えーっ、と大仰に声を上げる金井に合わせて、私も目を見開いてみせる。知っているのに知らないふりをするくらい、慣れているけれども、相手が三枝だと勝手が違う。互いに手の内を知っているせいか、やりづらい。

「でも、ダンナさん、本当に取引先の人ですよね。あっ、そうか。お見合いしてみたら、知ってる人だったたっていうパターン？」

私もそう聞いていた。が、三枝は違うと答えた。

「逆よ。取引先の人だってわかってたから、お見合いをしたの」

話を持ってきたのは親戚なんだけどね、と三枝は付け加えた。

「それ、賢いやり方じゃないですか。だって、顔も知ってれば、仕事ぶりもわかってる相手でしょ？　もう、お見合い一択ですって」

「結局、家庭内離婚だけどね」

三枝の自嘲的な物言いに、金井が口をつぐんだ。めずらしく無表情なのは、地雷を踏んだと焦っているのだろう。

「それだけじゃないの。もうひとつ、嘘ついた」

三枝の顔からも、すうっと表情が消える。

「結婚当初からうまくいかなかった、なんて言ってたけどね、そうじゃないの。私、見栄っ張りだから」

　思わず三枝の顔を見る。

「本当は半年前からよ。ダンナと険悪になったのは」

　あっ、と声を上げそうになった。三枝自身の口から「実は結婚当初からうまくいってなかった」と聞いたのは、ちょうど半年くらい前ではなかったか。

　社内での私たちは、あまり自分のことを話さない。話し役より聞き役に回る。だから、あのタイミングを唐突だとは思わなかったし、何の違和感も抱かなかった。

　それに、彼も全く同じことを言っていた。実は結婚当初からうまくいってなかったんだ、と。

「離婚なんて、できるわけないじゃない。私たちだけの問題じゃないんだもの」

　私も招待客の一人だったから、あの豪勢な披露宴から読み取れるものはいくらでもあった。結構な家の一人娘という三枝の立場も察した。

「ううん。私がいやだったの。離婚したくなかったの」

　私だって、離婚までは望んでいなかった。自分が悪いことくらい、わかりきっていた。金井を憎んだ自分を忘れてはいなかった。

　魔が差した、としか言いようがない。三枝が彼と結婚した後、担当替えがあり、彼の会社は三枝の担当から外れた。当然の配慮だ。三枝の担当を引き継いだのは私だった。三枝の代わりに、私が彼と顔を合わせるようになった。

「この半年間、毎日毎日、大ゲンカでくたくたよ」

そう。半年前、だった。そのときは一度きりと思ったのに、続いてしまった。続けたかったから、私はこのままでいいと思った。

三枝に離婚を切り出したのは、彼なりの誠意だったのかもしれない。或《あ》いは、本当に結婚当初から彼は「うまくいっていない」と感じていたのか。

「流産したのも、絶対、そのせい」

金井がぎょっとしたように三枝を見る。私も顔がこわばるのを感じた。

「全然気づいてなかった。気づいてたら、もっと気をつけたのに」

そういえば、三枝がめずらしく欠勤したのは、先々週のことだったか。病欠という理由を私は疑いもしなかった。家庭内離婚という彼の言葉を信じていたから、妊娠なんて想像もしなかった。大ゲンカでくたくたでもヤッちゃうんだ、と半ば呆れ、半ば驚く。

いや、むしろ、破綻寸前だったからこそ、三枝は彼をつなぎ止めようと、〝賭け〟に出たのかもしれない。

それで、三枝は私を恨んでいたのか。……殺したいと考えるほど。

殺意に気づいたのは偶然だった。昨夜、ちょっとした連絡があって、後輩の一人にメールを入れた。この旅行とは全く無関係の業務連絡だ。彼女はすぐに了承の返事を寄越したが、その最後に添えられた何気ない一文を見て私は驚いた。

『旅行、中止で残念でしたね。まさか、台風が来ちゃうなんて』

彼女は、この旅行の数少ない参加者だった。私はすぐに、もう一人の後輩に確認を装ってメールした。三枝さんから中止の連絡来てるよね、と。彼女の答えだけで十分だったから、金井にはメールしなかった。

集合場所には三枝しか来ないだろうと思っていたのに、金井もいた。金井は私の顔を見るなり、「あとの二人、ドタキャンらしいですよ」と言った。

金井も共犯だからここにいるのか、それとも、何かの証人として利用するために三枝は金井に敢《あ》えて中止の連絡をしなかったのか、そこまではわからなかった。ただ、金井が荷担しても不思議はない。成田離婚のきっかけとなったのは、私の送りつけた調査書の写しだ。自分のしたことを棚に上げて、私を恨んでいるかもしれない。

それで、二人がトイレに行っている間、こっそり荷物を調べた。「私が荷物の番をしてるから、二人ともお先にどうぞ」という私の申し出を、三枝と金井は疑いもせずに受けた。台風接近でダイヤが大幅に乱れ、駅は人でごった返していた。当然、女子トイレも長蛇の列だったから、時間はたっぷりあった。

金井の荷物からは何も出なかったが、三枝の荷物にはスタンガンだの、劇薬の瓶だの、刃幅の広いカッターナイフだの、物騒な品々が詰め込まれていた。その場でスタンガンのバッテリーを抜き取った。カッターナイフには瞬間接着剤を流し込んで刃が出ないようにした。

私もそれなりの備えをしていたのだ。接着剤に、筆記具サイズの工具、手芸用のテグス。それだけあれば、大抵のことは何とでもなる。

薬瓶は宿に着いてから、中身をすり替えた。大浴場に向かう途中、忘れ物をしたふりをして一人だけ部屋に戻った。五分とかからなかった。

私はこの手の〝作業〟が得意だった。残業や早出の際、人目がないのをいいことに、同僚の引き出しやロッカーを調べたこともある。良からぬ企《くわだ》てをいち早く察知し、対策を講じるために。私はずっと、そうやって身の安全を図ってきたのだ。

「私の話はこれで終わり。次の勝負に行きましょうか」

どうやら、三枝もわかっているらしい。私が〝殺意〟に気づいたことを。

彼と三枝の離婚なんて望まないし、別にこのままでいいと私は思っていたはずだった。でも、三枚の企てを知った瞬間、強がりだったと悟った。そして、気づいた。自分の中の殺意に。

薬瓶の中身は今、私が持っている。奪い返されないように、トイレに行くときにも携帯できる化粧ポーチの中に入れた。

「そうですね」

私はうっすらと笑う。三枚のクイーンのうち、どれが残るのか。捨てられるのは、どの二枚なのか。

「次も負けませんから」

夜はまだ長い。

リケジョの婚活

秋吉理香子《あきよしりかこ》

早稲田大学第一文学部卒業。米国ロヨラ・メリーマウント大学院にて、映画・TV製作修士号を取得する。2008年、「雪の花」で第3回Yahoo! JAPAN文学賞受賞。翌年、同受賞作を含む短編集『雪の花』を上梓し、本格的に作家デビューを果たす。2013年、一人の女子高生の死の真相を6人の同級生に語らせる『暗黒女子』で推理小説ジャンルに進出すると、『放課後に死者は戻る』(2014年)、『聖母』(2015年)と矢継ぎ早にサスペンスフルな話題作を発表。とりわけ技巧的な企みに満ちた『聖母』は2016年版「本格ミステリ・ベスト10」で国内17位にランクインし、ますます注目度が高まっている。本作「リケジョの婚活」は、理想的な結婚相手と出合うための活動――いわゆる婚活をテーマにした短編連作の一編。電機メーカーに勤務する研究職のヒロインは、TVの婚活番組に参加して意中の男性を落とそうと試みる。理系の頭脳を武器に、狙った獲物は逃さない。これは、まぎれもなく〝婚活冒険小説〟だ。(K)

「それではこれから当番組名物、ルーレットタイムの開始です！」

世話人であるタレントが叫び、ピーッとホイッスルが鳴ると、待ってましたとばかりに各席でおしゃべりが始まった。

どこまでも広がる緑の芝生《しばふ》が眩《まぶ》しいサッカーグラウンドの上に、二重の輪になるようにパイプ椅子が置かれている。男性参加者二十一名は内側の輪に、女性参加者二十八名は外側の輪に。三分ごとに女性が移動していくことから「ルーレットタイム」と呼ばれ、互いがプロフィールカードを手にして自己紹介をする。

「初めまして」

恵美《えみ》は目の前に腰かけている男性に、まずは挨拶した。

「東京から来ました、電機メーカー勤務の後藤《ごとう》恵美です。三十歳です」

「山下弘《やましたひろし》です」

相手が頭を下げる。

「この長見《ながみ》市で、米農家をやってます」

恵美は素早く、クリアファイルに入ったプロフィールシートに目を通した。離婚歴あり、子供二人。四十三歳――

ないかな。

一瞬で、そう判断する。

いや、一瞬の判断というよりは、再確認という方が正しいか。

そもそもは男性陣の写真と簡単なプロフィールをホームページで確認してからの応募だし、事前説明会では自己アピールビデオも見せてもらった。みんなそれぞれ「OK」「NG」という仕分けをすでに胸の中で済ませ、その上で本番に臨んでいる。このルーレットタイムで仕分けをさらに研ぎ澄まし、この後に行われるフリータイムの時に話す相手を絞り込むというわけだ。

「こうたいでーす」の掛け声とともに、恵美は会釈をして立ち、席を一つずれた。

「ミッション縁結び」は年に三回放映される人気婚活番組だ。お笑いコンビ、アカプルコが司会を務め、タレントの高島A児《たかしまえいじ》が世話人として現場を仕切る。女性との出会いがない地方に暮らす男性陣と、一泊二日で会いにやって来た女性陣との婚活の一部始終を三時間番組で紹介するのだ。

しかも今回は、女性からの逆告白スペシャル回。女性の方から花束を差し出し、そして選ばれなかった日には、フラれた姿を何十万世帯に見せなくてはならない。「告白されない」と「フラれる」の差は大きい。だからだろうか、いつもなら女性の参加者は五十名を超えるのに、今回は参加男性と同等数に留《とど》まっている。

「ええと恵美さんは大学では電子工学を専攻、現在は電機メーカーで……ロボットの開発？　すごい、がっつり理系なんですね」

三人目の男性がプロフィールカードを見ながら驚く。

「あはは、そうなんです」

「リケジョかあ。今流行《はや》りじゃないですか」

そこでまた「こうたーい」とA児が叫んだので、恵美は会釈をして立ち上がった。

もうすぐだ。

大本命の舘尾《たてお》典彦《のりひこ》まで、あと一人。今話している相手の、その隣に彼がいる。

恵美は適当に相槌《あいづち》を打ちながら、斜め前にいる典彦に全神経を集中させていた。

隣の女が典彦に野球の話を振って、「あー僕、野球まったく見ないんですよね」とあっさり撃沈している。恐らくこの地方出身のメジャーリーガーがいるから、野球の話題を出したのだろう。実際、恵美もそこから話が広がるかもしれないと、会話ネタリストに入れておいた。早速除外しておかなければ。

「それにしても、可愛らしい方でビックリしました」

目の前の男性が言った。

「アピールビデオでもチャーミングでしたが、実物はそれ以上ですね」

事前説明会の時に参加女性のビデオも撮影されて、男性陣に見せられている。

「これに参加しなくても充分モテそうなのに」

「そんなことないですよぉ」

否定しながらも、恵美は実際、まさか自分が婚活番組に出るなんて思ってもみなかった。

この手の番組の宿命として、参加する女性は相当恥をかくことを覚悟しなくてはならない。全国に顔をさらすだけではなく、公共の電波を使って「わたしは恋人ができない」「自力では出会えない」「何が何でも結婚したくて焦っています」という悲愴《ひそう》さを知らしめることになる。しかも会場までの旅費は自腹だ。恵美は東京からこの熊本県長見市まで、往復の飛行機賃五万七千八百八十円を払っている。

顔とプライバシーと恥をさらし――しかもそれは番組放映時だけに留まらず、インターネット上で半永久的に続く――、なおかつ金銭的負担もありながら、カップルになれる保証はどこにもなく、一泊二日で全てが完結してしまう。つまり一般的な婚活に比べてハイリスクローリターン、コストパフォーマンスが非常に悪いのだ。

だから恵美には、この手の番組に参加する女性がまるで理解できなかった。

しかし、四ヵ月前のある日、運命が変わった。仕事から帰って来て、ニュースを見ようとたまたまテレビをつけたら「ミッション縁結び」のエンディングが流れていた。アカプルコが「いやー、今回も盛り上がりましたねー」などと締めくくっている。そして「次回の開催地は熊本県長見市！　参加女性を募集しています！」という言葉の後に、参加男性が一人一人、ごく簡単に紹介された。

舘尾典彦が画面に現れた時、恵美は一瞬で魂をわしづかみにされた。健康的に灼《や》けた肌に、濃い眉と切れ長の目。笑顔が爽やかで、声も溌剌《はつらつ》としている。

好みのどストライク。生まれて初めての、一目ぼれだった。

これまで、普通に彼氏はいた。理系の学部には女性が少ないので、何の努力もせずにモテたのだ。研究室に泊まり込み、作業着の下は何日も着替えていない服。髪はひっつめ、ノーメイク。女子力がゼロでも、いくらでも男は寄ってきた。特に燃え上がるような感情もないまま付き合い、何となく別れた。就職してからも同じようなもので、恵美は、恋愛とはこんな程度なのかと思いこんでいた。

しかし舘尾典彦を見た時、生まれて初めて恵美の心に火がついたのだ。この人に会いたい。この人と話してみたい。お嫁さんになりたい――

その気持ちは、番組HPにアップロードされた典彦の映像を再視聴して、さらに強くなる。次の「ミッション縁結び」が放映される時、彼が他の女とカップルになるのを指をくわえて観ていたくない。全国ネットで恥をさらしてでも、この人に出逢いたい――

勇気を出して参加申し込みをし、そして今日、典彦に逢う為だけに、長見市にやってきたのである。

恵美は、斜め前にいる典彦が気になって仕方がない。いよいよ次に話すのだと思うと、心臓が痛いほど高鳴る。焦るな焦るなと言い聞かせ、丸暗記した典彦のプロフィールを頭の中で反芻《はんすう》した。

三十二歳。実家は地元の水産加工品を生産・販売する会社で、社員は二百九十名。現在、典彦はその会社で国際部の部長として働いているが、いずれは会社を背負って立つ――つまり次期社長。趣味はゴルフ、最近観た映画はマッドマックス、好きな作家は村上春樹、好きなアニメはエヴァンゲリオン。

この中の、どんな話題を振られても大丈夫だ。ゴルフも練習したし、村上春樹は全作読み、エヴァンゲリオンはテレビ版も劇場版も制覇した。リケジョたるもの、傾向と対策は怠らない。

「僕は『ONE　PIECE』ですね」

目の前の男が言った。

「はい？」

全く聞いていなかった恵美は、きょとんとする。

「え、だから好きな漫画の話ですよね？　ほらここ、『ONE　PIECE』って書いてあるでしょ？」

男が恵美の手からファイルを取り、自分のシートの『好きな漫画』の欄を指している。

「恵美さんは『ハチミツとクローバー』か。リケジョでも、内面は普通なんですねえ」

「そうですよー、普通の女子でえす」

斜め向かいにいる典彦の視界に入るかもしれないので、恵美は可愛らしくしなを作った。

本当はそんな漫画、手に取ったことも読んだこともない。けれども『漫画でサイエンス　半導体の仕組み』などのタイトルを挙げたら、きっとその時点で典彦のストライクゾーンから外れる。だからネットで調べて、最も無難そうな、女性向け漫画ランキングの一位だったものを書いておいたのだ。

服装も、メイクも、髪型もしかり。普段はすっぴんにジーンズなので、どんな格好をすればいいかわからなかった。だから雑誌の「男性に人気のファッション」「この秋のモテヘア」という特集で一位だったものを参考に――というかそっくりそのまま真似をしたのである。とにかく少しでも、典彦に気に入られる確率を上げられるように。

「はい、こうたーい！」

A児の大声が青空に響いた。

いよいよ典彦との対面だ。

席を移りながらハンカチで口元を押さえ、素早く上の前歯と唇の間に舌を差し入れる。もしも前歯に口紅がついていては、しょっぱなから幻滅だ。座る直前に手ぐしで髪を整え、とびきりの笑顔を作った。

「初めまして、後藤恵美です。会社員です」

わかりやすいように、左胸につけられた名札を持ち上げて見せた。

「初めまして、舘尾典彦です」

「参加男性のリーダーを務めてくださってるんですよね。ご苦労様です。わたし、リーダーに会うために参加したんですよ」

持ち時間の短いルーレットタイムでは、直球勝負しかない。駆け引きなく、素直な気持ちをぶつけるのが正解だ。

「本当ですか？　それは光栄だなあ」

典彦は頭を掻《か》く。二言三言かわした後、

「恵美さんのお仕事って面白そうですね。ロボット開発なんて、世界が違うなあ」

とプロフィールシートを見ながら、典彦は言った。

「いえいえ、大げさなイメージがありますけど、ペットロボットとか介護ロボットとか、身近なものを開発してるんです」

恵美の仕事をできるだけ身近に感じてもらえるよう、イメージの湧きやすい例を挙げた。

「それにモノづくりという面では、典彦さんのお仕事と同じなんです」

ここぞとばかりに、恵美は身を乗り出す。かけ離れている二人の世界だが、ちゃんと共通点があることをアピールできるよう、リサーチして準備してきた。

「典彦さんは水産加工の会社で、原料となる魚介類を厳しい目で見極めて、消費者のニーズに合った商品を企画して製造するわけですよね？　全国の皆さんに良いものを届けたい——その熱い思いは一緒です」

「なるほど、確かに扱うものは違うけれど、常にお客様のことを考えて取り組んでいる。モノづくりの姿勢は、僕も恵美さんも、全く共通していることですね」

典彦が笑顔で頷《うなず》くと同時に、「こうたーい！」とA児の声が重なった。

「もう時間か、残念だな。恵美さん、よかったらフリータイムの時、また話しませんか」

恵美をまっすぐ見つめて、典彦が言う。

「ぜひ。よろしくお願いします」

顔に笑みを浮かべて、丁寧に頭を下げた。

やった、摑《つか》みはオッケーだと、恵美は心の中でガッツポーズをする。

フリータイムの会場である公共体育館へ移動するために、女性陣は大型バスに乗り込んだ。

座席に座ると、恵美は早速モバイルPCを取り出す。画面上の「典彦さんフォルダ」をクリックし、典彦さんデータという名のエクセルファイルを開いて、野球は興味なしと情報をアップデートした。

「恵美ちゃん、お疲れ。どうやった？」

麻耶《まや》が隣に座った。麻耶は大阪からの参加者だ。バスの座席は恵美の隣を割り当てられており、今日宿泊するホテルでも同室である。健康的にふっくらした、癒し系のネイリスト。はんなりとした関西弁が、雰囲気によく似合っている。麻耶の本命は、三番人気の加藤大輔《かとうだいすけ》だ。

「まずまずって感じかな。麻耶ちゃんは？」

「うん、うち、めっちゃ頑張って大輔さんにアピッてみた。ほんま緊張したわあ」

バスが発車した。麻耶の視線が、恵美のモバイルＰＣに留まる。

「それ……例の婚活ツール？」

「そう。情報を更新してるの」

集合場所から会場に来るバスの中で、恵美は自作の婚活ツールを、ライバルではない麻耶にだけ披露していた。

応募してから今日までの四ヵ月間、恵美は「ミッション縁結び」の過去の放映を全て視聴し、カップル成立率の高かった女子の行動や会話パターンを分析し、データ化した。そのデータと典彦のプロフィールを基に、典彦に好かれそうな会話と行動を徹底予測してリストにし、恵美は頭に叩《たた》き込んだのである。

しかしそれだけでは不十分だ。成果を完璧なものにするためには、繰り返しのテストが必要である。だから典彦の映像を3Dモデル化して「バーチャル典彦」を作製し、恵美が入力したデータを基に会話をランダム合成する機能を持たせた。この簡易シミュレーターにより、恵美は今日まで、ただひたすら、典彦の心を掴む会話を特訓してきたのである。

「理系の人ってみんなこんなことするん？」

麻耶が、画面の中で微笑を浮かべている3Dの典彦を気味悪そうに見ながら言う。

「さあ。ただわたしは万全を期したいだけ。本人を前にしたら、緊張してうまく話せないことってあるじゃない？」

「そりゃそうやけど。で？　役に立ったん？」

「完璧。すごく自然におしゃべりできた」

「そんなら良かったけど」

体育館の前に到着した。一番最後に麻耶とバスを降りると、世話人のA児がカメラマンと音声係を引き連れてやってくる。

「お二人にも今の状況を聞きたいな。先に後藤恵美さん、ちょっといい？」

バスの脇に連れていかれ、マイクを向けられた。

「後藤さんは、もともとの第一希望がリーダーだったよね。今は？」

「変わりません。舘尾さんです」

「おおー、そっかあ。リーダーはやっぱり人気だねえ。後藤さんで十三人目だよ」

やはりそうか。ハンサムな御曹司を、女性が放っておくはずはないのだ。

「他に気になってる人は？」

過去の放映で、第二希望や第三希望の名前を挙げる男女を見て来た。が、

「いません」

と恵美は言い切った。恵美は単純に相手を探しに来たのではない。典彦とカップルになるためだけにやって来たのだ。

「え、いないの？」

「はい。舘尾さんだけです」

「へえ、そりゃすごいなあ」

A児がカメラに向かって、にやりとする。恐らく放映時には、「リーダーを巡って、一途《いちず》な女たちの壮絶バトルが！」などどぎついテロップが入って、煽《あお》られるに違いない。

フリータイムは、かなり気合を入れなくちゃ。

A児とカメラマンが麻耶をインタビューしに行った後、恵美は再びモバイルPCを開いた。

「ただ今よりフリータイムでーす！　自由に動いてくださーい！」

体育館の高い天井にホイッスルが鳴り響き、みんなが動き出した。お目当てが何人かいて、先にどちらに行こうか迷っている者、進み出る前に捕まって動きそびれた者、そしてターゲットに向かって一直線に向かう者――もちろん恵美は、一直線組だった。

典彦の周囲には、すでに十二名もの女性が群がっている。A児の情報通りだ。十三分の一。確率七・六九パーセントからのスタートか――恵美はため息をつく。

典彦を取り囲んでいる女性たちは、アパレル販売員、事務員、電話オペレーター、不動産屋、ペットトリマー、家事手伝いなどだ。事前説明会から見かける顔だが、名前を覚えるのが苦手な恵美は、職業でしか覚えていない。

「リーダーは、子供好きですか？」

アパレル販売員が聞いた。名札に、シングルマザーの印がついている。彼女にとっては特に切実な問題だろうが、他の女性にとっても聞き逃せない重要事項である。みんなの耳が、ひと回り大きくなって見えた。

「大好きですねえ。友達なんて、もう三人の子持ちもいるし。僕も早く欲しいです。多ければ多いほどいいなあ」

日焼けした肌に白い歯をのぞかせて、リーダーが答えた。ほうっと女性陣がため息をつく。

「週末はどんな風に過ごしてますか？」

今度は電話オペレーターが聞いた。

「最近はもっぱらサーフィンですねえ」

おや、と恵美は焦る。ゴルフと書いてあったはずだが。

「え、でもサーフィンなんて書いてましたっけ」

同じことを思ったのか、家事手伝いが首を傾《かし》げる。

「それが、始めたのがアピールビデオを撮影した後なんですよ。あれ四ヵ月前でしょ？」

サーフィンのことは一切リサーチもシミュレーションもしていないので、話が広がるのは避けたい。恵美は慌てて口を挟んだ。

「あの、さっき少しだけお仕事の話をしましたけど、もっと伺いたいな。肩書は国際部の部長になってますが、具体的にはどんなことを？」

サーフィンのことは、今晩リサーチしておかなくてはならない。それまではとにかく、予測していた会話リストから攻めよう。

「仕事内容はですね」

典彦の目に力がこもり、表情に張りが出る。

「海外にも自社の養魚場と加工工場があるんですが、現地の業者と交渉したり、従業員を雇い入れるのが僕の担当なんです」

ルーレットタイムの時と同様、仕事の話だと食いつきがいい。家業だけに、きっと仕事にも会社にも愛着を持っているのだろう。やっぱりこれが典彦のツボだ、と恵美は確信する。

「スケールの大きなお仕事ですね」

恵美の言葉に、典彦は嬉しそうだった。

「いやあ、現地の人とやり取りするのが楽しいんですよ。ＰＣでビデオ会議とかしてね」

「時差もあって大変でしょう。現地の平日が、日本の週末ってこともあるでしょうし」

「そうですね、週末がつぶれることも結構あります。あちらから視察にいらしたり、逆に僕も視察に行ったりもするし。先月もあちこち行ったなあ。ベトナム、タイ、インドネシア、オーストラリア……」

「海の綺麗《きれい》なところばかりじゃないですか。だから典彦さんはサーフィンを始めようと思ったのかもしれませんね」

「そう！　まさにそうなんですよ！　ほんと、今までやらなかったのが不思議なくらいで」

「サーファーの方って海を大切になさるから、きっとお仕事にも良い影響を与えているんでしょうね」

「これはまた、良いことを言ってくれますねえ」

心底嬉しそうに、典彦は恵美を見つめた。

サーフィンのことが出て焦ったが、我ながら、仕事とうまくつなげられたと満足する。これもシミュレーターでさんざん練習していたからこそできた応用だ。

そこからも仕事関係の話を弾ませる恵美を、家事手伝いと事務員が羨ましそうに眺めていた。入る隙が無いと思ったのか、それともやっぱり他の人がいいと思ったのか、二人はそそくさと立ち去り、それぞれ他の男性の方へ行った。

これで十一分の一、確率は九・〇九パーセントにあがった——恵美は笑顔で話を続けながらも、冷静に計算する。

「あのっ」

今まで大人しかったペットトリマーが、巨乳を揺らしながら割り込んできた。

「わたしもサーフィンするんですよー、そんなに上手じゃないですけど」

恵美はムッとしたが、顔には出さないように気をつけた。どうせこの場でちょっと気を引きたくて、口先で言ってるだけだ。

「えー、浅羽《あさば》さんも？　どの辺を攻めるんですか」

「もっぱら地元なんです。勝浦《かつうら》とか、磯《いそ》ノ浦《うら》とか」

「和歌山ですか。僕も行ったことありますよ。波が最高ですよね」

盛り上がる二人を目の当たりにして、恵美は大きなショックを受けた。恵美はすかさず口を挟む。

「でもゴルフも楽しいですよね。わたしゴルフを最近始めたんですよ。この辺りのコース、回ってみたいなあ」

「いやもう、すっかりサーフィンに鞍替《くらが》えしちゃって、ゴルフは全くやってないです」

なんてことだ。不測のデータ変更があったとは。

焦り始めた恵美に追い打ちをかけるように、巨乳のペットトリマーが言った。

「この間は初めて沖縄に行って——あ、写真あるんですよ。見ます？」

一瞬、恵美の脳裏に、申し訳程度のビキニから乳房をはちきれさせながら、サーフボードに寝そべっている官能的な姿が思い浮かぶ。ヴァーチャル肉弾戦の前には、膨大かつ緻密なデータもチリのように無力だ。そんなもの頼むから見せないで……恵美の願いもむなしく、巨乳はスマホを素早く操作し、典彦に見せた。

「ほら、ね？」

「あー、いいっすねえ」

典彦が目を細める。

「見せて見せてー」

ノリの良い女を演じるべく、他の女たちが覗《のぞ》き込む。恵美も慌てて、そのノリに乗っかった。

ビキニではなかった。体はもちろん、首も両手足も黒いウェットスーツで覆われている。

なんだ。恵美はホッとした。

「ウェットを持ってらっしゃるってことは、本格的にサーフィンやってるんですね」

ホッとしたのもつかの間、典彦が目を輝かせた。そこから更に、サーフィン話に花が咲く。もちろん、典彦はそこにいる女性全員に話を振るが、巨乳のペットトリマーに心を摑まれたことは疑いようがなかった。

そこから何度か話題を仕事に戻そうと試してみたが、また自然とサーフィンに流れていく。典彦自身が、何より楽しそうだった。

失敗した、と恵美は心の中で舌打ちをした。

過去の放送を分析した結果、実家が会社経営で本人も役職についている男性の場合、最初のフリータイムでは家業の話をして理解してもらうという傾向が見受けられた。だからフリータイム前半で典彦からしっかりと仕事について聞いてやり、後半で趣味を語らうリラックスムードに持っていくパターンを想定していたのに。

こんな展開になるのであれば、サーフィンの話題などが出る前に、せっかく練習してきた村上春樹やエヴァンゲリオンの会話をしておくべきだった。

次のお宅訪問タイムで仕切り直しだ。そうだ、ご両親の前でこそ、仕事の話でアピールしよう。

やしていた。

恵美は、にこにこと典彦と巨乳の話に相槌を打ちながら、心の中で闘志を新たに燃

訪問タイムで典彦の実家に現れた女性の数は、十三名であった。

——また十三分の一、七・六九パーセントに下がったか。

恵美は冷静に計算しつつも、ため息をついた。

フリータイムでせっかく二人減ったのに、新顔が二人、混じっている。一人は看護師、もう一人は動物病院勤務。彼女たちはフリータイムで第二志望以降をざっくりと見極め、そして訪問タイムで第一志望に勝負をかけにきたクチだ。

こういうタイプは、少々厄介だ。新顔ということで、フリータイム組よりも有利になる。どうしても典彦は彼女たちに話を振らざるを得ないし、それに典彦だって彼女たちを知りたいと思うはずだ。

二十畳ほどのリビングに、料理の盛られた長方形の座卓がふたつくっつけられ、座布団が置かれている。それを取り囲むようにして、十三名の女性たちは手持ち無沙汰に立っている。典彦がどこに座るのか動向を見守っているのだ。当の典彦はというと思いがけない大人数に戸惑っているようで、おろおろと「適当に座ってください」と

繰り返すだけである——訪問タイムの肝である席順に、「適当」な場所などないというのに。

どう出るべきか。

恵美は顔ぶれと状況を見ながら、必死で考える。

新顔を押さえて典彦と話したければ、典彦のいずれかの隣——つまりベストポジション——に座るべきだ。だがいずれにしても、典彦は新顔と話すために、恵美を乗り越える形になるだろう。それにテレビでＶＴＲを見ていると、訪問タイムでベスポジを死守している女性は正直、見苦しい。我先にという配慮のなさが透けてしまう。

決めた。この場では、典彦にこだわりすぎるのはやめよう。自分はフリータイムで一度も移動せず、くっついていた。そしてこうして実家にもやってきた。典彦が大本命だということは、充分にアピールできているはずだ。訪問タイムでは、心遣いを重点的に見せるとしよう。

「リーダーは主役なので、お誕生日席に座ったらいかがですか？　そして新しい方、よかったらリーダーの両隣にどうぞ」

看護師と動物病院に声をかけると、二人は少し驚いたように恵美を見た。他の女性は悔しそうな顔をしたが、ベスポジ争いが終結したことで、思い思いに腰を落ち着けた。座卓の端、いわゆるお誕生日席に腰を下ろした典彦は、ホッとしたように恵美に微笑《ほほえ》みかける。

巨乳は看護師の隣、つまりセカンドベストの席を確保。そして恵美が選んだ席はというと、典彦の真向い、つまり一番遠い場所である。しかしそこを選んだことには理由があった。典彦の両親――陰の主役――に一番近かったからである。両親は邪魔にならぬようにという配慮からか、ひっそりとソファに座っていた。

「今日はいらしてくれて有難うございます。乾杯！」

典彦が乾杯の音頭を取ってグラスが合わさってから、雑談が始まる。和気あいあいとしているようでいて、その実、女性同士は探り合い、けん制し合っている。誰の目も笑っていない。みんな典彦の関心を引こうと必死だ。この人数の中で、典彦を取り合うのは得策ではない。

「典彦さんは、子供の頃、どんなお子さんだったんですか？」

女性陣が全員典彦の方を向いている中で、恵美だけが母親に話しかける。未来の姑《しゆうとめ》――極めて重要な人物だ。そして典彦の会社では、現社長夫人でもある。

「意外と引っ込み思案でねえ。お友達も少なくて、小学生の頃は心配したんですよ」

母親は嬉しそうに答えた。

「そうだ、アルバムを持ってきたらどうだ」

父親の提案に、母親が「そうね」と立ち上がった。いい流れだ。しばらくして母親が持ってきたのは、家庭用のアルバムが数冊と、高校の卒業アルバムだった。

「わー、すごい、可愛いですねえ」

「そうそう、この時、典彦ったら木から落ちてね……」

楽しそうに話をしながらも、両親だってこの場にいる女性全員を花嫁候補としてシビアな目で観察しているはずだ。両親の心証が、典彦の決断に与える影響は小さくないだろう。つまり、ジャッジは典彦一人でなく、合計三名と考えるのが正解なのだ。

「それにしても、あなた、しっかりしてるのねえ」

アルバムを見終った時、母親が恵美に言った。

「さっと席を決めてくれて、助かったわ。傍《はた》から見ていてじれったかったのよね。かといって、わたしたちは口を出せないじゃない？」

九州の女性らしく、ちゃきちゃきしたタイプらしい。

「いえいえ」恵美は謙遜した。「仕切りやみたいで、良く考えたら恥ずかしいです」

「何を言ってるの。そういう人って必要よ。ねえ、お父さん」

「そうだよ。ああいうのは、日本人の悪い癖だね。海外と仕事をしていると、ミーテイングでもプレゼンテーションでも、日本人の仕切りの悪さが目立つね。あなたみたいな人は貴重だと思うよ」

社長夫妻に褒められ、恵美は内心、有頂天になった。が、あくまでも低姿勢を貫く。

ここで油断してはいけない。なんせ、恵美はリケジョである。過去の放映を基にしたデータによると、リケジョは未来の義両親に「理屈っぽそう」「田舎《いなか》の嫁が務まるのかしら」と敬遠される傾向にある。一方、断然人気が高いのは、将来の子育てや介護のことを考えてか、保育士、看護師、介護士だ。恵美はリケジョではあっても、子供好きであり介護にも関心があるというところをそろそろアピールしたいところである。

どうしたものかと考えを巡らせながら雑談を続けていると、ドアから子供が入ってきて「じいじー、ばあばー、ぼくもおしゃべりするー」とソファにやってきた。

「こらこら友《とも》くん、今日は大事なお話の日なんだから。二階で遊んでて」

ばあばと呼ばれて相好を崩しながら、典彦の母親がたしなめる。

「やだ友則《とものり》、ここにいたの」続いて子供の母親らしき女性が慌てて入ってきて「ほら行くよ。お母さん、典彦に謝っといて」と男児を連れて出ようとする。

察するに、この女性は典彦の姉、つまり男児は甥《おい》っ子ということになる。

なんというチャンス。

「友則君っていうの？　お姉ちゃんと一緒に遊ぼ。おいで」

両腕を差し出すと、友則は嬉々《きき》として、恵美の胸に倒れ込んできた。

「まあ、いいんですか？」

申し訳なさそうに、姉もソファに座った。未来の小姑《こじゅうと》にアピールするチャンスも、同時に転がり込んでくるとは。

「もちろんです。わたし、子供だーいすきですから。友則君はいくつかな？」

「四歳」

「そっかー、よろしくね」

恵美は友則を膝の上にのせ、こういう時のために備えて練習してきた手遊びで、友則と一緒に遊び始める。典彦からは遠いが、恵美が甥っ子と遊んでいる姿は視界に入っているはずだ。ここでしっかりとポイントを稼いでおこう。

友則が声を上げて笑う度に、恵美に対する典彦の家族の態度がどんどん好意的になっていくのがわかる。

よしよし。

恵美は手ごたえを感じた。

このまま、少しずつ、少しずつ、選ばれる確率をあげていくのだ——。

「恵美さんは、名札に家電メーカー勤務って書いてあるけど」父親が口を開いた。「どこの会社で、どんなことをしているのかな?」

来た。

父親から、個人的に質問をされるのは良い兆候だ。

「インター社で、ロボット技術の開発をしています」

両親と姉が一斉におお、という顔をした。

「ほう、それはすごいねえ。優秀だなあ」

父親が感心したように頷く。

「でも……すご過ぎて、水産業界とはかけ離れ過ぎてるわね」

母親が複雑な表情をした。

「いいえ、そんなことはないんですよ」

恵美は自信を持って笑う。この質問も想定範囲内。ちゃんと返答を準備しておいた。

「海中で魚の生育状態を調査して記録するロボットなども開発しているので、実は水産業の方とのお取引も多いんです」

「そういえば、ねえ、あなた」

母親が、父親の腕を軽く叩く。

「西見市《にしみ》でも、取り入れたんじゃなかったかしら」

「そうなんです！」恵美は身を乗り出した。「こちら長見市のお隣、西見市の養魚場に導入していただきました。去年、わたしも納品に伺ったんですよ」

「まあ、じゃあ水産の現場に来たことはあるのね」

「はい。水揚げや加工の様子も見学させていただきました。大変興味深かったです」

「ほお、そうかい」

父親が満足げに頷く。いい調子だ。

「他には介護ロボットなども開発していますが、その為に高齢者施設に一ヵ月ほど介護実習へ行きました。食事や入浴の介助など、実際に経験しなければ良い物は作れませんから」

「そう、介護のご経験もおありなのねえ」

母親の頬が緩む。

「水産用と介護用ロボットかあ。うちの養魚場にも、我が家にもそろそろ必要なんじやないの」

姉が、冗談ぽい口調で言った。

「是非！　お値段は勉強させていただきますので」

恵美がおどけると、「恵美さんは面白いお嬢さんだねえ」と父親が大笑いした。他の女性陣に会話の主導権を握られ、会話の輪からあぶれている巨乳がこちらを見る。両親と和気あいあいな様子に、そういう手もあったか、とでも言いたげな悔しそうな表情だ。

典彦と目が合う。すでに家族の一員に向けるような、親しみのこもった視線だった。これは、かなり好感触ではないだろうか。

「もー、お仕事の話、つまらないよー」

恵美の膝の上で、友則が口を尖《とが》らせる。

「ごめんごめん。そうだ、いいものあげよっか」

恵美は、バッグの中から小さな玩具を取り出した。手のひらサイズのプラスチック製の半球体に、車輪がついている。スイッチを入れて床に置くと、障害物をよけながらフロアを走行し始めた。

「わあー！　これお姉ちゃんが作ったの？」

友則は目をキラキラさせ、玩具をためつすがめつする。

「うん、ターボくんっていうんだ。走るしかできない、ごく簡単なロボットだけどね。でもバッテリーがきれそうになったら自分で充電ベースに行けるし、ちょっとだけかしこいよ」

「すごーい！　本当にくれるの？」

「もちろん」

「あら、そんなの申し訳ないわ」

典彦の姉が慌てたように言う。

「いいんです。実はこれ、もともと典彦さんに差し上げようと思って持って来たんです。どういう仕事をしているか、ごく簡単にお見せできるかなと思って」

「そうですか？　じゃあ遠慮なく。友則、よかったねえ」

「恵美お姉ちゃん、有難う！」

友則に抱き付かれた時、スタッフが「訪問タイム終了でーす。バスが待ってますので急いでください」と玄関口にやって来た。

「えー、恵美お姉ちゃん、帰っちゃうの？　また来てくれる？」

立ち上がった恵美のスカートに、友則がしがみつく。

「うん、また来るよ。それまで、ターボくんを大事にしてね」

「約束する！　恵美お姉ちゃん、またね！」

ゆびきりげんまんする恵美と友則を、家族が微笑ましげに見つめる。

親族の心は摑んだ——。

恵美は確信していた。

敬遠されがちなリケジョだが、リケジョなりのプレゼン方法はあるのだ。恵美は、大きな手ごたえを感じつつ、舘尾家を後にした。


宿泊先のホテルに到着するとすぐ、麻耶と交代でシャワーを浴び、ベッドに倒れ込んだ。

「あー、もうくたくたやわ」

顔面にパックをぺたぺた押し付けながら、麻耶がぼやく。

「訪問タイム、麻耶ちゃんはどんな感じだった？」

「大輔さんち、メロン農家やん？　畑見せてもらって面白かったわ。A児が途中で乱入して来て、未来の嫁候補に家業を理解してもらいましょうなんてお母さんを焚《た》きつけてさ。食べごろメロンを選ぶっていうのんやらされた。めっちゃ緊張したわ」

「何人くらい来てたの？」

「三人」

「三分の一。三十三・三パーセントか。悪くないね」

「恵美ちゃんはどうだった？」

「なんと十三人も来てたんだよね。でもご家族とたくさん話をできたんだ。シミュレーターで練習していた会話パターンを、ご両親に応用できたお陰でバッチリだった」

「ふ、ふうん……」

「あ、そうだ。今日新たに見聞きした典彦さんの情報を基にデータを更新して、明日の傾向を予測しないと」

「あ、あのさ、恵美ちゃん」

ベッドに寝転がったままバッグからモバイルPCを取り出す恵美に、麻耶が遠慮がちに言った。

「そうやってすぐにデータ化したり、シミュレーターで練習したりすんの……やめた方がええんちゃう」

「どうして？」

「だって……物事なんて、確率や計算通りに行くもんちゃうし」

「でも、誰でもやってるでしょ？　わたしみたいにツールを使わないだけで、みんな頭の中で意中の人の好みを分析して、それに近づけるように対策してる」

「そうかもしれんけど……でも恵美ちゃんの場合は、やっぱりなんか行き過ぎやわ。不自然やよ。そもそも婚活なんて、データ通りなんかに行くわけないやん」

「だけど実際に、今日はうまく行ったんだよ？」

「うーん。でも、なんていうか、データとか分析に頼り切っていると――しっぺ返しされそうな気がする」

「完璧に準備しておくことがどうして悪いの？」

「悪いんやなくて……ごめん、うちアホやからうまいこと説明できへん」

麻耶はため息をついた。

「麻耶ちゃん、大丈夫だよ」

恵美は、麻耶を安心させるように笑顔を作った。

「リケジョって恋愛とか婚活に関しては不器用だけど、わたしはわたしなりに精いっぱい頑張ってるつもり。だから安心して？」

「……そやね。やり方なんて人それぞれやもんね。余計なこと言ってゴメン」

麻耶は顔からパックを剝がすと、サイドスタンドの電気を消した。

「さあ、しっかりと睡眠取って、明日に備えよ。お互い、明日も頑張ろな。おやすみ」

「うん、おやすみ」

しばらくすると、寝息が聞こえてくる。

電気の消えた部屋で、耳にイヤホンを入れてPCを開く。蒼《あお》い光が、ぼんやりと部屋を照らした。

明日はまず最終フリータイムがある。その後に告白タイムだ。

フリータイムで決定的に印象付けなければならない。その対策を、万全に練らなければ。

そう強く決意しながら、恵美は画面の中の典彦と向かい合った。


翌朝。

ルーレットタイムと同じ芝生の上で、最終フリータイムの火ぶたが切って落とされた。

時間は一時間。それで運命が決まるとばかり、参加者の目は血走っている。

A児のホイッスルとともに、思い思いに動き出した。すでに一対一で過ごして来たカップルは自然にひっつきあって、最後の時間を二人きりで過ごしている。麻耶は、一直線で大輔のもとに走り寄っていた。

恵美はというと、もちろん典彦のもとへ行く。典彦の周りには、たちまち昨日の訪問タイムと同じメンバーが群がる。やっぱり十三分の一か——がっかりしかけた時、典彦が頭を下げた。

「今日はこれから、杏奈《あんな》さん、遼子《りょうこ》さん、公佳《きみか》さん、恵美さんと重点的にお話ししたいと思います。他の方、申し訳ありませんが失礼させてください」

他の方、とひとくくりにされた女性陣が、曖昧に会釈をしつつ、そそくさとその場を去っていく。恵美を含め、選ばれた女たちは思わず笑みを交わし合った。

「お一人ずつ、二人きりでお話しさせていただければと思うのですが、よろしいでしょうか？」

典彦が四人を見回して確認する。もちろん、と全員が頷いたのを見届け、典彦は早速、最初の一人を連れて離れたベンチへと行った。

これで四分の一。ついに二十五パーセントまで確率があがった。ここからほんの〇・一パーセントでも上回ることができれば、勝ちなのだ。

恵美たちは、テーブル席で待機する。四人のメンバーを見て、恵美は自分の分析が間違っていないことを再確認した。最終段階まで残ったのは、看護師、保育士、介護士と、どれも手堅く、また両親が気にいりそうな女性たちばかりだった。あれほどサーフィンの話題で盛り上がっていた巨乳はいない。やはり典彦は堅実タイプなのだ。

「この中で選ばれるの、誰だろうね？」

保育士と典彦が会話しているのを遠くから眺めながら、看護師が呟《つぶや》く。

「公佳さんじゃないのー？」

「まさかあ。杏奈さんの方が気に入られてるよー」

意味のない応酬に恵美は耳を貸さず、何度も昨夜シミュレーターで練習した会話を頭の中で復唱する。

今日話すべきことは、昨日一緒に過ごしてますます典彦を好きになったということ、遠距離ではあるがいつでも訪ねて来られること、家業も手伝いたいということ――

話が終わったのか、典彦と女性がベンチから立ち上がり、こちらにやってきた。

「次は、恵美さん、お願いします」

典彦に呼ばれ、恵美は「はい！」と地声よりワントーン高い声を出して席を立った。

「昨日はせっかくうちに来ていただいたのに、あんまり話せなくてすみません」

ベンチに腰を下ろした途端、典彦が頭を掻く。

「いいんです。お父様やお母様にアルバムを見せていただいたし、それに、友則君がずっと相手をしてくれてましたから」

「ははは、友則の奴、恵美さんが帰ってからも、ずーっと恵美さんの話ばかりしてましたよ。典彦おじさん、絶対に恵美さんと結婚――」

典彦はハッと口をつぐんで、真っ赤になった。恵美は奥ゆかしく目を伏せる。

「と、とにかく友則がよろしくと言ってました」

典彦が咳払《せきばら》いした。

「最後に恵美さんのお気持ちを確認しておきたいんですが、東京と熊本ではかなりの遠距離になりますけど、その辺りはどうでしょうか？」

予想通りの質問だ。恵美は典彦を安心させるように微笑む。

「問題ありません。毎週末だって会いに来ます。それに、昨日ご両親にも話していたんですが、こちらに出張があることもあるんですよ」

「それは嬉しいですね。ただ今後、もし結婚となった場合、退職してうちの会社にお力を貸していただくことは可能なんでしょうか。現在働いていらっしゃるような大手ではないですが――」

「喜んで。至らないところばかりですが、精いっぱいお手伝いさせていただきたいと思っています」

　これも予想通りで、すらすらと答えられる。

「典彦さんみたいな素敵な方と一緒にいられるなら、どんなことでも耐えられます。どうぞよろしくお願いいたします。それから、サーフィンも興味があるので、教えてくださいね」

　可愛らしく恵美が言うと、典彦は眩しそうに目を細めた。

「こちらこそよろしくお願いします。いやあ、恵美さんに出逢えて本当によかったなあ」

　それからしばらく、無言で見つめ合う。その様子をカメラが真正面から撮っているが、恵美は気にならなかった。カップルになった暁には、きっとこの場面が何度もリプレイされるだろう。

　他の三人よりも確実に数パーセントは上乗せされた実感を噛《か》みしめながら、恵美は潤んだ瞳で熱視線を典彦に送り続けた。

いよいよメインイベントである告白タイムがやってきた。

芝生の上に、男性と女性が、向かい合って一列に整列している。少し離れたところに日よけテントが設置され、その下で男性陣の家族が見守っていた。

恵美の順番は、二番目。緊張はピークに達していた。ＡＤから渡された花束を持つ手が汗ばんでいる。

「それではいよいよ、告白ターイム！」

A児が叫び、青空にキンとマイクがハウリングを起こした。

「みなさまのお気持ちは固まりましたでしょうか！　それではトップバッター、木部《きべ》愛子《あいこ》さん、どうぞ！」

名前を呼ばれた女性が、覚悟を決めたようにキッと顔をあげ、前に歩き出した。だだっぴろい芝生グラウンドの中を、一人きりで意中の男性に向かって歩いて行く背中が勇ましく輝いている。

「相田《あいだ》吉雄《よしお》さんの前だ！」

言った後、A児が少しの間を置く。ちょっと待ったコールがないかどうかを確かめているのだ。そして他に声が上がらないことを見極めると、「木部愛子さん、ではお願いします！」と促した。

「二日間、とても楽しかったです。もっと一緒にいたいと思いました。よろしくお願いします」

彼女が花束を差し出すと、相田が進み出て花束を受け取った。一斉に歓声が上がる。

「おめでとうございます！　一組目のカップルが誕生です！」

テレビでの放映時には、この場面でアイドル歌手のラブソングが流れ、スタジオ観覧席からの拍手と重なって、祝福ムードを盛り上げているはずだ。

「今のお気持ちは？」

「どういうところが良かったですか？」

立て続けのA児の質問に、二人がはにかみながら答える。最後に、「末永くお幸せに！」で締めくくられると再び拍手が起こり、二人はカップルベンチへ座った。家族席にいる彼の母親が、涙をぬぐうのが見える。

「それでは次、後藤恵美さん、お願いします！」

――いよいよだ。

恵美は一歩を踏みだす。

最終フリータイムで絆《きずな》を結んだと思ったが、やはり確信はしきれない。もしかしたら、という気持ちが土壇場でむくむく大きくなる。しかし、やれることは全てやった。結果はきっとついてきてくれる——成果を信じるのも、リケジョの矜持《きょうじ》だ。

恵美は、典彦の正面に立つ。

「リーダーの前だ！」

A児が言い終らぬうちに、「ちょっと待った！」と声が上がった。それもひとつやふたつではない。聞いた感じ、ざっと十名以上。

これは仕方がない。複数が名乗り出てくるのは想定範囲内だ。背後から、芝生を踏むみしみしという音と、ものすごい執念を背負った女の熱気が近づいてくる。実際、典彦も気圧《けお》されたような顔をしていた。

ずらりと恵美の脇に女性が並ぶ。ちらりと見ると案の定、巨乳、保育士、介護士、事務員、不動産屋など、なじみの面々だった。最終フリートークの時点で振られたメンバーもいるのは、あきらめきれなかったからだろう。

「後藤恵美さん、どうぞ！」

A児が叫ぶ。恵美は深呼吸し、笑顔を作った。

「典彦さんの誠実さと、ご家族みなさまの温かなお人柄に触れ、一緒に未来を築いていきたいと思いました。大好きです。どうぞよろしくお願いします」

恵美は花束を差し出し、頭を下げた。

「それでは次の、浅羽博美《ひろみ》さん」

司会が、隣の巨乳にマイクを向ける。

「サーフィンの趣味も合うし、一緒にいて楽しかったです。よろしくお願いします」

順番に全員がアピールを済ませ、いよいよ選択の瞬間に入った。

自分の足元を見ながら、恵美の心臓は破裂しそうだった。必死で祈る。

典彦さん、お願い。

わたしを選んで。

この花束を、受け取って――

「よろしくお願いします」

典彦の影が動いた。

「田島由美《たじまゆみ》さん」

――え？

恵美は耳を疑った。自分の名前では、ない――

頭が真っ白になる。

田島由美って誰だっけ。看護師？　介護士？　それとも――

恐る恐る顔をあげた。

「おめでとうございまーす！　みなさま、盛大な拍手を！」

典彦が花束を受け取り、照れ臭そうに女性の手をつないだ。その相手は、例の十三人ではなかった。確か昨日のフリータイムで早々と群れを離れた、家事手伝いだ。

どうして？　だってあなた、訪問タイムも来なかったじゃない。

啞然《あぜん》としていたのは、恵美だけではなかったようだ。脇にずらりと並んだ女性たちもぽかんと立っている。しかしその中でA児だけが満足げな顔をして、手をつないだ二人にマイクを向けた。

「いやいや田島さん、行きましたねー、最後の最後で」

A児が、家事手伝いの肩を叩く。

「はい。背中を押していただいて、有難うございました」

「リーダーも、やっとですか。ひやひやしましたよ」

「お陰様で。第一印象から決めていたのに、田島さんには全然話しかけてもらえないし、訪問タイムにも来ていただけなかったので、諦めてました。だけどこうして最後、奇跡的に思いが通じました。本当に幸せです！」

マイクに向かって、典彦が晴れ晴れと言った。

なんだこれ。

「では、カップルベンチへどうぞ――」

拍手の中、手を取り合ってベンチへと歩く二人をカメラが追っていく。またここで、ラブソングが流れることだろう。

なんだこれ。

なんだこれ。

じゃあ十三分の一っていう、母数そのものに含まれていなかったってこと？

麻耶ちゃんの言う通り、わたしはずっと、意味のない計算をしていたの――？

それ以降の告白タイムは、恵美の頭の中には何も入ってこなかった。唯一、麻耶が大輔に告白する時、他三名からちょっと待ったがかかり、結果、大輔が別の女性を選ぶのを、恵美はぼんやりと眺めていた。

「以上をもちまして、第十七回ミッション縁結び逆告白スペシャルは終了です！　カップルになったみなさま、末永くお幸せに！」

ベンチに座っているカップルを、カメラが順に撮っていく。本当なら、自分だって典彦とその席に座っていた。幸せそうな顔をして、視聴者にバイバイしていたはずだった。それなのに……。

恵美や麻耶たちフラれ組は、A児にもカメラマンにも音声係にも尻を向けられた状態で、照り付ける日差しの下、放心状態で立ち尽くしていた。


お別れタイムとなった。

まるで焼香の列のように黙々とバスに乗り込んでいくフラれ組の脇で、カップル組が甘く別れを惜しんでいる。その様子を遠巻きに眺めている男性陣家族の中に典彦の両親を見つけると、恵美は気を取り直して、小走りで駆け寄っていった。

「昨日はたくさんご馳走《ちそう》になりまして有難うございました。心からのおもてなし、本当に感謝しています」

恵美が述べると、典彦の母親は気まずそうな微笑を浮かべた。

「まあまあ恵美さん、ご丁寧に」

「なんだか、すまないねえ」

父親も申し訳なさそうだ。

「いえいえ、仕方ないです。また出張で来るかもしれません。万が一見かけたら、お声をおかけくださいね。本当にお世話になりました。お元気で」

最後に深々と礼をすると、恵美は再びバスの列へと戻っていった。背後から両親の「あんなに良い子なのにねえ」というぼやきが聞こえる。

恵美が最後に乗り込むと、バスが出発した。手を振る男性たちの姿が、小さくなっていく。典彦は、ずっと田島由美に手を振り続けていた。

隣の席では、麻耶がブランケットを抱きしめて号泣している。恵美が肩をさすってやると、ますます激しくしゃくりあげた。

「ああもう、ほんっま悔しい。うちは本気やったのに」

ずーっと洟《はな》をすする。

「最終タイムで、あいつ何て言ったと思う？　式は海外で挙げませんかとか、新婚旅行はどこがいいですかとか、期待させることばっかりやで」

「本当に？　それはひどいね」

「子供が生まれて、もしも一文字ずつ取って名前をつけたら、大輔の大と麻耶の耶でダイヤになりますね、とかさ」

思わず笑いそうになり、慌ててこらえる。しかし麻耶は、恵美の口元に浮かびかけた微笑を見逃していなかった。

「恵美ちゃんは呑気《のんき》やね。悔しくないのん？」

「悔しいに決まってるでしょ」恵美は大きくため息をついた。「典彦さんも、めちゃくちゃ思わせぶりだったもん。正直、落とせたと思った」

「やっぱ、そうやったん？」

「うん。最終フリータイムが四人だったの。四分の一で二十五パーセントってまあまあの高確率でしょ？　でも結局、そもそもの分母に意味がなかったってことなんだよね」

「もう、この期《ご》に及んで、また理系なこと言わんといてよ」

麻耶は真っ赤にすりむけた鼻を膨らませた。

「でも恵美ちゃんもこれで懲りたんやない？　確率予測やシミュレーションが、何の意味も持たないってことがわかったでしょ。人間の気持ちなんて、あんなふうに土壇場で、ほんのちょーっとしたことで変わるんだから」

「うーん、どうかなあ」

恵美は同意も否定もせず、あいまいに笑った。

「わたしね、決めてん」麻耶が涙をぬぐう。「次の回にも参加する。この番組で、絶対に結婚してやるねん。ねえ、恵美ちゃんもそうせえへん？　また一緒に来ようよ」

「わたしはやめとく。典彦さんと逢うために参加しただけだから。っていうか逆に、麻耶ちゃんはこれで諦めちゃっていいの？　大輔さんに本気だって言いながら、そんな程度の気持ちだったの？」

「もお、なに言うてんの。お互いの相手は、目の前でさらわれちゃったでしょ。次の回に申し込もうよ。何回も何回も参加すれば、恵美ちゃんの大好きな確率が上がるやんか」

恵美は思わず吹きだした。

「ううん。もう本当にこれで最後。だってわたしが好きなのは、典彦さんだけだもん」

「恵美ちゃんのアホ。典彦さんを引きずってたって、しょうがないのに。うちらは、もう負けたんやからね」

麻耶は言いながら、ブランケットを頭まで被《かぶ》った。またすすり泣きが聞こえる。

こんなに簡単に大輔のことを諦められるなんて、麻耶の気持ちはそこまで大きくなかったということだろう。それなら次の回に新しい相手を求めるのは正しいし、応援してやりたいと思う。

けれども恵美は違う。

生まれて初めての一目ぼれだった。結婚するなら典彦しか考えられない。だから

――

恵美はモバイルＰＣを取り出すと、イヤホンを耳に入れた。

もうとっくに、典彦たちは帰宅している頃だろう。

アプリケーションを起動させると、パッと典彦の実家のリビングが映る。

――お前が選んだ人なんだから間違いはないと思うよ。ただ、うちに来なかった人なんだろ？　一言も話をしてないから、何ともねえ。

母親が茶をすすりながら、ため息をついている。

――まあまあ、とりあえずはお相手が見つかって良かったじゃないか。

典彦の父親がたしなめ、その膝に乗った友則が口を尖らせた。

――僕、恵美お姉ちゃんがよかったのに！

――ごめんごめん。正直、ギリギリまで迷ったんだけどね。だけど直感を信じることにしたんだ。

典彦が友則の頭を撫《な》でている。

友則にあげたターボから、内蔵のＷｉＦｉを利用して送られてくる映像と音声だった。ネット環境さえあれば、どこからでもモニタリングできる。全方位撮影できる超小型高感度カメラを仕込んであり、恵美のモバイルＰＣからは遠隔操作も可能で、家中どこでも移動し、映すことができるのだ。

ロケは終わった。けれども恵美の婚活はまだ終わっていない。

初めて会って、自己紹介をして、グループでフリートークをして、実家を訪問して、両親や家族に会う——一般的な婚活なら、やっとここからが本番であるはず。

確かに恵美は失敗した。過去のデータをかき集め、パターンを分析し、自分なりの予測を立てて行動したがカップルにはなれなかった。麻耶の懸念通り、婚活は計算通りにはいかなかったのだ。

しかし、不測の事態に備えてオルタナティブ・ソリューション（代替解決策）を準備しておくのもリケジョの得意技である。

一泊二日で結果が出なかったのであれば、引き続き遠隔で相手の動向をリサーチし、傾向と対策を練り続けるまで。

それに過去のデータによると、カップルが成立したのち、結婚に至らないことも多い。つまり、田島由美と自分の勝負は、ここから始まるのだ。

大丈夫、きっとうまくいく。

昨夜だってホテルに帰ってから、早速ターボのモニタリングによって得た情報——典彦が遠距離を心配していたことなど——を基に最終フリータイムで攻めてみたら、かなりの好感触だった。同様のことをこのまま、ずっと続けていけばいいだけだ。

こうして長期にわたってリサーチと分析とシミュレーションを徹底させ、いつか何かの口実をつけて彼と再会する。彼の出張先に偶然を装って現れてもいい。いや、今から恵美もサーフィンの特訓を始めて、彼が波乗りに行く海岸に居合わせてもいい。ターボがいる限り、いくらでも調整は可能である。

やっと二分の一――五十パーセントという高確率にまで跳ね上がったのだ。こんなに美味《おい》しい勝負を、みすみす逃す手はない。

田島由美よ、束《つか》の間《ま》の勝利感を味わっておくがいい。いずれ必ず、奪ってみせるから。

カメラをズームインし、画面いっぱいに映し出した典彦の笑顔をうっとりと眺めると、恵美はその口元にそうっと唇を寄せた。

グラスタンク

日《ひ》野《の》 草《そう》

1977年、東京都生まれ。別名義での少女小説家を経て、2011年に第２回野性時代フロンティア文学賞を受賞して日野草としてデビュー。ナイーブで残酷で驚きと刺激に満ちた受賞作『ワナビー』（応募時の筆名とタイトルは日々草「枯神のイリンクス」）は、動画配信サイトの企画を通じて一般人が人気を博していく様をブログというスタイルで描いた作品だった。受賞第１作が刊行されたのはその３年後のこと。『GIVER』（2014年）は〝復讐代行業〟なるビジネスを、ツイストの効いたプロットで描いた連作短篇集で、圧倒的なスリルを備えており、2018年にドラマ化。2015年には続篇の『BABEL』を発表。こちらはまた新たな形でプロットに凝った作品であった。本作「グラスタンク」は、第３話として収録されている。その後、2017年にシリーズ第３作『TAKER』を発表。（M）

二年も経てば駅前の景色は変わる。

毎日訪れている場所とはいえ、改めて記憶の中の光景と目の前のロータリーとを見比べるとまるで別世界だった。

竹宮美咲《たけみやみさき》が制服を着ていた頃の駅前は、下りたシャッターが目立つ商店街に面しており、広場にはくすんだプラスチックのベンチしか並んでいなかった。それが今ではショッピングモールが併設された駅ビルが建ち、ロータリーにはバスが行き来している。行き交う人々もなんとなく華やいで見えた。

卒業してしまえば、すべての時間は早回しになる。

バスを降りた美咲は見慣れた景色を一瞥《いちべつ》して、待ち合わせの店に急いだ。美咲は今もこの駅に毎日通っている。けれどもう学生ではない。駅の反対側の出口の外にある、小さな喫茶店で働いているのだ。チェーン店で、最初は電車で一時間ほどかかる都心での勤務だったが、すぐにこの駅近くにも支店ができ、そちらへ配属になった。休みは週に多くて二日。だが土日ではないため、学生時代からの友人と遊ぶこともままならない。

歩きながら、もういちどスマートフォンを見た。

メールを開き、日にちと時間が合っているかを確認する。どちらも大丈夫だ。指定された店の名前を目で拾い、駅ビルを見上げた。ここの二階に入っているカフェが待ち合わせ場所だ。あと十分。余裕を持って着けるだろう。

――どうしてもきいてほしいお願いがあるの。

メールの最後につけられた、短い一文が目に入った。なんとなく切実な気配がする。一緒に買い物に行ってとか、男性に告白するからつきあってとか、そんなものではない。

美咲は心の隅が甘く疼《うず》くのを感じた。友達に頼まれごとをされるというのは、いくつになっても嬉しいものだ。まして長いこと会ってない友達の場合、まだ自分のことを必要としていてくれるのだと安心する。

平日の昼間だというのに人が多いエスカレーターを上って、指定されていたカフェに入った。

待ち合わせであることを店員に告げて、目的の人物の姿を探した。

明るい日差しが注ぐ店内のテーブルは八割が埋まっていた。一人の客も意外に多い。この町にはこんなにたくさん人がいただろうかと思う。しかしいくら探しても、頭に描いている相手の姿は見えなかった。

名前を呼ばれたのは、三度ほど店内を見回したときだった。

「美咲、こっち」

声のほうに顔を向けた。

窓際のテーブルに、一人で腰掛けている若い女がいた。明るい色の服を着て、耳にはピアスが光っている。微笑む顔には、繊細な化粧がほどこされていた。

「えっ」声が跳ねた。「あの、……結衣子《ゆいこ》？」

メールの差出人ならば、彼女は大場《おおば》結衣子であるはずだ。十代の多感な時代を共にした。

だがあまりに違う。卒業後は横浜の大学に通っていて、一人暮らしを始めたために、今日までほとんど会ったことがない。彼女の十九歳の誕生日にわざわざ美咲が横浜まで出向いたときも、垢抜けたなと思いはしたものの、こんなに華やかではなかった。

「よく来てくれたね」結衣子は自分が座っている隣の座席を示した。

美咲は戸惑いながら近づいていった。一歩近づくごとに目が眩《くら》む思いだ。急に、スニーカーとジーンズ姿の自分が情けなくなった。化粧もほとんどしていない。髪もおろしただけで、ヘアムースもつけていない。

「座って。久し振り、元気だった？」

動く口元から目が離せなかった。窓からの日差しを反射して輝いている。グロスをつけているんだなと思うと、それだけで戸惑ってしまった。高校生の頃、二人でグロスを買い唇につけたとき、量が多すぎたのか唇を閉じると納豆のように糸を引いてしまい、笑いながら大急ぎでふき取ったのを覚えている。

示されたとおり隣の席に腰を下ろし、美咲は結衣子の顔を眺めた。距離が近いせいで、彼女の精巧な化粧がよくわかる。目元の細いラインと、それを縁取るミントグリーンのアイシャドウ。

「なんか、……すごく、変わったね」

結衣子は口角を吊り上げた。

「美咲は変わらないね」笑うと華やかさに加えて、ある種の迫力も感じられた。

戸惑う心に気付かれたくなくて正面を向いたとき、ふとおかしなことに気付いた。

結衣子は四人掛けの席に一人で座っていた。そして自分は、隣のイスに腰掛けてしまった。

「いいの。このままで」立とうとした美咲の腕を、結衣子が引いた。「すぐに来るから」

誰が？　と目で尋ねた。微笑んでいるが、それは美咲が見たことのない笑い方だった。

思わず瞬《まばた》きもせずに見つめてしまった。

「うん？」結衣子は首を傾げた。

美咲は目を伏せ、すぐにまた、視界に結衣子を入れた。

「なんだか、ほんとに、きれいになったから」

「ありがと」肩を竦《すく》めた。「まあ化粧はうまくなるよ。わたし今、キャバクラでバイトしてるから」

美咲の喉が張り付いた。キャバクラ？

胸元が開いたドレスを着て、男に酒を注ぐ。そんな仕事を？

目を見開いて、旧《ふる》い友達を見つめてしまった。

結衣子は喉を震わせて笑った。

「そんなに驚くことないって。ふつうのバイトよりも儲かるし、楽しいよ。わたし、この仕事向いてるみたい」それにね、と結衣子は突然、口調を変えた。「すごくいいこともあったんだよ。今のお店で働いたおかげで」

「いいこと……？」

結衣子は細めた目で数秒間、美咲を見つめた。

そして何も言わないうちに、結衣子はすっと視線を美咲の背後へずらした。

「来た」

美咲は振り向いた。

一人の青年が、こちらに向かって歩いてくるところだった。背が高く、濃い茶色に染めた髪は男にしては長めで、この界隈では決して見ないしゃれた雰囲気を纏《まと》っていた。

うわ、と美咲は声を上げた。

店の中の青年に気付いた何人かが、彼の動きを目で追いかけている。

声が届く距離までくると、若い男は美咲に微笑みかけた。息が詰まるほど爽やかな笑顔だった。

「こんにちは。義波《ぎば》です。正義の義に、波と書きます。どうぞよろしく」

奇妙な自己紹介だと思った。

＊

義波はイスを引き寄せると、結衣子の向かいに腰を下ろした。

店員が注文を取りに来た。三人ともコーヒーを頼んだ。美咲たちよりいくらか年上に見える女の店員は、立ち去る間際まで義波を見ていた。

「もしかして、結衣子の彼氏さん……ですか」

義波は明るく笑った。その笑顔にふと、美咲は引っかかるものを感じた。だがその正体がわからないうちに、結衣子が何度も美咲の肩を叩いた。

「だったらいいんだけどね。違うの」本当に痛かったので、美咲は肩を引いた。結衣子は楽しげに笑っている。「この人は復讐代行業者。お金で人の恨みを晴らしてくれるの」

一瞬、何を言っているのかわからなかった。

結衣子は満面の笑みを美咲に向けた。

「聞いたことない？　復讐を代行してくれる裏稼業の人よ。わたし、この人を雇ったの」笑みを消した。「希《のぞみ》さんの復讐をしてもらうために」

熱い何かが美咲の背中を駆け上がった。

菅野《すがの》希。

その名前を聞くのは、あの水槽を出て以来初めてだった。


学校は水槽に似ている。

さまざまな種類の魚の稚魚を保護し、育成し、いずれ放流するための水槽。そこに入れられた稚魚たちはガラスの壁の向こうの世界を見ながら泳ぎを覚え、いつかその向こう側に出て行く日を待ち続ける。

菅野希は、そんな水槽の中に突然現れた人魚の姫だった。見たこともない美しい尾びれと人間の優美な上半身。そして魚でも人でもあるという特性。菅野希が美咲たちのクラスにやってきた日、生徒たちは突然の波紋に驚く川魚のように目配せを交わした。

親の都合で転校が決まったこと、以前は都心の高校に通っていたことを、担任教師は淡々と説明した。菅野希は長身で、顔立ちがはっきりしており、それでいて化粧もせず髪も短く黒いまま。やや釣り目がちな大きな目で、微笑みもせずにどうぞよろしくと言った。

すぐに、噂が立った。

親の事情という曖昧な説明を、多くの生徒がスキャンダラスな空想で飾った。なかには聞くに堪《た》えないひどいものもあった。希は学校に来ても始終一人きりで過ごし、昼休みはどこかへ消えてしまうため、噂は湧き出るばかりだったのだ。

美咲はその頃、結衣子を含む数人のグループで机をくっつけあい、昼食を取っていた。結衣子とは中学から一緒で、あとのメンバーは二年生になってから気が合った者同士だった。

ある日の昼休み。いつものように机をくっつけあう直前、結衣子はお腹が痛いから保健室に行ってくると言って席を立った。

美咲も、送って行くからと言って仲間のもとを離れた。

実はこのとき二人は示し合わせてあった。結衣子が一学年上の先輩に告白の手紙を送り、その返事を屋上で聞くことになっていたのだ。

笑い合いながら階段を上った。不安もあったが、あの年頃独特の万能感によって、すべてがうまくいくような気がしていた。そしてその魔法は、屋上で待っていた年上の少女たちによって打ち砕かれた。

そこにいたのは結衣子が手紙を送った男子生徒ではなく、その男子生徒の彼女とその友人たちだった。たった一年とはいえ、十代の歳の差は大きい。結衣子と美咲は肩を寄せあいながら先輩たちの文句を浴びた。彼も困ってる、やさしいから後輩を傷つけるかもしれないと悩んでいる、余計なことはするな。

要するに結衣子の手紙を受け取った男子生徒は、自分の彼女にその手紙を渡し、さらに彼女は友人にも見せて、こうして屋上に集まっていたわけだ。

縮みあがった二人を残して、年上の少女たちは屋上をあとにした。恐怖と緊張、そして落胆で動けない結衣子を励ましているとき、美咲はふと屋上の片隅の人影に気付いた。フェンスを背にして座り、脚を伸ばしていたのは菅野希だった。傍らに、購買で売っているサンドイッチの包み紙と牛乳が転がっていた。希は顔をこちらに向けていた。すべて聞いていたし、見ていたと、その表情が語っていた。

しまったと思った。同時に、戸惑いもした。

これがおなじクラスの他の生徒なら、言いふらされたらどうしようと明確に困ることができただろう。しかし相手が菅野希だと、困惑は感じるのだが、いったい何を懸念したらいいのかがわからなかったのだ。

彼女に気付いた結衣子も、美咲とおなじように固まった。

そうしてしばらく、二人とも菅野希を見ていた。

あのときの光景を今も覚えている。夏の終わりの少しだけ高くなった空の青。コンクリートの白っぽい灰色。そこに伸びる日焼けした長い脚。菅野希がクラスの誰よりもスカートの丈を短くしていたことに気付いたのはあのときだった。

「……行こう」

逃げるように立ち去る結衣子のあとを追って、美咲も屋上から逃げた。

希は二人が扉を開けるまでこちらを見ていた。

それからしばらくして、結衣子の希望をぶち壊しにした三年生のカップルが破局したと聞いた。

驚いたのはその原因が菅野希だったということだ。

噂では男子生徒のほうが菅野希にいれあげ、告白したものの、彼女がいる人と付き合うわけがないでしょうと言われ、あっさりとふられたというものだった。

しかも菅野希は、彼女と別れたから付き合ってくれと改めて言って来た先輩にこう言い放ったらしい。

「彼女がいる人とは付き合わないと言ったけど、彼女がいない人なら付き合うとも言ってない」

男子生徒はその後、学校に来なくなった。

その事件は水槽のなかに波紋となって広がった。

皆が不思議がったのは、なぜ菅野希はそんなことをしたのかという一点だった。誘惑して、わざとふった。三年生の女子に恨みでもあったのだろうと思うのが普通だが、問題はその女子生徒と菅野希の接点がないことだ。あまりに噂がひどいので、やがて三年生の女子は二年生の教室がある二階の廊下を歩かなくなった。

美咲と結衣子は戸惑っていた。皆の「なぜ？」の答えを、自分たちだけが知っている。いや、知っていると思われる。あのときのあれ以外に理由が思いつかない。しかし同時に、別の「なぜ？」も浮かんできた。どうして彼女は、結衣子の純情の仇《かたき》を取ってくれたのだろう。

「訊こう」ある日の放課後、結衣子は美咲の手首を握りながら言った。「このままだとなんかもやもやする。菅野希に訊こう」本名をフルネームで呼ぶくらい、彼女は結衣子たちにとって異質な存在だったのだ。

菅野希はいつも一人で帰宅する。

結衣子と美咲は、菅野希を校門の外まで追いかけた。校舎の中、あるいは校庭のどこかで声をかけることははばかられた。なにしろそのときの菅野希は、すでに有名人だったからだ。無関係の一年生までが、擦《す》れ違うたびに菅野希を振り返っていた。

声をかけることができたのは、学校から駅に向かう途中にある川沿いの土手に彼女が降りたときだった。

「あの、菅野さん」

喉を動かした結衣子はまだ美咲の手首を摑《つか》んでいたが、菅野希が振り返ったとき、その手に痛みを感じるほど力がこもった。

振り返った菅野希は微笑んでいた。

それを見た二人は、同時に息を呑んだ。

「いつ話しかけてくるかなあって思ってたよ」その言い方にもまた、美咲は驚いた。心がそれまでにない震度で揺さぶられるのを感じた。風のような口調だった。後に何も残さずに、ただ吹きすぎて行く。過ぎたあとはその感覚を思い出すことさえ難しいのに、頰に触れているあいだは、その心地よさにうっとりしてしまう。クラスの誰もそんな話し方はしない。

結衣子も同じ思いだったのかもしれない。美咲の手首を摑んでいた手から力が抜けて、離れていった。

「ずっと追いかけてくるからさあ」風の口調で希は続けた。転校初日にきれいだなと思った唇が、繊細な微笑みを描いている。美咲はそれに見惚れ、声を出すのを忘れた。「で、何？」

「あっあの！」言った結衣子の声は上擦っていた。ふだんなら笑うところだが、結衣子以上に動揺していた美咲は、喋ることができただけでもすごいと思った。「……このあいだのこと、ですけど……」

敬語でさえ、おかしいとは思わなかった。希はもはや、別世界から来た種族が違う生き物のようだった。

「こないだのことか」希はそこで初めて体ごとこちらを向いた。短いスカートの裾が揺れてどきりとした。「なんであんなことしたか？　気に入らなかったからだよ。あたしは卑怯なやつが大嫌いなんだ。てめえで受け取った手紙の断りを彼女に、それも集団でやらせるなんてムカつく。ムカついたから、あたしが勝手に憂さ晴らししたんだ。あんたたちは何とも思うことないよ」

じゃあね、と言い置いて、希は踵《きびす》を返した。

美咲と結衣子は同時に「待って」と叫んだ。そのときには二人ともわかっていたのだ。菅野希は貴重な、とても希有な女の子だと。

希は振り返ってくれた。それだけで、二人はとても嬉しかった。そのときには美咲も結衣子も、お互いにおなじ心持ちであることを察知しあっていた。

希は二人と一緒に駅前の喫茶店に入ってくれた。そのできごと以降、彼女が二人の中心になるまで、あまり時間はかからなかった。

希は魅力的な女の子だった。それはすぐに、二人以外の人間も知ることになった。やがて始まった文化祭の準備でクラスの出し物が喫茶店に決まると、希はしゃれたカフェの作り方を皆に教えた。彼女が自分からクラスに溶け込むようなことをしたのはそのときが最初だった。なによりあの事件のあとだったから皆驚いた。彼女が教えてくれたレシピには、小さな町で生きてきた少年少女が知らない都会の洗練された匂いがした。

そうして希は皆の注目を集める存在になっていったが、決してまわりの人間と馴れ合おうとはしなかった。唯一そばに置いたのが美咲と結衣子だ。二人はお姫様の話し相手に選ばれた侍女の気分を味わった。

そうしているうちに、希が父親と二人暮らしであることを知った。両親の離婚後、母親に引き取られたのだが、その母親が蒸発してしまったので父のもとにいるというのだ。

「クソ親父でさ、あたしのバイト代を取り上げるんだ。この学校はバイト禁止の校則があるから助かるよ。金を渡さない言い訳ができる」

とんでもない話を笑いながらする。

実はこの頃、美咲は両親と同居していなかった。だが複雑な理由ではない。母方の祖母がこの町で暮らしていて、かくしゃくとした人だったが一人住まいは心配だと母が言うので、高校入学と同時に祖母と同居し始めただけのことだ。両親は共働きで、むしろ祖母のほうが美咲を甘やかしてくれるので、この引越しは嬉しいできごとだった。だから余計に、自分たちにはわからない苦労を背負った希は、それだけで大人に見えた。

あるとき、結衣子が尋ねた。

「どうして希さんは、わたしたちと仲良くしてくれるんですか」

返ってきた答えは意外なものだった。

「仲良くしてくれてるのは、あんたらのほうじゃない？」

美咲と結衣子は顔を見合わせた。

その頃の二人は菅野希の口から出る言葉を理解できないと、お互いにまず目で語り合って答えを探る癖がついていた。そしてたいてい、答えは見つからない。

視線を菅野希に遣ると、彼女は正解を教えてくれた。

「あたしはまあこんなだから。あんまり友達ってできないんだよね。なんかみんな遠巻きにしてさ。でもあんたたちは話しかけてくれた。嬉しかったよ、ほんとに」

二人はまた、顔を見合わせた。お互いの目の中に、言葉にできない歓びが溢れていた。

美咲はこの人魚の姫の将来を夢想した。きっと素敵な大人になるだろう。この水槽を出て、彼女はきっと都会へ戻る。ブランド物の服を着て、ヒールを鳴らしながら颯爽と歩く。ビルのサンゴ礁は人魚の王国だ。そこでも希はひときわ美しいに違いない。他の人魚たちが彼女の鱗《うろこ》の輝きに見惚れている。

そうなった彼女を見たいとも、そうなってしまうのが怖いとも思った。

そのとき人魚の姫は自分たち川魚を覚えていてくれるだろうか。広い海の住み心地がよくて、こんな小さな水槽のことなど思い出さないのではないか。それなら次の次の春なんか来なければいい。

美咲はそう願ったが、人魚の姫との別れはもっと早くに訪れた。

三年生の五月。人魚は学校の近くの川で見つかった。美咲たちが最初に声をかけた場所の近くだった。

警察は事故死と断定した。

死因は水死。肺に溜まった水は遺体が見つかった川のものだった。指に擦り傷が見つかったが、爪の隙間に詰まっていたのは川沿いの土手の泥だった。ただ奇妙だったのは、日曜日であったにも拘《かかわ》らず、希が制服姿だったことだ。

その後は、彼女が転校してきたときとおなじく、さまざまな噂が流れた。希の父親は何度も事情聴取を受けたとか、希のスマホから遺書のようなメモが見つかったとか。なかには土手沿いに希の幽霊が出るといった噂もあった。けれど結局、最後は事故で処理されたと聞いた。

菅野希の仇を取る。そのために復讐を代行する裏稼業の人間を雇った。ただ聞けば奇妙な話だ。これが美咲でなかったら、結衣子のことを頭がおかしくなったと思っただろう。

義波と名乗った男はそっと目を細めた。

「大場さんからのご依頼内容は、こうです。菅野希さんがなぜ亡くなったのかを調べること。もし事件や自殺であるならば、その原因を作った相手に菅野希さんとおなじ苦痛を与えて殺すことです」

美咲は結衣子を振り返った。彼女はうっすらと笑っていた。

もちろん菅野希のことは美咲だって忘れていない。彼女は大事な人生の春の、美しい女王だった。彼女が死んだとき自分の魂の一部も死んだと思った。だけどまさか、その死に結衣子が今も囚《とら》われているなんて。

「うちはただ復讐をするだけじゃない」義波はなめらかに続けた。「今回のようなケースの場合、調査をするのも大事な仕事です。そこでしばらくお時間をいただいて、菅野希さんの事件に関する情報を集めました」

「情報……」美咲は繰り返した。

義波は唇を閉じた。

さっきの女の店員が、コーヒーを運んできたのだ。彼女は通常のマニュアルよりも丁寧だろうと思われる手つきでカップを置いた。最後に一礼するとき、顔が義波のほうを向いていた。

店員がいなくなると、義波は口を開いた。目は微動だにせず、女が彼を見ていたことになど気付いていないように見えた。

「菅野希さんは、あるネットカフェを頻繁に利用していたようです。学校から一駅、この駅の隣の駅前の繁華街です。もちろん三年も経てば彼女が使っていた記録は残っていませんが、当時警察は、菅野さんがあるチャットルームに出入りしていたことを突き止めていました。そこで男性と出会い、亡くなるまえにその相手から別れを告げられていたことも」

「そうなの……？　ほんとに？」

美咲は男と結衣子の顔を交互に見た。

本当かと尋ねたのには訳がある。希はそんなこと一言も自分たちに話してくれなかった。

「驚きでしょ」結衣子の声は低く沈んでいた。「そんな大事なことをわたしたちに秘密にしてたなんてね」

まるでたった今、痛手を受けているかのようだ。昔の友達が自分に秘密を持っていたことを本気で嘆いている。それは成人し、男性相手にお酒を注ぐアルバイトをしている女の顔ではなかった。

「……結衣子……」

美咲は旧い友達の心に、菅野希の死がどれほど深く突き刺さっているのかを思い知った。

「続けますね」カップをソーサーに置く音が響き、美咲の目は義波に引き寄せられた。「警察はもちろん相手の男性に事情聴取を行いました。その人物は妻子がいるカーディーラーでした。事件だとしたら、最重要容疑者だったでしょう。しかし彼には、菅野希さんが亡くなった当日のアリバイがあった」

そう、と美咲は吐息をついた。安堵の息なのか、それとも残念に思ってのことなのか、自分でも判断がつかなかった。

希の父親も犯人ではない。こちらは希が亡くなった日、池袋の居酒屋で酔って暴れ、警察に一泊している。

「じゃあ、犯人は――」

いないということ？　と続けようとした美咲の喉は、結衣子の震える声に絞め上げられた。

「ひどい話よね」

「え？」

俯《うつむ》いている顔を、美咲は覗き込んだ。アイラインで縁取った目に、涙が垂れ下がっていた。

「既婚者のくせに女子高生に手を出して、面倒になったからって捨てたんだ。あんまりじゃない。許せない」

こちらを見た。

涙で濡れた瞳の輝きの冷たさに胸を射貫かれたが、美咲はぎこちなく頷《うなず》いた。

「だから、頼んだの」結衣子は両手を握り合わせた。ピンクと白に塗られた爪の先端が手の皮膚に食い込んだ。「復讐を」

冷たい感覚が、美咲の体内を吹き上がってきた。

「復讐って……その、希さんと付き合ってた人に？」

「もちろん」こちらを見た。涙はまだ残っていたが、そのうしろにある炎を消せる量ではない。「だってそいつ、まだのうのうと暮らしてるんだよ。義波くんが調べてくれた。浮気のこと、奥さんが許してくれて、今でも家族といるって」

思わず、復讐代行業者の青年を見た。彼はコーヒーのカップを持ち、静かに微笑んでいた。

「だから、頼んだの。復讐を届けて欲しいと」

そこまで言って、結衣子は深く息を吐いた。疲れたような溜息が、テーブルの上のナフキンを数センチほど動かした。

その動きを目で追ってから、義波はカップを置いた。

美咲を見る。

とたんに、心臓が不規則に跳ねた。氷の欠片《かけら》が心壁に突き刺さった感じがした。

「ここからは僕が説明します。ちょっと込み入った話になるのでね」笑みを深くした。そうすることで不思議と、こちらを見る瞳の冷たさは増したようだった。「先ほどもお話ししたとおり、僕は復讐代行業者です。お金をもらって、人の恨みを晴らすのが仕事です。商売ですから、うちの会社には料金プランというものがあります」

料金プラン？　美咲は眉を寄せた。そんな駅前の旅行代理店のポップにあるような言葉で語っていいこととは思えなかった。

義波は話を続けて行く。

「うちの会社が提供している基本プランは、ターゲットの探索、捕獲、肉体的精神的な拷問、殺し、そして死体の始末。全部セットでこれです」義波は指を五本立てた。

「業界最安値ですよ」

美咲は腰を引いた。冗談を言っている口調だった。が、凍てついた目と微動だにしない微笑みのせいで、冗談には聞こえないのだ。

「でもね、大場さんは払えないとおっしゃる」

「だってそんなに……無理よ」

旧友の言葉に、美咲は無意識に頷いた。自分の給料を考えてみる。いちおう正社員ではあるが、手取りは十万と少しだ。キャバクラのバイト料がどれほどかわからないし、それはきっと美咲の給料よりも多いだろうが、それにしたって二十歳そこそこで五百はないだろう。

「でもね、うちは良心的な会社なんです。払えないからといって即座にお断りすることはない。ボスの方針で、動機によっては割引サービスもありまして」義波の口調はなぜか自慢げだった。「今回の場合、大場さんが払える金額はこれが限度だそうなので」カップの縁に手を置いて、義波は指を三本、畳んだ。「その料金内でできることを考えました。まず探索と捕獲、これは外せない。そして肝心の拷問、これも外せません」

美咲はもつれる舌を動かした。「待って」と短く言うことができた。

復讐代行業者は、口を閉じてこちらを見た。

目の冷たさに打たれるまえに、美咲は急いで言った。

「あの、……拷問って……」

義波は笑みを深くした。

「詳細を聞きたいんですね」もちろん違う。だが否定する暇を与えずに、男はすらすらと喋った。「でもそれは、またあとで。今は料金の話をしましょう。二百となると、ふつうは探索と捕獲でぎりぎりなんです。でもね、うちのボスが、かわいそうな亡くなり方をした友達の仇を討つためという気持ちに応える形で、あと百出せるならお引き受けするということになりました。しかも後払いで」

美咲は茫然と男の笑顔を眺め、それからゆっくりと、旧い友達を見た。

結衣子は横顔を向けていた。握りしめていた両手はほどかれ、今は緩く指先を合わせているだけだ。

「百万くらいなら……なんとかできる」

その囁《ささや》くような言い方に、美咲は不吉なものを感じた。

一体どうやってお金を作る気なのか。

不安に肩を揺らした美咲の耳に、なめらかな声が滑り込んできた。

「ただし、条件があります。殺しはまあ簡単なんですが、そのあとの死体の処理が手間です。基本プランですと、埋めるんですけどね。しかしその場所の確保も大変です。なにしろ死体を担いで行くのだから、人跡未踏の秘境というわけにはいかない。開発が予定されている地区なんて問題外です。だからといって登山道を使ったら、人目についてしまう。死体を埋められるのは、近くまで車で行くことができ、なおかつ人通りは少なく、今後二十年は掘り返されない土地ということになる」

　義波は長い指を折って条件を数えた。彼の口から飛び出す言葉の現実味のなさに打ちのめされながらも、美咲はその条件に合う土地というのはほとんどないだろうなと考えた。

「だからね、そんな土地は取り合いになるんです。うちの領土は、お金がない人に提供できるほど広くない」

　取り合いになる……。

「誰と？」

　思わず、そんな言葉が出てしまった。

　傍らで、結衣子が小さく笑う音が聞こえた。小馬鹿にしているのではなく、懐かしがっている響きだった。きっと彼女もおなじ質問をしたのだろうと思った。

「あなたが知らないほうがいい人たちと」義波も慣れた調子で答えた。「皆、縄張りを持っているんです。もちろんお金を払って自分のものにしているわけではありませんよ。そういう業者さんもいらっしゃいますが、万が一のことがあったときに危険すぎる。自分の土地から死体が出たんじゃ、言い訳できませんから」

　義波が頷くのと同時に、さきほどの店員がテーブルのすぐ横を通った。こちらに視線を寄越したので美咲は緊張したが、彼女は表情を変えずに通り過ぎて行った。

「だから、必要なんです」

男はそう言って口を閉じ、美咲を見た。

美咲は体温が急激に下がって行くのを感じた。

「な——何が……」

「土地ですよ。それさえあれば、僕たちは結衣子さんの依頼を果たしてあげられます」

復讐代行業者の顔から笑みが消えた。

結衣子の手が、美咲の肩に触れたのはそのときだった。美咲は体が跳ねた。イスの脚が音を立てる。

「お願いがあるの」間近に顔を覗きこまれた。涙は消え、ただ濡れた光とそれを内側から照らす炎とが、結衣子の目を輝かせていた。「どうしても聞いてほしいお願い……。あなたの家の庭に、希さんの仇の死体を埋めさせて?」

眩暈《めまい》がした。

今すぐ倒れて、目が覚めたらすべて夢であればいいと思うのに、美咲の脳はしっかりと旧友の言葉を受け止めてしまった。

＊

美咲はそっと言葉を零《こぼ》した。

ねえ、とか、それは、とかいった、意味のない短い言葉だったが、それでもなんとかして言葉を紡ぎ、この渦巻く悪夢そっくりの現実を揺り動かしたかった。

結衣子──本当に、そんなことを考えてるの。希さんの仇を殺して死体をうちに埋める？

「警察が……事故だって言──」

「そんなの信じない」

自分の心に言い聞かせている口ぶりだった。

美咲は唇をしめらせ、

「じゃあ……結衣子は……あの時クラスの皆が言ってたこと、信じるの……？」

小さく囁いた途端、結衣子は美咲を睨んだ。刃のような眼差しだった。

「希さんは自殺なんかするひとじゃなかった。本当に強くて、かっこいい子だった。あの希さんを死なせるほどのショックを、あいつは与えたのよ。殺されて当然だよ」

美咲は唇を震わせた。何か言わなければと思うほど、声が出なくなる。

「さて。竹宮さんも納得してくださったところで、出発しましょうか」

コーヒーを飲み干して、復讐代行業者は立ち上がった。

「しゅっ――ぱつ？」やっと出た言葉は、間抜けな発音になってしまった。

「あなたの家に行くの」

その言葉で全身が震え、反動で腰を浮かせてしまう。

「美咲もやる気になってくれたね。ありがとう」

腕を摑まれる。振りほどくべきだとわかっていたが、こちらを一瞥した義波の目に圧《お》されて、むしろ結衣子に縋《すが》りつく形になってしまった。

「行きましょう」

先に立って店を出た義波のあとを追って、結衣子も歩き出した。ヒールの音が誇らしげだ。会計は彼女が済ませたが、義波は払おうとする様子もない。

……本当に？　結衣子に引きずられながら、美咲は目の前の現実に問いかけていた。

地下の駐車場に着く。

義波は一台のミニバンに近づいて、トランクルームを開けた。

「それは何？」思わず、大きな声を出してしまった。

声は駐車場の壁に反響したが、義波は気にするそぶりを見せなかった。

「見ての通りのものです」

トランクルームで蠢《うごめ》いているものを指す。

美咲は背中が反るのを感じた。見えているものから逃げようと、全身が突っ張る。

だが腕はまだ結衣子に摑まれていて、しかも彼女は、美咲の動きを察知したかのように手に力をこめた。

握られた二の腕が鈍く痛んだ。

黒いビニール袋の口がガムテープで留められ、しかも内側で何かが動いている。激しい動き方ではないのは、収められた何かが拘束されているからかもしれない。薄暗い駐車場で、それは巨大な虫に見えた。

「まだ、生きてるの」そんな言葉を口にしてしまった。

言ってからはっとなり、腕を摑んでいる結衣子を見た。そしてまた、息を吞んだ。

結衣子は目を半月のかたちにして笑っていたのだ。

「殺しに立ち会うなら、安くしてくれるんだって。というより、わたしが払える金額だと依頼人自身の協力が義務なの」

唇が戦慄《わなな》き、言葉がこんがらがりながら脳内を駆け巡った。言いたいことは山ほどある。そのすべてが喉に突進し、美咲は呼吸するのもままならないほど震えた。

「なかには、自分も参加させてくれと頼んでくる方もいるんですよ。でもそういう場合、依頼人が望むシチュエーションを作って事を行います。舞台装置を整えるために追加料金をいただくことになる。だから、今回は、少し違う」

男は動いているビニール袋を拳で押した。途端に、中身が激しくのたくった。くぐもった悲鳴も聞こえた。響かない、何かに塞《ふさ》がれた声だ。

「車内でお話ししますよ。さあどうぞ」

言うなり、義波はトランクルームを閉めた。

運転席に乗り込む前に、後部座席の扉を開けた。

開いた扉が悪魔の口に見えて、美咲は脚を突っ張らせた。

「……嫌」

乗れるわけがない。そう思って小さな声をあげたのだが、

「美咲。だめよ」結衣子が素早く耳元に囁いた。「抵抗しないで。お願い」美咲は口を閉じた。その囁きの奥に、確かにそう願っている感情が見えたからだ。どうしてもきいてほしいお願い。あの一文を読んだときの甘い疼きが、美咲の心に蘇った。「あ

の人は本当に人を殺したことがある人なの。そんなこと何とも思ってない。ただ自分の仕事にだけは忠実。だから今、あなたが逆らったら、とても怖いことになる」

言うとおりにしてと、結衣子は念を押した。

美咲の腕を引く。

体を強張《こわば》らせながらも、美咲は開いた扉に潜り込んだ。車内の慣れない匂いを吸い込んだとき、カフェのテーブルから続く眩暈が一段とひどくなった。

美咲が言うことをきいたことに、結衣子は安堵したらしい。ほっと息を吐いた音が、扉が閉まる音に重なって聞こえた。

「説明を続けますね」車を発進させながら、義波は穏やかに言った。親しい間柄の人間とドライブをしようとしているときそのままの口ぶりだ。「大場さんを殺しの現場に立ち会わせることには、僕たちの側にもメリットがあるんですよ。僕の会社の社員はそれほど多くない。時にはもっと人員が必要な場合もある」

美咲はゆっくりと顔を上げた。バックミラーに映る義波の表情を見ようとしたのだが、ちょうどそのとき車が外に滑り出て、眩しい光に目を射貫かれた。

目を背けたが、義波は淡々と続けた。

「かといって、むやみに仲間にするわけにはいきません。簡単な仕事をやらせるときだけ使える、いわばアルバイトが欲しいわけです。大場さんにはそれを頼みたいんですよ。殺人に協力させるのは、まあ、口封じというか保険です。彼女の復讐への情熱は本物ですが、終わったら僕たちへの恩を忘れるかもしれませんから」

顎をあげた。太陽は眩しかったが、それでも美咲はバックミラーに映る義波の目を見た。溶けない氷を嵌《は》めこんだ目だった。

「……結衣子に誰かを殺させるっていうの」混乱する思考のなかでも、彼が言わんとしていることの意味だけは受け取れた。

「あなたにも、よ」結衣子が答えた。

引かれたように顔を向けた。

華やかな顔をした旧い友達は、窓の縁に肘をつき、人工の色で飾った爪で顎を支えていた。

こちらを見ていない。それでも美咲は、彼女がこの会話の流れに無関心なのではなく、あえて目を背けているだけだと直感した。

「私にも……？」

結衣子は体を窓のほうに寄せ、爪を握り込んだ。それでもこっちを見ようとはしない。

「もう一人欲しいんだって。だから、あなたにもおなじことをさせる。別に殺すときは一緒にやらなくてもいい。でも庭は貸してもらう。じゃないと、あなたが言うことを聞かないかもしれないから」

戸惑いが頭の奥で爆発し、美咲は何度も首を振った。

それはどういうことかと訊きたかった。いや本当は訊くまでもない。だが受け入れたくない。何か別の意味だと思いたくて、少しでも違う意味合いを考えた。

自宅の庭に死体を埋められたうえ、これからは復讐代行業者の手先になる――。

どうやったってそんなことを呑みこめるわけがない。

義波の穏やかな声が、右往左往する美咲の思考を容赦なく押さえつけた。

「若い女性は使い道がありますからね。それが二人も手に入るなら、そのほうがいい」

その言葉が頭を貫通した瞬間、美咲はなぜ結衣子がこちらを見ようとしないのかを悟った。

「結衣子」唇から洩れた声は、自分のものとは思えないほど強張っていた。「……私のこと――」売ったのか。この男に。この男が会社と呼ぶ、社会の裏側の組織に。

二人も手に入るならそっちのほうがいい。その言葉にこそ、男の真意が隠れている気がした。この男は、いや、この男が属している組織は最初から、使い捨てにできる女を探していたのではないか。結衣子はそんな連中の前に都合よく現れた獲物だったのだ。

「……なんで?」美咲は自分の声がひび割れるのを聞いた。「なんでよ。どうしてこんなことするの。私はあなたのっ」

「友達だからよ」叫んだが、結衣子はやはりこちらを見なかった。「友達だった。希さんは、本当に大事なひとだった。あなたも言ってたよね。友達のふりをして、ただグループを作ってるだけの子はたくさんいる。でも本当に友達になれるひとは少ない。それはとても特別なこと。……わたしもそう思う。わたしとあなただって、もし希さんが現れなければそうだったかもしれない」

鋭い衝撃が美咲の胸を突いた。それは、と思った。

そうかもしれない。もともと仲は良かった。でも希があいだに入ってからの、彼女への気持ちの共有は、それまでの結衣子との関係よりも深い絆をもたらした。

結衣子は続けた。

「あの頃のわたしたちが持っていた気持ちは、たぶんもう二度と抱けない。あれはあの時代だけのもの。しかも全員が持てるわけじゃない。本当に特別な気持ちだった」

美咲は口を閉じた。かすかに、呼吸が苦しくなった。そのとおりだと、同調する自分が心の底にいた。

窓の外に目を向けたまま、結衣子は喋り続けた。

「わたしはあの頃の気持ちを忘れかけてる。記憶から消えるんじゃない。もっと怖いこと。心が、感受性が衰えるの。たぶんあと一年か、もしかしたら何ヵ月かで、わたしは希さんが死んだときの気持ちを思い出せなくなる」握りしめた拳を口元にあてがった。

無意識かもしれない。指の関節を噛んでいる。美咲は自分の指を握りこんだ。結衣子の歯の感触が伝わってきた気がしたからだ。

「……忘れたくないの」結衣子の声は湿り気を帯びていた。「あの気持ちを忘れるのが怖い。わたしはこの気持ちを忘れた頃、あの頃馬鹿にしていた大人になる。自分の心よりも、損か得かですべての物事を計るようになる。そういうことが必要だっていうのはわかってる。でもね、やらなくちゃいけないからやり続けて、いつかそれが当たり前になって、そのときに思うのよ。どこかで制服姿の女の子と擦れ違ったときに。あの頃は何も知らなかったなって。でもまだ、わたしにはわかってる。あの頃のわたしたちのほうが、今よりも、これからよりも、ひとを好きになることをわかってた」

車が揺れた。太陽の位置が変わり、結衣子の横顔を照らしだした。白く縁取られた輪郭の一点で、澄んだ雫が光っていた。

「復讐できるのは今が最後かもしれない。わたしはもう少ししたら、希さんの仇を討ちたいとは思わなくなるかもしれない。そんなのは、本当に嫌」

「……だけど、そのために」言ってはみたものの、美咲は自分の声から怒りが消えていくことを悟っていた。「どうして、私を巻きこんだの」

結衣子は言いづらそうに拳を開き、爪で窓枠をなぞった。

目を伏せ、顎を引いている。その横顔は、今から口にすることの理不尽さを理解していて、それでもどうしてもそうしたかったのだと訴えていた。

「こうすれば、美咲も」息を止め、一拍置いてから、ゆっくりと吐き出した。「希さんを忘れないでいてくれる。そう思ったの」

「ゆ――」

「違うからね」鞭のように言った。「ただ記憶に残るとか、そんなんじゃだめなの。わたしはあのひとに消えて欲しくない。わかる？　ただ覚えているんじゃだめなの。心が伴わないと。わたしとあなただけが、希さんの魅力をわかってる。あの頃親しかったのはわたしたちだけ。……希さんを騙したアホには魅力が見えてなかったはずよ。だから騙せた。わたしたちがあのひとを愛したままでいるには、わたしたちの時間が止まらなきゃならない。それをするには、わたしたちの人生に、何か大きなできごとで杭を打ち込まなきゃならないの」

結衣子は言い終える直前、美咲を一瞥した。さまざまな感情が混じり合う瞳だった。けれどその多くは、悲しみと苦しみだった。その両方で必死に、こちらに手を伸ばしている。

美咲は否応なく心の一部が盛り上がるのを感じた。そこが破れて、懐かしい気持ちが噴き出してくる。なんて瑞々《みずみず》しい感情の渦。あの頃の気持ちだ。

だがそれは、結衣子が目を逸《そ》らしたのと同時に、冷えて固まってしまった。

もういちど、車が揺れた。特徴的な形の影が車内を横切った。

美咲は急いで影が現れた窓を振り返った。見慣れた神社の鳥居の前を通り過ぎたところだった。

義波は神社の隣の、今はシャッターを下ろしている酒屋の脇道に入った。

両側には畑と、ひっそりと建つ民家が続く。そのもっとも奥まった場所で、車は停まった。

鉄の門扉と苔が生えたブロック塀がある。その向こう側には、大きなブナの木が目立つ鬱蒼とした森があった。木立の隙間に瓦屋根が見える。

「いいところですね」義波が言った。恐ろしいことに、その声は嬉しげだった。「ここなら外からは見えにくい」

言うなり、車を降りた。

うしろのトランクルームに向かって行く。その姿に付き従うように結衣子も車を降りたので、美咲も同じようにするしかなかった。

祖母の家、現在は美咲のものであるそこは、木造平屋建ての家屋が小さな森の中に埋まるようにして建っている。都会に近い住宅街の小さな庭とはまったく違う。だがこのあたりでは、このくらいの庭も木立もありきたりなものだった。屋敷森といって、風から家を守るために木の壁を作る。

ここに初めて二人を招いたときのことを思い出した。祖母が庭で転び、大事を取り入院していたときだから、希がいなくなる直前の春だった。結衣子と、特に希は、この家の小さな森をおもしろがった。

家の中でおしゃべりをしながら夜を迎え、ふと外を見たとき、木々が自分たちを世界から守ってくれているように感じた。時間が切り取られて永遠にループする。そうやってずっとここに閉じ込められていればいいのにと思った。今もし希がいて、もういちどここに三人で揃うことになっても、もうあんな気持ちになることはないだろう。あれはあの頃だけの魔法だったのだ。

「先に鍵を開けておいてもらえますか」義波の、ほがらかだか平坦な声が、美咲の心を今に連れ戻した。「運ぶのは僕がやりますから」

結衣子を見た。縋り付くような目になっているのがわかったが、結衣子はふっと視線を逸らした。美咲はこみあげてくるものを必死で押し殺しながら、門を開け放ち、家の玄関の鍵を開けた。

振り返ったとき、美咲は恐ろしい物を見た。義波がこちらへまっすぐ歩いてくる。両手で、あの黒いビニールを引きずっている。楽しげに笑っていた。

そのあとから、結衣子もやってきた。さすがに顔を強張らせているが、足を止める気配はない。

黒いビニールはまだ蠢いていた。くぐもった声が、玄関にいる美咲の耳にも聞こえてくる。地面に擦られてビニールが破けてしまわないかと不安になったが、義波はいちども振り返ることなく美咲の傍まで来た。敷石ではなく、柔らかな地面を引きずってくるだけ、まだ痛みは少ないかもしれないが。

「お待たせしました。いちばん広い部屋はどこですか」美咲の答えを待たずに、義波はさっさと玄関をあがっていく。ビニールを持ち上げ、乱暴に廊下に叩きつけた。悲鳴らしき声が聞こえ、一瞬、中身が動きを止めた。

靴も脱がずに、義波は廊下を歩いて行く。

広くはない家だ。廊下を数歩進み、行き当たった障子を片手で開けた。美咲は一瞬、身を乗り出した。そこはこの家でいちばん広い、十畳ある座敷だった。

「ここがいい。庭も見えるし。大場さんも早く来てください」

鳥肌が、玄関扉を押さえたまま立ち尽くしている美咲の腕に広がった。これから彼がしようとしていることを考えれば、その浮き浮きとした声色は、恐ろしさ以外の何ももたらさない。

「結衣子……」

傍らを擦り抜けた結衣子を、美咲は呼び止めた。

よほど不安げな声が漏れてしまったのかもしれない。

結衣子は美咲の手首を摑み、そのまま玄関を上がった。いきなり引っ張られたので、美咲はつんのめり、靴を飛ばしてしまった。

「あんたも来て」

「私……」

「殺さなくてもいいとは言ったけど、でも見ていてはもらう」声が硬く、引き締まっていた。

美咲は胸の中央で恐怖が弾けるのを感じた。これから、あの袋の中の人を殺す？ここで？　希の相手だった男を。

「ね、ねえっ、でも！」処刑場となる部屋に連れて行かれながら、美咲は必死になって舌を動かした。「殺す——って、だけど、その人には奥さんも子供もいるんでしょ」

「大丈夫よ、ばれないように細工するって言ってたから。義波くんはプロだから、そんへんは任せておきましょう」

新しい恐怖が美咲の体温を下げた。妻子がいると言ったのに、結衣子は犯罪の隠ぺいの方向だけを考えた。夫や父親を喪《うしな》って悲しむ人がいるということを考えなかった。

「義波くん。やりましょう」硬い声のまま、結衣子は十畳間の畳を踏みしめた。

部屋の正面には窓があり、その向こうには庭が広がっている。外から見た時よりも開けて見えるのは、取り囲んでいる木々がブロック塀の縁に集中しているからだ。庭の中央は日当たりが良く、今は葉だけの水仙が群生している。

そんな穏やかな景色を背景に、義波は部屋の中央に立っていた。片足でビニール袋を踏んでいる。疲れたのか、それとも美咲たちの目から離れた数十秒のあいだに何かをされたのか、袋はほとんど動かなくなっていた。

結衣子は美咲を部屋の隅に放り投げた。バランスを崩し、畳に倒れ込んだ美咲の頭上から、平坦な義波の声が降ってきた。

「ご心配なく。相手には猿轡《さるぐつわ》を嚙ませてありますし、あんまりうるさいようなら喉を潰しますから。ここなら外からは見えません。逃がすようなこともない。血がちょっと心配ですけど、まあいいか。もし畳を汚したら、いい洗剤を教えますよ」

美咲は顔を上げた。いつの間にか染みだしていた涙で揺らぐ視界のなか、義波は明るい笑顔をこちらに向けていた。

その隣で、結衣子が拳を握りしめている。決意に満ちた横顔は美咲がどんな言葉をかけてもそれを弾きかえしてしまうほど硬かった。

どうして？　美咲は囁いた。

どうして、こんなことになっているの。結衣子――あなたが車の中で言ったことには賛成する。私もそう思ってる。卒業してから時間は速くなった。朝目が覚めるたびに、あの柔らかくて瑞々しい感受性が削られているのを感じる。そのうちに私たちはただの女になる。それは悲しくて恐ろしい。だけど、今目の前で起きようとしていることは。

「出しますよ」

「ええ」答えた結衣子の声は強張り、内側からこみあげる感情に押されて、まるで芝居の台詞のように現実味がない。それでいて準備をするように拳を握った。それを見て、美咲は確信した。結衣子は無理矢理に拷問をさせられるのではない。彼女もやる気なのだ。

義波はビニールの縁に手をかけた。指に力がこもる。

結衣子が、こちらを振り返った。

「美咲、見て。こいつが希さんにひどいことをしたのよ」

義波の指が厚いビニールを引き裂いた。

転がり出た男は、畳の上を一回転し、美咲の目の前で止まった。

恐怖に青ざめた顔とうつろな目が美咲のほうを向いた。その顔を見た美咲の唇が勝手に、言葉を絞り出した。

「この人が……？」

＊

転がり出た男は、両手をうしろで縛られ、鼻の下には何重にも布が巻かれ、脚は膝と足首を拘束されている。着ているTシャツとデニムには、赤黒い染みが滲んでいた。靴は履いていない。

染めた髪がもつれていた。若い男だ。さすがに十代ではないが、そのへんの繁華街で遊んでいてもおかしくない年頃に見える。

「この屑野郎」結衣子の足が男の頭を蹴った。

その反動で男の顔が反対側を向き、美咲の視界から消えた。

美咲はいよいよ全身が震えるのを感じた。今目にしたものが信じられなかった。

「ああ大場さん、頭はやめたほうがいいですよ」穏やかに、義波は止めた。「気絶したら起こすのが面倒だし、早く死んでしまったらつまらないでしょう？　指先はいかがです？　爪が破壊されると、ものすごく痛いらしい」義波の口調はその箇所を潰されて悶える人間をたくさん見てきたといわんばかりだった。

「爪？」結衣子は男を見下ろした。その目は血走り、この行為に興奮しているように見えた。「そうなんだ」

「なら手を自由にしましょう。僕が押さえておきますから。これ、使ってください」

義波は腰のあたりを探って何かを取り出した。霞む目で、美咲はそれを見つめた。一瞬何だろうと思ったが、どうやらそれは鞘《さや》がついた大きなナイフだった。

「柄の方でね、爪を砕くんです。指を切り落とすよりも痛いですよ」

「へぇ……。やってみる」

突然、転がされた男がくぐもった呻《うめ》き声をあげた。三人の視線が彼を見た途端、男は畳を齧くように這って美咲にのしかかってきた。

美咲は口を開けたが、悲鳴は漏らせなかった。唐突な他人の重み、ましてそれが縛られた男という二重の衝撃に体が動かなくなった。

男の目が間近に迫った。血走った目。懇願する目だ。助けてくれと。

「美咲に何すんのよ！」

言うなり、結衣子の手が男の襟元を摑み、引きずり戻した。

男は呻き声を漏らし続けた。その体を義波がうつぶせに倒す。腰に一撃を加え、膝で背中を押さえた。結衣子に差し出していたナイフの鞘を外し、現れた刃で縄を切った。男の手が瀕死の魚のように激しく上下したが、義波がその肩を殴ると、腕は畳のうえに落ちた。それでも男は呻き続けた。助けてくれと聞こえる。そしてもうひとつの訴え。美咲はどうしても、それを無視することができなかった。

「待って」声を絞り出すと、三人の目がこちらを向いた。縛られている男の救援を見たかのような表情に釘付けになった。「その人は……本当に、希の相手なの？」

沈黙が落ちたのは一瞬で、それもあまり重いものではなかった。

「はあ？」結衣子の声は呆れていた。「間違いないよ。そうでしょう、義波くん」

「ええもちろんですよ」義波の声は平坦だった。「うちの調査に間違いはありません」

言うなり、二人が動きを再開しようとしたので、美咲は声を上げ続けた。

「でも、もし違ってたら？　そうしたら……」

義波はふと笑みを消した。結衣子はこちらをひどく驚いたような目で見ていたが、美咲は彼女には気を取られなかった。

「竹宮さんは、うちの会社の仕事を疑っているんですか」

肩を引いた。義波はすぐに頭を振り、思いのほか穏やかな口調で言った。

「いえ、まあ、わかりますけどね。復讐代行業者なんて、裏稼業だからあまり誠実な仕事をしないのではないかと。でもご心配なく。うちは本当に、真面目な仕事を心がけているんですよ。間違いなくこの人が、菅野希さんのお相手です」

「……でも、もし——」食い下がった。声が震えた。義波の手にあるナイフが、今まさに心臓に突き刺さっているかのように胸が冷たくなった。

それでも話さなければ。あと少しで自分は殺人の目撃者に、いや、共犯に近い存在にされる。しかもその死体は庭に埋められてしまう。そのあとは——考えたくもなかった。

「もしも、その人じゃなかったら。それでも……殺すの？」

「何言ってんの、美咲」

「いいえ」義波は穏やかに結衣子の言葉を押しのけた。「口止めはきちんとしますが、余計な殺しはしません。本当です」義波の膝の下で、男が呻いた。さっきよりもさらに切羽詰まった声だ。

乾いた口内を湿らせるため、美咲はいったん口を閉じた。それから言った。

「もし、違うなら。こんなことはやめる？」こんなこと。今まさに命を奪われようとしている男だけではない。美咲の身に降りかかろうとしている事態も。

義波はわずかに膝を動かした。「何が違うんです？」

男が大きく身動きをした。それを目の端に捕らえた義波の手が動いた。何をしようとしたのかはわからない。だが拳を握り、何か決定的な一撃を——この人物が後遺症を負うか、傷痕が一生残るような打撃を与えようとしたように見えた。そうなったらきっと後戻りはできない。

美咲は、叫んだ。

「この人じゃない！」三人の目がこちらを向いた。二人は驚きを、一人は安堵と懇願を浮かべていた。「この人じゃない。希さんの相手は……この人じゃなかった」


二秒か、三秒――。

室内の空気が固まり、誰も身動きしなかった。

そのなかで美咲は繰り返した。

「違う。この人は絶対、違う。こんなに若くない。もっとおじさんだった。頭が禿げかかってて、眼鏡を掛けてて。こんな奴のどこがいいのって、私、そう思ったもん」

「美咲」驚きと戸惑いが、結衣子の声のなかで交差していた。それほどひどい動揺なのか、なぜか泣きだしそうな響きを帯びていた。「あなた、希さんの相手を知ってるの？」

夢中で頷いた。いつの間にか溢れた涙が頰に流れ、その部分だけが冷たく感じられた。

「会ったから」結衣子は息を呑んだ。義波はこちらを見ていたが、どんな表情をしているのか観察する余裕はなかった。「希さんが通ってたネットカフェがあるのは、うちのおばあちゃんが入院した病院がある駅なの。一緒にお見舞いに行ってくれたことがあった。結衣子は何か用事があって来れなくて、そのとき、希さんが駅前にあるネットカフェに気付いた。……ずいぶん興味を持ったみたいで。そのあとで、偶然、希さんを見かけた。おばあちゃんの体調が悪化して、呼び出された帰りだからよく覚えてる。希さんは一人だった。何してるんだろうって思った。ネットカフェに入って行くのを見たから、最初は、もしかして内緒でアルバイトでも始めるつもりかなって思った。それで……」店内に入ると、希の姿を捜した。パソコンコーナーに一人でいる彼女を見つけた。その部屋には扉がなく、美咲は声をかけようと近づき、そこで彼女がしていることを見た。「誰かとチャットしてたの」

その一言で結衣子はわかってくれるだろうと思った。美咲の心に突き刺さった棘《とげ》を。

希は美咲たちにだけ親しくしてくれた。美咲たちのものだ。それなのに他の誰かと電波を介して話している。声をかけるのをやめ、観察しようと決めたのは、ごく当たり前の衝動だった。

　美咲は希がパスワードを打ち込むとき、手元を盗み見た。チャットルームは誰でも使えるフリーのもので、それゆえセキュリティーは個人のパスワードだけだ。希は男性らしい誰かと親密なやりとりをしていた。すでに何度か会っているらしいことを、チャットの文章から読み取った。

　その日、美咲は希に声をかけなかった。そのときまで希は、美しい神殿に住む人魚だった。尊いはずのそのひとが、なぜかその瞬間、汚れてしまった気がした。

　美咲は一人きりの家に帰ると、自分のスマートフォンからチャットルームにアクセスをした。パスワードを入れると、男と希のやりとりを覗き見ることに成功した。最近の会話では、ずっと一緒にいたいとか、家を出て二人で暮らさないかと誘う文句まで書かれていた。希のほうも、それを考え始めている気配がした。その会話を読んだときの怒りといったら。だが美咲は、そのときは何もできなかった。なにをしたらいいのかわからなかったのだ。ただそのまま、三日間学校を休んだ。

　一人きりの家の中で考えた。祖母は転んで脚を悪くして入院したはずなのに、少しずつ臓器の機能が低下していると言われた。そして自分は三年生になった。制服を着ていられるのはあと一年しかない。大事な一年だ。

希はいつか自分たちとは違う世界へ行く。それはわかっていたことだ。だがまだ、あと一年ある。その時間を、見たこともない男に邪魔されたくはないと思った。

美咲は男にダイレクトメールを送った。希のふりをして、どうしても会ってほしいと書いた。待ち合わせ場所は都心の駅を指定した。美咲はそこで男と会ったが、相手を見たとたん拍子抜けしてしまった。

男は三十代半ばの、風采のあがらないおじさんだったのだ。

頭は禿げかかり、眼鏡をかけ、顔立ちは悪くはないが目立つほどではない。希の隣に立つ男性を美咲は何度も夢想したが、それは美しく若い青年であって、こんな疲れた中年男ではなかった。

「君、誰かに相談したのか？」駅で事態を吞みこむなり、おじさんは言った。おどおどと探るような口調だった。「……誰か大人に」

その瞬間、美咲は理解した。

チャットルームに並んでいた甘い言葉はすべてでまかせだったのだ。この男は女子高生と付き合えて浮かれていただけだ。

それがわかれば、あとは簡単だった。

美咲は男に、もしまた希に会ったら学校の先生に言うと脅しをかけた。別れてください。

その次の日曜日、美咲は例のネットカフェで希を待った。夕方を過ぎて店から出て来た希を、美咲は散歩に誘った。駅を通り過ぎ、気が付くと川沿いを歩いていた。舗装されていない土手の歩道は街灯も人影もなく、静かだった。初めて話したその場所でなら、もういちど希をこちらの世界に引き戻せるかもしれないと期待していた。

希は落ち込んでいた。そして何もかも、美咲が知っているとは想像もせずに話してくれた。

あの男は約束を守ったのだなと思うと嬉しかった。慰めて元気づける役目を果たそうとしたとき、希が言ったのだ。

「あたし、あの人のところに行く」

どうしてと尋ねたとき、美咲の声は凍りついていたと思う。

しかし気落ちしている希は気付かず、続けた。

「家を出たいんだ。あの人のところに行って、一緒に暮らすように頼んでみる。あたしも働くし。あの人はあたしのこと、若いからもったいないって言ってくれたんだ。やさしい人なんだ。でもあたしは彼のことが好き。だから一緒に行く」それから希は、信じられない台詞を口にした。「今日、一緒に暮らそうって言ってもらえると思ってた。家出する準備もしてたんだ。売ったら高そうだから、これも持ち歩いてる」

それを見せられた瞬間、美咲の体が勝手に動いた。

希を抱きしめた。

抱きしめたまま、川に向かって押し倒した。土手を転がり落ち、水面の手前でこらえると、希を水中に沈めた。美咲は全身で人魚を押さえつけた。水が美咲の体を濡らし、希の手が土手の土を擦る。美咲は両腕で希を抱き締め、彼女の頭を決して水の中から出さなかった。

水槽のなかの人魚。美しい海へ旅立つ前に泥に浸るというのなら、川の底で泡になればいい。

なぜ検視でも他人に沈められたことがわからなかったのか。あのときのことを思い出せば、美咲には理解できる。

捜査に携わった人たちが見てきた水死させられた死体は、憎しみや欲望によってそうなったのだろう。だから気付かなかったのだ。想いによって抱擁されながら殺される人間なんてそうはいない。

すべてが終わったあと、美咲は希の荷物を確かめた。見せられて衝撃を受けたもの以外、たいしたものは入っていなかった。現金は三万円ほど。パジャマも歯ブラシもない。身軽なまま飛び出し、それで何とかなると思っていたのだ。

希の遺体が見つかったあと、美咲は警察の聴取を受けた。驚くことではなかった。希と仲が良かったという理由で、結衣子もおなじように事情を聴かれていたからだ。美咲のスマートフォンからチャットルームにアクセスがあったことについては、希に貸したと答えた。男のことは知らないと言った。それだけで、すべてが終わった。男が警察に美咲のことを話すかと懸念したが、それもなかった。

人魚がいなくなった水槽の川魚たちは寂しげだった。自分たちの凡庸さを教えてくれたきらめく鱗が消えてしまったからだ。それでも水槽は容赦なく傾き、やがて放流された稚魚たちは、今も人魚を覚えているのだろうか。


美咲は顔を擦った。涙は冷たかった。

「……だから、この人じゃない」

自分はなぜ、こんなことを話してしまったのだろう。答えはすぐに溢れ出してきた。他人のものにされるのが嫌なのだ。あの大事なひとの最期を。

＊

「なんで……？」結衣子の声はか細く、感情に溢れていた。さっきまでの怒気に満ちた彼女とはまるで別人だった。「なんで、そんなことしたの。どうして」

「どうして？」そんなこと訊くまでもないだろうに。「わかるでしょ。あなたなら」

「わかんないわよ！　希さんに男ができたからって、どうして殺すのよ。そりゃわたしだって希さんのこと大好きだけど。だからって、……あの気持ちは」

美咲は激しく頭を振った。違う、違う。結衣子が言おうとしていることはまるで見当違いの方向だ。

「私が希さんを想う気持ちは恋じゃない。そんなものじゃない。あれは、名前がついてない特別な気持ちだった」

「だけど」

「だからっ」たまらなくなって叫んだ。どうしてわからないんだろう。菅野希という女の子を介して、自分たちはおなじ感情を共有していたのに。

結衣子は顔色を失い、目元を歪めてこちらを見ていた。

「……制服は？」まるで救いを見出そうとしているような言い方だ。「どうして制服を着ていたの。希さんは」

「私が着せ替えた。あのとき、売り物になるからって見せたのは——学校の制服だったの」

口にした途端、胸の底が破れて、そこから感情が噴き出してきた。

大切な時間を包む制服。それを希は売り物と言った。

美咲は顔を覆った。

頭の中が白く結晶している。どうしてこんなことを言ってしまうんだろうと思った。

この先のことが考えられない。この縛られている人はそもそも誰なんだろう。どうして復讐代行業者は間違えたんだろう。

結晶の隙間できらめく疑問は、だが、すぐに打ち砕かれた。

「おい義波。いい加減にどけ」床に転がされた男が急に声をあげたのだ。

美咲は顔から手を引き剝がした。

見ると倒れていた男が口を覆う布を引き剝がし、膝で背中を押さえている義波を睨んでいる。その様子には懇願どころか、恐怖を感じている様子もない。

呆気に取られていると、男はさらに言った。

「さっきからやりすぎなんだよ。おまえ、ガチで殴ったよな」

「ああごめんね」義波は勢いよく飛び退いた。「でもこういうのは本気でやらないと、どうしても芝居くさくなるんだ。立案者《プランナー》がそう言うんだから間違いない。それに今回は、素人さんが参加してるからなおのことだ」

立案者《プランナー》という言葉の意味も、突然態度を変えた男の正体もわからない。が、素人が誰を指すのかはわかった。

立ち上がりながら、義波の目が結衣子を見たからだ。

「結衣子……？」

何が、一体――どういうことなのか。

結衣子は凍りついたように動かない。目は何もない空間を見据え、自分の中に湧きあがる何かと闘っているように見える。

「この男はうちの社員の一人ですよ。僕らの会社は、ターゲットを間違えたりなんかしない」義波の声はさきほどと何も変わっていない。なめらかで、明るいだけだ。

「大場さんも、よく頑張ってシナリオ通りにこなしてくれました。でも僕たちが言ったとおりだったでしょう？　これで基本プランの第一段階は終了ですね」

結衣子は口元を両手で覆った。吐き気を覚えているらしい顔色だった。

足元では義波の手からナイフを奪った男が脚を縛るロープを切り、腰を押さえながら立ち上がろうとしていた。

そのどちらも見ずに、復讐代行業者は続けた。

「捕獲は終わってるな。第三段階に移りますか？　どうします、大場さん？」

捕獲の次。美咲は義波が言っていた言葉を思い出した。基本プランの流れ。探索、捕獲、その次は……。

「それって」唾を飲んだ。「結衣子、……あなたが頼んだのは」

「違うと思いたかった」そう言うが、結衣子はこちらを見なかった。「希さんが殺されたなら、その犯人を捕まえたかった。自殺したなら、そうさせた奴を苦しめたかった。一生懸命お金を貯めてこの人たちに頼んだの。でも、まさか、調べたことが……この人たちが言うことが、ほんとだったなんて」

美咲は唇を動かした。

しかし言葉も、声も出せなかった。しばらく経ってようやく、震えながら言った。

「守りたかったの」

「何を？」結衣子の目が光った。「殺しておいて、何を守るって言うの」

「あなたのなかの、希さんを」息が詰まり、美咲は目を瞑った。再び開いたとき、涙で視界がぼやけて、結衣子の表情は滲んでしまっていた。「私はもう、あのひとが私たちが思い描いたとおりのひとじゃないってわかってしまった。おじさんに騙される、ただの女の子だったって。でも結衣子の中の希さんは違う。結衣子の中にあの希さんがいれば、私もその希さんを想い続けることができる。守るには、あなたが何も知らないうちに現実の希さんを消してしまうしかなかった」

顔を伏せた。涙が畳を濡らした。それは成功したのだ、と続けたかった。今日までは成功していた。結衣子はお金を貯めて復讐を考えるほど、菅野希という少女を想い続けたのだから。

何もかもが停止したような空気を、明るく冷えた義波の声が砕いた。

「さて、大場さん。次の段階に入りますか？」

結衣子は答えない。小刻みに何度も呼吸している。泣いているようにも、怒りを堪えているようにも聞こえた。

その音を聞きながら、言ったほうがいいだろうかと美咲は考えた。

こんなときだというのに、それしか思い浮かばなかった。

庭にある水仙の群れ。その下にはあの夜、希が着ていた服が埋葬してあることを。

十五秒

榊林《さかきばやし》銘《めい》

1989年、愛知県生まれ。名古屋大学卒業。2015年、「十五秒」で第12回ミステリーズ！新人賞佳作入選。同賞受賞の栄冠こそ伊吹亜門「監獄舎の殺人」に譲ったが、選評によれば「従来にないミステリを書こうという意欲を最も感じさせてくれた」（新保博久）、「抜群の面白さ」（米澤穂信）と、受賞作と遜色ない高評を選考委員から得ている。じつに、本作の設定は危ういほどに斬新で、珍無類のタイムリミット・サスペンスと評すべきだろう。ヒロインの薬剤師が胸部を背後から銃で撃ち抜かれた瞬間、時は止まった。猫の姿をした「死神」は、余命は15秒あまりと宣告。その間、自在に時を再開し、また一時停止する術を与えられたヒロインは、犯人が誰であるかダイイング・メッセージを残そうと知恵をしぼるのだ。〝殺された者〟と〝殺した者〟との濃密な対決劇が繰り広げられるなか、死神の猫の絶妙なとぼけ具合にニヤリとさせられる。（K）

私の目の前に、銃弾が浮いている。

胸の前、手を伸ばせば届きそうな距離に、私に尻を向けて。

……何これ。どういうこと？　残業の疲れで幻覚が見えているのか？

浮遊する銃弾という光景は、まるでマグリットの描き出す奇妙な世界のようだった。あの、最も見てはいけない瞬間に時間が静止したかのような、無機質な静寂と得体の知れない不安感。そういえば、辺りがやけに静かだ。先ほどまで秋の夜に鳴り響いていた虫の声が、今はぱたりと途絶えている。

そして不安感。そうだ、何に不安を感じているのかと思ったら、この銃弾の周りには小さな赤黒い飛沫《しぶき》がまとわりついているのだ。まるで血飛沫のようなそれは、空中に点々と一直線の軌跡を描いている。肉体を撃ち抜いた直後にシャッターを切った写真のように。

ということは、と私は軌跡を辿《たど》り、

『う……?!』

そこでようやく、赤い飛沫が私自身の胸の黒い穴から銃弾へと連なっていることに気付いた。

何だ、この胸の穴は……いや、穴なんて呼び方で自分をごまかすのはやめるんだ。どう見てもこれは銃創じゃないか、だってそこから銃弾が飛び出してきたんだから。飛び出してきて、そして……目の前で止まった？　何だそれ、どうなっているんだ?!

この弾丸や血飛沫だけじゃない、私自身も静止している。手足を動かすこともできなければ、呼吸もしていないようだ。世界の時間が停止して、ただ私の思考だけが駆け巡っている。

何が起こったんだ。ついさっきまで、自分が何事もなく平凡な日常を送っていた記憶はちゃんとある。いつものように仕事に行って、いつものように残業し。作業も片付いてきたところで、そろそろ帰ろうかと立ち上がった。その矢先、目の前に銃弾が出現し、そして時間が止まった――。

と、私がこの奇妙な状況を飲み込もうと必死に頭を働かせていたその時。

どこからか、こつ、こつ、こつ、という冷たい靴音が聞こえてきた。それに重なって、しわがれた男の低い声も。

「いやいやいや……どうも、この度はご愁傷様でしたなァ。ご胸中お察しします。

あ、今のはその穴の開いた胸を揶揄《やゆ》したわけではありませんよ、エェ。さて」

ふわりと布がはためく音が聞こえたかと思うと、あらゆるものが静止していた私の視界に、黒い人影が踊るように分け入ってきた。人影は、たん、と革靴の踵《かかと》を鳴らすと、いかにも胡散《うさん》臭げな黒いマントを翻《ひるがえ》して、目深《まぶか》に被っていたフードを片手で引き上げた。

そのフードの下から出てきたのは、暗褐色の毛並みを持つ、灰色の目をした猫の顔だった。

猫。そう、人の丈ほどもある大きな猫が、私の前に二足で立っているのだった。その猫が口吻《こうふん》を動かし、

「お迎えに上がりました」

と言ってにやりと笑った。

……おい、おいおいおい。ただでさえこっちは何が何だかわからなくて混乱しているっていうのに、何だこのふざけた展開は。

混乱の極みに陥った私に、猫は、ん？　と首を傾げる。

「あ、もしかしてお気づきでない？　お姉さんも話せますよ。声を出してごらんなさい、いつも喋っていたような感じで。そのご様子じゃ、色々とお聞きになりたいこと

も多いんじゃありませんか」

『あ……あ、え……』

本当だ。口を動かしている感覚はないが、どこからか自分の声が聞こえる。猫は「その調子です」と頷く。

『……あ、あの。何がどうなってるの？　これ、どういう状況？　というか、お迎えって？』

声を手に入れたと同時に、数々の疑問があふれ出てくる。猫は両手——いや、両前足か——を前に突き出して質問の波を押し止めた。

「落ち着いて落ち着いて。いけませんなァ、物事の見通しをよくするのには順序立てが肝要だ。ま、混乱なさるのも当然ですが……何しろお姉さんは、一切何の前触れも予兆もなく、いきなり死んじまったんですから」

『し、死んだ？　私が?!』

「エェ。ご覧のとおり」

猫は私の目の前に腰を屈め、つまり猫背になり、空中に停止した銃弾をこつこつと爪の先で小突いた。

「銃で撃たれたんです。背後からね」

当然のように猫はそう言うが、私の順応性はそこまで高くない。

『撃たれたって……何で？　どうして？』

「さァてね。そこについては、あたしの与《あずか》り知るところじゃァありませんや。お姉さん、一体何をやらかしたんです？　どんな敵を作ったらこんな死に方をするんですかねェ」

『敵なんているわけないでしょ！　こんな片田舎の、小さな診療所の薬剤師なんかに』

猫は肩を震わせてくつくつと笑った。実に人間味のある仕草《しぐさ》だった。

「いやァ、殺意なんてものはね、人と人が集まればどこにでも芽生えうるもんです。手元に銃があることは稀《まれ》ですがね。それにしても銃殺とは。あたしが見てきた中でも相当に珍しい死に方ですよ、お姉さんは」

『見てきたって……。一体あなたは何なの？』

猫は、私の正面の机にひょいと飛び乗って座り、自らの胸をとんとんと叩いた。

「ほら、人が亡くなったとき『お迎えが来た』って言うでしょう？　あれがあたしです。亡くなられた方に、この世から去るためのご案内をして差し上げる。まァそんな存在でして」

『し、死神ってこと？　いやでも、猫なのに』

「姿は重要じゃありません。天使だったり死神だったり、まァ実に色々とありますが、とどのつまり文化圏や各人のイメージによって『死』のとらえ方が違うというだけです。フム、お姉さんはなかなかどうしてメルヘンなご趣味をお持ちでいらっしゃる」

猫はしげしげと自分自身の姿を見回す。そういえば、どこかで見たことがあると思ったらこの猫、幼い頃に読んだ絵本に出てくる猫のキャラクターに似ている気がする。飄々《ひょうひょう》とした物言いの割に、風体は陰気臭い猫男。絵本の寂寞《せきばく》とした雰囲気も手伝って、幼心に妙な薄気味の悪さを感じたものだ。私の中の死のイメージがあの猫だ、と言われれば、なるほど確かにそうかもしれない……。

って、そんなことはどうでもいい。今の私にとって重要なのは、私の目の前に浮いているこの銃弾だ。

確か、この銃弾を使う猟銃には戦場などで使われる銃器ほどの威力はなかったはずだ。以前、この診療所の医師から聞いたことがある。これは元々害獣駆除用のもので、狙った獲物を一撃で屠《ほふ》らずとも、その場から動けなくするには用が足りるのだという。

けれど、今私はすぐ背後から撃たれ、弾丸は私の鳩尾《みぞおち》を貫通している。医療に従事する身としては、こんな傷を負った人には「大丈夫です、すぐ治ります」と気軽に声をかけられないだろう。

やはり私は死んだのか……。い、いや、だとしても、だ。

『じゃあ今は何？　死んだのに、何で猫なんかと話してるの？』

「あァ、今はその、世にいう走馬灯《そうまとう》タイムというやつです。よく言うでしょう、死ぬ間際になると頭の中を色んな思い出が駆け巡るって。ただお姉さんの場合、ちょいとその時間を長めにとってあります。何しろいきなり後ろからズドンでハイ昇天、と来たもんだ。人生の余韻もへったくれもあったもんじゃないでしょう。そこで一つ、彼岸へとお連れする前に、まずご自分の状況をよォく理解して、現世へお別れの挨拶をしていただく時間をご提供しようと。まァ言ってみれば、死神からのちょっとしたサービスですな」

『サービスって、そんな滅茶苦茶な話……』

驚きを通り越して呆れてしまう。体が動くなら、大きくため息をついただろう。

大体、走馬灯と言われたところで、しみじみと振り返るほど長い人生を歩いてきたわけじゃない。大学で薬学を修めた後、大手製薬会社への就職に失敗した私は、教授の紹介でとある地方の診療所へと赴任した。縁もゆかりもない山間の田舎町への移住には正直抵抗があったが、文句を言っていられる立場ではなかった。

近隣地域の医療を一手に引き受けるこの診療所は、不足しがちな薬剤師を快《こころよ》く迎えてくれた。待遇もそれなりにいいし、地元の人たちともまあまあ上手く関係を築けていると思う。刺激の少ない生活だが、このまま職にあぶれることもなく平穏に暮らしていけるだろう。……そう思っていたのに。

それなのに。

なんだってまた、これほど穏やかな人生を送ってきた私が、殺されなければならないんだ。

『……誰？』

「ン？」

『私を撃ったのは誰だって聞いてるの』

「そんなこと、わかりゃしません。あ、事故や超常現象の類《たぐい》ではありませんよ。今あんたの後ろにはちゃんといます。あんたを殺した犯人がね」

『じゃあ教えてよ！　誰に殺されたかもわからないなんて、死んでも死に切れない。殺されるどころか、人に恨まれるようなことをした覚えだって』

言いかけて、私はふと言葉を切った。確かに私はこれまで平穏な人生を歩んできた。敵を作った覚えなんてない。だが。

この私が、殺される理由があるとするならば。

もし——あの一件で、あの人が、私のことを深く恨んでいるとすれば。

私はその恐ろしい想像に行きついた。そう、一人だけいたのだ。私のことを殺すほど憎んでいる可能性のある人物が、一人だけ。

「いやァ、早くも怨霊の風格が出てますなァ」

猫はやれやれと首を振った。

「参った参った。お気持ちはごもっともですが、あたしからはお教えできません。それは摂理に反するというものです。背後から一撃でやられた人間は、誰にやられたかも知らないまま世を辞去しなければ」

『でも、一撃って言っても即死ってわけじゃないでしょう。頭を吹き飛ばされたのならともかく。せめて、振り向いて犯人を確かめるくらいの余裕はあるはず』

「そうは仰《おつしや》いましても、お姉さんの寿命はもう尽きてるんですよ。ほら、えーと、どこへやったかな」

と、猫はマントの下で何やらごそごそとやった後、

「ありました、これです。命の蠟燭《ろうそく》！」

小さなカンテラのような器具を取り出した。

「えー、正式名を余命時計といいまして。ほら、この国では落語で有名になったやつですよ。この蠟燭の灯《ひ》があんたの命を表すわけですが、ご覧のとおりもう――」

そこで猫ははたと口を閉ざし、カンテラの中を覗き込む。カンテラの窓からは、まだ微《かす》かに明かりを灯《とも》している短い蠟燭が見えた。

「ありゃ。まだ十五秒残ってら」

猫は慌てて命の蠟燭をマントの下にしまい込むと、気恥ずかしそうに肉球で額を叩いた。

「へへへ、まーたやっちまった。いやァお恥ずかしい、あたし一流の早とちりってやつでしたなァ。でもま、誤差の範囲でしょう、この程度。それじゃまた、十五秒後に……」

『ちょ、ちょっと待って！　待ちなさいよっ！』

肩をひょこひょこ揺らしながら視界の外へ消えようとする猫を、私は慌てて呼び止める。

「何ですか何ですか。そう焦らずとも、あたしはまたすぐ戻ってきますって」

『待って、確認させてよ。つまり、私はあと十五秒間は生きているっていうこと？』

猫は頷く。

「左様《さよう》で。上手い具合に臓器を避《よ》けたんですかねェ、弾が」

『じ……じゃあ、その間は行動できるのね？　振り向くとか』

「エェ、やろうと思えば。しかし、即死と言って差し支えないほどの致命傷ですからな。飛んだり跳ねたり走ったりと、あまり無茶な運動をすれば血がドバドバっと出て、五秒ともたずに意識を失ってしまうでしょうや」

『それなら——』

十五秒。私はもう十五秒間生きていられると、この猫は言っている。ということは。

『何かを書き残す程度のことはできる？』

猫は、ン？　と眉（人でいうと眉にあたる部分）を上げた。

『例えば、今から振り向いて、犯人の顔を確認して、その名前をどこかに書き残す。このくらいなら、なんとかやり遂げられる？』

「ほう。これはこれは……いやはや、なんとも」

いかにも愉快そうに猫は言う。

「あんたは、ご自分の恐ろしく短い余生を、犯人の名を指摘することに費やすというんですか？　なんとまぁ骨のあるお姉さんだ。御見《おみ》それしました、エェ」

『例えばって言ったでしょう。実際やるかどうかは別。で、どうなの？』

「無論」と猫は大仰に頷く。「可能でしょうな。お姉さんが犯人の名前を都合よくご存じで、それを短時間で的確に書き残し、後に警察がそれを見つけられれば、お姉さんの無念は晴らされる、という筋書きですかな？　しかし、そう上手くいきますかねェ」

『まず犯人を確かめてみないと、何とも言えないけど』

「おやァ？　もしかしてお姉さん、心当たりがおありで？」

猫は興味をそそられたような顔をする。そのヒゲがひくひく揺れる。

「ふんふん、なかなか面白そうですなァ。いいでしょう、早く迎えに来ちまってお姉さんを混乱させたお詫《わ》びに、ちょいと手助けをして差し上げましょう。といっても、あたしにできるのはこの世の摂理に抵触しない程度の手助けですが。なにしろお姉さんはまだこの世の住人ですからねェ」

猫は先ほどの余命時計を取り出し、

「もうちょいわかりやすくしましょう」

その蓋を外した。カンテラの中からひゅんと何かが飛び出たかと思うと、猫のすぐ隣の空中に、デジタル時計の文字盤のようなオレンジ色の数字が浮かび上がる。そこに示された「一五・〇八」という数値は、今の話からすると――

「そう、この数値がお姉さんの正確な余命です。十五秒と少し。さて、今からお姉さんの意志でこの走馬灯タイムを抜けてください。抜けようと念じるだけで結構です。その瞬間から現世での時間が動き出し、この余命時計が減り始めます。時間が流れている間、つまりカウントが進んでいる間にお姉さんが望めば、いつでもまた走馬灯を再開できるでしょう」

『それって、いつでも時間を止められる、ってこと？』

「そうですとも。例えば、一時停止を細かく繰り返しながら、少しずつ行動を進めることもできましょう。どうです、なかなか粋《いき》な計らいでしょう？」

『はぁ』

確かに、そんなことが可能なら願ってもないことだ。だが、好きなときに時間を止められるだなんて、それこそ猫の言う摂理に反してるような気がする。

猫はそんな私の思考を感じ取ったらしい。

「フム、納得いきませんか？　現実的な解釈をお望みなら、こう言ってもいい。人は生命の危機にさらされると脳の思考速度が極限まで高められて、まるで世界が止まったかのような感覚を抱く。そして、通常であれば考えられないほど知的能力が高まる。確か、昔の偉い役者さんがそんなようなことを申しておりましたな。お姉さんの場合は、ご自分がもう間もなく死ぬと本能的に悟っていて、残りの命で何ができるのか今まさに脳が猛烈な速度ではじき出している、といった塩梅《あんばい》ですな。それで言うと、ここにいるあたしや余命時計は、お姉さんが死に際に見たファンタジックな幻覚、ということになりますか」

私の脳が驚異的な速度で回転し、異常なほど知的能力が高まっている、か。ちょっと待てよ。それなら。

『もし、この短い間に上手く応急処置ができれば、もしかしたら――』

だが、猫は首を横に振る。

「それはできません。お姉さんがご自分にどんなに適切な処置を施したところで、余命が延びることはないし、ましてや生き長らえることなんてありえないんですよ。お姉さんの寿命は既に運命として決定づけられているんですから」

『わ……わかったから、少し考えさせてよ』

話が妙なことになってきた。余命が十五秒しかないと言われただけでもとんでもない話なのに、その十五秒を最も有効に活用する方法をじっくり考える時間はある、というのだ。全て夢であってほしいという思いも未だにあったが、私の目の前の銃弾が不思議な説得力でそれを打ち消す。

よし、自分が殺されたという事実を一旦は受け入れることにしよう。荒唐無稽《こうとうむけい》で信じがたいが、受け入れなければこの場は話が進まない。となると、まずは振り返って犯人を確かめるべきか。人が振り返るのには何秒かかるのだろう。どんなに素早く立ち回っても一秒は要するのではないか？

「さ、どうされますか？」

『と、とりあえず、まず振り返って、相手の顔を確かめないと』

「本当にそれでよろしいんですか？」

猫は窓際の机に腰かけたまま、にやにやと癪《しゃく》に障る笑みを浮かべて正面から私を眺めている。

「よくお考えください。決して後戻りはできないのですから」

『いいって言ってるでしょう。私はとにかく、犯人を知りたいの』

「よろしい。では……幸運を、お祈り申し上げます」

と言うと、猫は机から飛び降り、私の視界の外へと消えた。その場には「一五・〇八」という数字だけが残される。これで私が時間を動かしたいと願えば、その瞬間から余命が減り始める、ということか。

いよいよ、私の残りの時間を消費する段がやってきたわけだ。

今私は部屋のほぼ中央に立っている。背後から近寄られた気配は全くなかったから、恐らく犯人は開けっ放しになっていた扉の外から私を狙撃したのだろう。私は扉に背を向けて立ち上がり、右足を踏み出した状態で停止している。この右足をすぐ地面につき、左足を軸に体を半回転させれば振り返れる。

できるだろうか。よろめいて転んだりしたら、大幅なロスになる。それにたった今狙撃されたのだから、私の体は強い衝撃を受けているはずだ。とはいえ、狙撃されたことなどないためどうなるかはわからない。やってみなければ。

そう、ここでうだうだ考えていても何も進まないのだ。猫は言っていた。またいつでも時間を止めることができると。なら、慎重に少しずつ進めていけばいい。

私は覚悟を決め、

『動き出せ』

と心の中で念じた。

――その直後。

多くのことがほんの一瞬の間に同時に起きた。

まず、この世のものとは思えないほどの爆音が私の全身を打ちのめした。それは銃声に違いなかったが、爆撃機が私の体に激突したかのように感じられた。それに重なり、体を貫通した弾丸が窓ガラスを割るけたたましい音が私の耳を劈《つんざ》く。

音の渦で私の意識は遠のいたが、振り返ろう、という私の意志を完遂すべく体は半ば無意識に動き出す。右足を床につき、重心を移動させ、そして上体を捻《ひね》り——そこで、胸に激痛が走った。

その激痛こそ、私から意識を引き離そうとする最大の轟音《ごうおん》だった。痛い、という感覚は最初の一瞬だけで、それはすぐに痛みを超えた何かもっと恐ろしい感触へと変貌した。こんな状況では、人の顔を確認することはおろか、思考すらままならない。

それはそうだ。当たり前じゃないか。

だって私という人間は、今まさに死のうとしているのだから……！

『ストー……ップ!!』

無我夢中で私は叫んでいた。あるいは、脳内でそう強く願った。

気が付いたときには、全ての轟音は嘘のようにぱたりと途絶えていた。世界は再び停止している。私自身も先ほどと同じように動けなくなっていた。だが、今度は胸のあたりに何かとても嫌な感触がある。先ほどは撃たれた直後の停止だったため、まだ脳に痛みが到達していなかった。だが今は違う。

　痛みは時間に沿った感覚だ。時間の停止した――あるいは、私の思考速度が極限まで高められた――この状態では、痛みそのものを感じることはないらしい。それでも、今自分の胸に風穴が空いたという事実を脳が認識してしまったためか、言いようのない不快感が私の思考を脅かす。

　視界の片隅に、先ほど猫が取り出したデジタル時計の文字が映っている。一四・五〇。幸いにも、時間はそこまで進んでいなかった。あれがたったコンマ五秒の出来事だったのかという驚きと同時に、たったあれだけで貴重な余命を削ってしまったという恐慌《きょうこう》が胸の内に湧きあがる。

　そう、余命は幾ばくも無い。私は本当にこれから死ぬんだ。

　今、ようやくその事実が実感として私の心に重くのしかかってきた。実に二十八年もの間、絶え間なく全身へ血液を送り出してきた私の心臓は、あと数回の拍動でその活動を永久に停止する……。

「どうです。計画に変更はありませんかな？」

　猫の声が聞こえる。だが、今はそっちに気をやっていられない。

少しでも気を抜けば、死への恐怖と停止した痛覚に私の心は支配されてしまう。そんなものは無意識の領域まで追いやるのだ、この十五秒間だけは。今私に必要なのは、犯人への怒りと憎しみを燃料にした瞬発力、ただそれだけだ。

私の体は、振り向きかけて横を向いたところで停止している。そう、まだ振り向くことすらできていないんだ。

『もう一度、今度はちゃんと振り返る』

「ほう。実に殊勝でいらっしゃる」

猫はくつくつと可笑《おか》しそうに笑った。

首から上が廊下の方へ向いたら、すぐに時間を停めよう。私の心は、このおぞましい痛みに長く耐えることはできない。

私は静かに、動き出せ、と念じた。

再び轟音が空間を包み、身を引き裂くような激痛がつま先から頭頂まで全身を駆け巡る。それでも私は歯を食いしばり、勢い良く振り向いた。

そして、予想通りの位置に、予想通りの人物の姿を認め。

『……やっぱり……！』

すぐさま、再び時間を停止した。時計を確認する。残り、十三秒八五。これが、私に残された最後の人生だ。末長く続くはずだった私の生は、一瞬でここまで刈り取られてしまった。

——あの女によって。

部屋の外の暗い廊下に、犯人はいた。

齢《とし》の頃二十歳前後の女性が、白い煙の立ち上がる銃口をこちらへ向けて猟銃を構えている。その、田舎育ちにしては端整な顔を、溢れんばかりの憎悪と殺意で歪ませて。

「フム。えーつまり要約すると、あすこのお嬢さんはあんたを母親の仇《かたき》と勘違いしていて、この凶行に及んだと、そういうわけですな」

廊下で猟銃を構えている女性の名前は、宝林佐奈《たからばやしさな》。この診療所を利用する、地元住民の一人だ。佐奈は、母親である頼子《よりこ》と二人で診療所の近くの借家に暮らしていた。近隣の噂では、頼子は昔から佐奈を溺愛しており、農家の手伝いをしながら女手一つで佐奈を養っていた。だが無理な労働が祟ったためか、三年ほど前に頼子は自律神経を患《わずら》った。

それからは、既に高校を卒業していた佐奈が母親の仕事を引き継ぎ、家計を一人で支えていたそうだ。当初、頼子は診療所へ通院していたのだが、そのうち症状が悪化し通院に支障が出始めたため、医師や薬剤師である私が宝林家に往診する在宅医療に切り替えた。

その頃になると、頼子は精神的にも摩耗《まもう》しているのが誰の目にも明らかだった。愛する一人娘に自分が苦労を掛けているという罪悪感に苛《さいな》まれていたのだろう。佐奈は佐奈で介護と仕事によって疲労を募らせており、母子《おやこ》は揃って向精神薬を常用するようになっていった。

今になって思えば、患者の求めるままに向精神薬を処方していたのは、患者を薬漬けにしていると言われても仕方がない対処法だった。その時に私や医師がもっと親身になって治療法を考えていれば、……あるいは、頼子の服毒自殺を防ぐことができたのかもしれない。

一年ほど前のことだ。頼子は、農業用の強力な殺虫剤を自ら呷《あお》り、佐奈一人を残してこの世を去った。

「なかなかに憐《あわ》れな話ですなァ。つまり、そこのお嬢さんはこう考えたわけですか。自分の母はあの女に薬漬けにされた結果、精神の均衡を崩して自殺した。だからお姉さんに復讐してやると？」

猫は静止した世界の中を自由に動き回り、銃を構える佐奈の顔を色々な角度からしげしげと眺める。

『そんなところでしょう。私は職務を全うしただけなのに、とんだ逆恨みじゃない』

あえて強い口調でそう断定する。

本当は、それだけが佐奈の動機ではないのかもしれない。私があの時、あのことに口を噤《つぐ》んでいなければ、頼子の命は……。しかし、事実として彼女は自殺したのだ。手を下したのが彼女自身である以上、私が負い目を感じる必要なんてない。

そうだ、私は純粋に被害者で、罰されるべき罪人は佐奈なのだ。

猫はそんな私の気も知らず、

「フム、こりゃァ恐ろしい」

と愉快そうに肩を震わせて笑っている。こいつ、他人事《ひとごと》だと思って。

「で？　お姉さんは結局どうするんで？」

『どうするって？』

「残りの十三秒強、何をして過ごすのか、って話でさァ。今の話を聞くと、このお嬢さんはお姉さんを殺害する動機を一応持っていらっしゃる。客観的に見てもね。放っておいても、警察はこのお嬢さんにたどり着けるんじゃないですか？」

『それは……どうかしら。捜査線上に彼女の名前が上がったとしても、十分な証拠が集まるかどうかはわからない。この猟銃は彼女の物じゃないし』

つい先日、ある猟師が山で狩猟を行っていた際、崖から転落して大けがを負うという事故があった。けが人は診療所へ運び込まれ、今も入院している。ところが、彼が持っていたはずの猟銃が消え失せてしまったのだ。転落時に事故現場付近に落としたものと思われたが、猟友会の人らが近くを捜索しても猟銃は出てこなかった。

「それをお嬢さんが拾って、隠し持っていたっていうんですか?」

『多分ね。事故現場は佐奈が働いている畑の近くだったし。でも、あの猟銃を盗める人間は佐奈だけじゃない』

「なるほど、銃からは足がつかないってことですか。しかし、わからん世の中ですなァ。こんなやせっぽちのお嬢さんが、よもや銃を手に人を撃つだなんて」

『それは逆でしょ。犯人が屈強な男だったら、わざわざ銃なんか使わなくても首を絞めるなり殴るなりできたはずよ。そういう直接的な方法を選ばなかったのは、きっと反撃されることを恐れていたから。毒殺しようにも、こっちは薬の専門家だし』

「ほう、確かに。すると結局、銃殺が一番安全で確実な方法だったってわけですか。それも都合よく足のつかない猟銃が現れたんだ、渡りに船ってやつですなァ」

佐奈にとって都合のいい状況が出来上がっていたというわけだ。私にとっては大変不運なことに。

さて、犯人の分析はこれくらいにして、改めて現状を整理しよう。

ここは診療所の一角にある調剤室だ。といっても今年の診療所の増築に伴い、調剤室は新築の区画に移されることになった。私が今夜遅くまで残っていたのも、調剤室の移設作業をしていたためだった。薬品棚や各種の装置はもう移転済みで、今私は部屋の片付けと掃除をしていたところだった。この部屋は今後私の執務室になる。いや、私はもう死ぬのだから、ここはただの空き部屋になるのか……。

ん、ちょっと待てよ。

私はふとあることを思いつき、佐奈の出で立ちをよく観察する。佐奈は両手に軍手をして銃を構えている。指紋を残さないためだろう。しかし足を見ると、ゴム底の靴を履いている。あれは確か彼女の靴だったはずだ。調剤室の前はみんな土足で行き来しているし、しばらく雨も降っていないから、足跡が残る心配は不要と判断したのだろうか。

ということは、あれをああすれば……。

頭の中に、ある数式が浮かび上がる。計算上は可能なはずだ。問題はその材料がこの部屋に、しかもここから手が届く範囲に十全に揃っているかどうか。

私は調剤室にあるものを頭に思い浮かべ、作戦を組み立てていく。

部屋の中央には大きな作業台があり、その上に蛍光灯の紐が垂れ下がっている。台の上には片づけ損ねた薬瓶が並べてある。今私はその台の前に立っており、瓶にも紐にも手が届く。すぐ近くの床には、掃除の時に使ったバケツが置いたままになっていたはずだ。まだ水を張ったままだったと思うが、どうだったろう。ここからは見えない。

部屋にはもう一つ机がある。先ほど猫が腰かけていた、窓際の事務机だ。裏庭に面したその窓からの眺めが気に入っていて、私はそこに自分の机を置くことにしたのだ。その机の上にあるのは、私書も入り混じった書類の山、電気スタンド、そして筆記具の入った筆立て。自室として使えることをいいことに、私の好きな水仙の花瓶も飾ってある。

薬瓶、バケツの水、流し台、書類の山、筆立て、——そして、花瓶。

十分とは言えないが、これらの材料だけでやるしかないか。確実性には欠けるが、恐らくこれが最良のメッセージだろう。

頭の中で行動手順を何度もシミュレートする。与えられた時間は恐ろしく短かったが、上手く立ち回れば不可能ではないはずだ。いや、上手くいかなかったとしても、最低限伝えるべきことは伝えられる。なら、やらなくては。

チャンスは一度しかない。何かの拍子に少し手が滑っただけでも、全ての計画は水の泡となり、私は無念を噛みしめながらこの人生に幕を下ろさなければならない。

失敗は許されない。目の前の女が、その罪から……そう、殺人罪から逃げおおせることなど、あってはならないのだ。

「覚悟は、できましたかな？」

猫がそっと尋ねてくる。

私は、自分自身の心の内を、佐奈に対する憎悪で十分に満たしてから、

『ええ』

行動を開始した。

◆

自分自身の息遣いがあまりにうるさくて、私は何度も足を止めて気を鎮《しず》めようと試みた。けれど、明かりのついたあの部屋に近づくにつれ、興奮は収まるどころかどん

どん高まっていく。

診療所内に裏口から侵入して、どれだけ長い時間が過ぎただろうか。私はようやく明かりのついた部屋の前へとたどり着いた。振り返ると、裏口からこの調剤室の前までは十メートルほどの距離しかなかった。この距離を移動するのに、あんなに時間がかかったのか。人気の薄い裏手の区画だというのに、慎重になりすぎているかもしれない。

盗んだ猟銃の重みを軍手越しに感じながら、半開きになっている扉の隙間からそっと室内を覗き込む。……いた。彼女だ。部屋の真ん中で、こちらに背を向けて座っている。

その姿を目にした瞬間、今までの興奮が嘘だったかのように、全身からすっと熱が引いていくのを私は感じた。よかった。ここまでたどり着ければもう安心だ。

女が私に気付く気配はない。よし、そのままじっとしていろ。何も知らないうちに、ただ黙って死んで行け。お前に殺された、私の母のように。

あの薬剤師の女の犯行を知っているのは私だけだ。あの日、彼女は突然私の家に現れ、往診の時に忘れ物をしてしまったと告げた。私は彼女を家に上げたが、なんとなく怪しく思い、彼女の挙動をそれとなく監視していた。そして、彼女が台所でこっそり常備薬の中身を入れ替えるところを目撃した。その時は何か新しい薬を処方しているのかと思っていたが、その日薬を飲んだ母は突然苦しみ始めた。何が起きたのか理解するよりも前に、母は死んでしまった。

警察は、母の死を自殺と結論づけた。だが私は知っている。母は、あの女が薬とすり替えた毒を飲んで死んだのだ。

あの女が母を殺した理由はよくわからない。もしかしたら、ただ単に往診が面倒だったというだけの理由かもしれない。何にせよ、私が今からやるべきことに何ら変わりはない。

そっと猟銃の銃口を上げる。この距離で外すはずがない。私は引き金に指をかけた。

女が不意に立ち上がる。まるで撃ってくれと言わんばかりに、銃口と同じ高さにその背が晒《さら》される。

よし。では、撃ってやろう。

何の感慨も躊躇《ちゅうちょ》もなく、私は引き金を引く。乾いた銃声が夜の診療所に響き渡った。実に小気味良い音だった。女の背に黒い穴が開き、彼女はよろめく。

やった。

全ての重荷が肩から降りたかのような解放感が私を包む。ついに成し遂げたんだ……。

と、思ったその矢先。信じられないことが起きた。

確かに致命傷を与えたはずのあの女が、くるりとこちらを振り向いたのだ。女と私の目が合い、私が反応する間もなく――

女は、手に掴んだ薬瓶を、こちらへ向けて放り投げた。

◆

私は視界の端に浮かぶ余命時計の数字を確認した。一三・〇二。次いで、右手で放り投げた瓶が狙い通り部屋の入り口のすぐ手前の床に落ち、破砕しているのを確認する。よし、初手は成功したようだ。左手にはちゃんと電灯の紐も収まっている。

私は再び時間を動かすと、くるりと体をターンさせつつ紐を引いた。蛍光灯が消え、窓から差し込む月明かりが唯一の光源となる。

その間にも、胸の穴を中心とした虚無的な激痛は、加速度的に私の全身へと染み渡っていく。どく、どくという聞き覚えのあるリズムに合わせ、胸から血液が流れていく。あぁ、私は死ぬんだな、という鮮烈な実感がようやく脳全体に行きわたる。だが、それでいい。その実感を憎悪と激昂《げっこう》に転換することで初めて、私はこの最も充実した十五秒間を走り抜けることができるのだ。

部屋の消灯と同時に、私は窓に向かって大股に足を踏み出す。

一歩。

踏み込んだ左足が床に置いてあったバケツに引っ掛かり、床一面に水をぶちまける。

二歩。

再び時間を止め、時間を確認する。一一・七三。あと十一秒強……！

「お忙しそうですな」

出た。黒マントの猫だ。部屋の壁にもたれかかり、腕を組んでこちらを見ている。

『高みの見物？』

「エェ。何しろ、これ以上ないほど追いつめられたお姉さんに、時間を止めて長考できるという最高の切り札を差し上げたのはこのあたしです。お姉さんの最後の悪あがきを、特等席で見物させていただいたとしても、贅沢《ぜいたく》と言わんでくださいよ」

何とも恩着せがましい物言いだ。私が見ている幻覚に過ぎないくせして。

それはそうと、大事なのはここからだ。私は今、窓際の事務机に手が届くところまでやってきている。廊下には背を向けているため佐奈の姿は見えないが、これからは追撃に備えて常に部屋の外に気を配っていなければならないだろう。

　机の前で次にやるべき行動を頭の中に思い浮かべていると、

「あのー」

　猫の声が私の思考に割り込んできた。

『何？』

「イエ、お姉さんの邪魔をするつもりは毛頭ないんですがね。一つ、今お姉さんが何を考えているか、教えていただけたらって思いましてね」

『何を考えているって……だから、あの子の名前を書こうとしているのよ、ここに』

「そいつはわかります、エェわかりますとも。しかし、それならお姉さん。さっき投げた薬は一体全体何なんです？　もしかして、あの上を踏んだら爆発する不思議な粉末で、あのお嬢さんを木端微塵《こっぱみじん》にしようって腹積もりですか」

『そんな都合のいい魔法の粉、あるわけないでしょう。それはただの乳糖よ』

「ハァ。乳糖」

　ぽかんとした声で猫は復唱する。

『患者さんに薬を出すとき、毒にも薬にもならない粉末と薬品を混ぜて処方することがあるのよ。飲みやすくするためにね。あれはそのための粉』

「へぇ、それは知りませんで。しかし、それを床に撒《ま》いて何になるんです？……あっ！　もしかして、塩を撒く代わりですか！　なるほど、この期《ご》に及んでも信心は大切というわけですな」

『もう死ぬってのに、今更そんなことしても何にもならないでしょ。あれは、佐奈への牽制《けんせい》よ。佐奈が第二射を撃てないようにするためのね』

「ほう。つまるところ、単なるこけおどしってやつですな？」

『それだけじゃない。私は今、明らかに何らかの意図を持って彼女に薬瓶を投げつけたでしょう。それを見た佐奈はこう思うはず。薬剤師の私が投げたのだから、何か特別な薬品かもしれない、って。さすがに爆薬とは思わないでしょうけど。でももしそれが特殊な薬品で、靴や裾に付着したら簡単には落ちず、決定的な痕跡となってしまうようなものかもしれないと思ったら、迂闊《うかつ》にその上を歩いたりはできないでしょう。足跡もはっきり残るしね』

「あー」

猫はぽんと手を叩く。

「合点がいきました。ああして入り口に絨毯《じゅうたん》のように撒くことで、この部屋への侵入と、入り口前に立っての狙撃を防ごうって腹ですな。考えてみりゃァ、お姉さんが何を書き残したところで、あのお嬢さんは後で入ってきてそれを消せるんだ。その対策ってわけですな。しかし、入り口に薬をぶちまけただけで、殺人者の足を止めることができますかねェ……？」

◆

これは……一体、何だ？

私は今、足元に広がる白い粉を見下ろしている。狙撃した直後、あの女が私に向かって投げた瓶に入っていたものだ。それが、部屋の入り口から廊下にかけて広がっている。

あの女は部屋の床に横たわっており、ぴくりとも動かない。それはそうだ、誰がどう見ても致命傷を与えたのだから。しかし被弾からこと切れるまでの間、彼女は部屋の中で何かをやっていた。振り向いて私の顔をはっきりと見、この薬品を投げつけた後で。

もしや、彼女を撃ったのが私であるという情報を、部屋のどこかに書き残したのか？

だとすると、相当にまずいことになる。急がなければ、銃声を聞きつけた警備員がやってくる。姿を見られたら終わりだが、私の情報を残したまま立ち去るわけにもいかない。

私はそっと足を上げ、粉末の上に一歩踏み出した。恐らく、彼女がこれを投げたのは私に足跡を残させるためだったのだろう。あの一瞬でよく思いついたものだ。私がもっと焦っていたら、自分の靴を履いたままこの上を歩いていたかもしれない。そう思うとぞっとする。

今、私の靴は猟銃と一緒に脇に抱えている。粉の上に残る足跡は、この靴のものではない。廊下の端の下駄箱にあった、診療所備え付けのスリッパのものだ。彼女を撃ち殺した後、私は粉末を投げた彼女の意図に気付き、すぐさまスリッパを取りに行った。それによって貴重な十数秒を無駄にしてしまったが、仕方がない。

粉末の絨毯を越えて部屋に入り、さて、と私は部屋を見回す。一体、どこに何を書いたんだ？

◆

私は残り十一秒七三で時間を止めたまま、猫に自らの意図を説く。

『佐奈はこの診療所をよく利用していたから、建物の間取りもある程度は知っていたはず。なら、この粉を踏まないほうがいいと判断した時、彼女はきっとスリッパを取りに行くでしょう。スリッパ置き場はすぐ近くにあるし、入院患者や当直の医者がいる場所からも遠いから、見とがめられるリスクは少ない。ちょっと取りに行くくらいなら訳はない……そう、彼女にしてみればね。でも、そのちょっとの時間を稼ぐことが、今の私にとっては何よりも重要なの。スリッパが必要だと判断してから取りに行って戻ってきて、靴を脱いで履き替える。これだけのことを全部やったら、短くとも十秒以上はかかるでしょう』

「ハハァ。それで戻ってきてスリッパで部屋に押し入った頃には、お姉さんは現世でやるべきことをすべてやり終えて逝去された後、って寸法だ。要するに、あの粉は時間稼ぎってわけですな？　確かに言われてみりゃ、お姉さんがまず第一に優先すべきことは、残された十五秒の間邪魔されない保証を得ることだ。フム……でも、そんなに都合よく行きますかねェ。さっさと靴を脱いで裸足で押し入ってくるかもしれないし、そもそも足跡が残ることなんて気にも留めないかもしれませんよ？　後で払っておけばいいやって思うかもしれない」

『そこは、正直言って運を天に任せるしかない。まぁ、粉の上に彼女の靴跡を残してくれればそれが一番簡単なんだけど』

もっといい手があればよかったのだが、残りの時間の使い道を組み立てたとき、これよりも短時間でできる佐奈の遠ざけ方を思いつけなかったのだ。今は、上手く佐奈が私の策に乗ってくれることを祈るしかない。思惑通り、靴を脱いでくれることを。

そう、真に重要なのは時間を稼ぐことではなく、あの靴だ。裸足でもスリッパでもどっちでもいい、とにかくまずあの靴を脱いでもらわなければ。

『で、もう質問はないの？　そろそろ雑談も切り上げて、次の仕事に取り掛かりたいんだけど』

「あァすみませんね、お手間をとらせてしまって。へへへ、それじゃあたしは一度下がります。どうぞ心行くままに」

猫はそう言ってひょこひょこと視野の外へ消える。

よし、それでは再開だ。

次はいよいよメッセージを書く作業に入る。筆記具は事務机の筆立てにあるマジックペンがいいだろう。運がいいことに、筆立てにある数本のペンは、一本を除いて全て同じ種類のものだった。

あのペンを引き抜いて、ああしてこうして……。それを全て右手でやりながら、左手を伸ばして……。

頭の中で、これから四秒かけて行う大仕事の予行演習を何度も繰り返す。大丈夫、本当に手際よくやればできるはずだ。いや、やらなければならない。

気持ちを集中し、神経を研ぎ澄まし、――私は、再び死へと一歩足を踏み出す。

時が動き出すや否や、私は机に向き直って筆立てのペンを掴んだ。同時に左手を花瓶の方へ伸ばす。先ほど蹴とばしたバケツの水で足が濡れるのを感じながら、ペンを取り出して親指と人差し指で持ち、一時停止。時計は一〇・七二。まずまずのペースだ。

再び時を進め、小指だけでキャップを外す。一時停止を繰り返しつつ、細心の注意を払いながらペンを逆手に握り、机の上に突き立てる。

まずは横に一本、机の上全体を横断するように長い線を引く。その動きで机の上の書類の山を思いっきり払いのける。急いでペン先を動かし、最初の線に垂線に交差するように三本の線を縦に引く。一番左の線は短く、あとの二本は長く。

よし、できた。時間を停めると、余命時計は八・〇一を示していた。残り八秒。自分では一切無駄のない動きをしたつもりだったが、線を引くのに思ったより時間がかかってしまった。だがメッセージは書き終えた。私が伝えたいことは、これだけで十分伝わるはずだ。後は仕上げをするだけ。右手で線を引いている間に左手は花瓶の縁を摑み、頭上高く振り上げていた。

時間を動かし、花瓶を勢いよく振り下ろす。花瓶が机に激突しそうになったところで時間を止めた。想定していたよりも花の本数が少ないが、恐らくこれだけでも用は足りるだろう。

時間を確認する。残り、七秒六九。もうあと七秒半で死ぬ……。

「こりゃまたえらく素っ気ないメッセージですな」

机に引いた四本の線を覗き込みながら猫が言った。

『これ以上は書きこめない。何せ時間がないんだから。でも、十分伝わるでしょう？』

「え？　何が？」

『犯人の名前に決まってるじゃない。……もしかして、読めない？』

簡略化しすぎただろうか。だが、かなりわかりやすいはずだ。これを読む人間が、犯人の名前を知っていれば。

◆

遠くの方で人の声と物音がする。まずい、警備員だろうか？　きっと銃声を不審に思って見回りを始めたのだ。

私は急いで暗い部屋の中を捜索する。

まず真っ先に目を引いたのは、窓際の机だった。机の上には割れた花瓶の破片と花が散乱している。あそこで何をしていたのだろう。

窓際へ向かう途中、床にうつ伏せになってこと切れている女の死体を一瞥《いちべつ》する。こいつ、今わの際に一体何を企んでいたんだ？　死体の周囲には書類が散乱しているようだが、何の書類なのかは暗くてよく見えない。だが、明かりをつけるわけにはいかない。警備員を呼び込むようなものだ。

ひっくり返ったバケツの水で水浸しの床を、私は音を立てないように進む。ようやく机にたどり着き、それを見つけ、

「うっ」

私は思わずうめき声を漏らした。

女は、机に直接マジックペンで何か書き記したらしい。横に長く直線を引き、それに交差するように三本の線を加えている。一見して文字のようには見えない四本の線だったが、しかし私はすぐにピンときた。

そうか、私の名前か！

これは片仮名の『サナ』を横に書いたものだ。画数を省略するために、横棒をつなげて書いている。分かりにくいメッセージだが、看過できる代物ではない。どうする、マジックペンで書いたものを消すことができるのか？

そのとき私は、机の端にある筆立てに気付いた。その中にはマジックペンが数本差してある。どれも同じペンのようだ。とすると、これでメッセージを上書きできるのではないか？　もう十本も線を追加してやれば、私の名前を読み取ることはできなくなるはず……。

……いや、ちょっと待て。

考えてみたら、あまりに不自然だ。こんな後からいくらでもごまかせるようなメッセージを、花と花瓶で隠そうとしているとはいえ、机の上にでかでかと残すだろうか？　私が後から現場に立ち入ってこの上に線を数本書き加えてしまえば、こんなメッセージ……。

となると。

……やばっ、そういうことか！

私は彼女の意図に思い至り、身震いした。なんてことだ、あの短時間にそこまで考えていたのか、この女は。

恐らく、最初に書いたメッセージだけは種類の違うマジックペンで書いたのだ。そこに後から別のペンで線を書き足されても、インクの種類の違いで最初に書いた線だけを判読できるように。

私は再び部屋を見回す。彼女はきっと、自分が使ったマジックペンをこの部屋のどこかに隠したんだ。それを見つけ出さないことには、このメッセージを消すことはできない。だが、ペンを探すのに手間取っていたら……。

がちゃり、と遠くで扉が開く音がした。全身が総毛立つ。廊下を歩く足音が近づいてくる。この部屋に来るのも、時間の問題だ！

急がなければ、早くペンを見つけなければ……っ！

◆

私が親切にもメッセージの意味を解説してやると、猫は大げさに納得して見せた。

「はァー、片仮名ですか。ようやくわかりました。なるほどなるほど。しかし、これだけでいいんですか？　ただ『サナ』って書くだけじゃや、警察に対して不親切な気もするんですがねェ」

「大丈夫。私の知る限り、このあたりで『サナ』という名前の住人は宝林佐奈しかいない。わざわざ六文字も使ってタカラバヤシと書かなくても、これだけで個人が特定できるはず」

「イエ、それはわかります。わかりますとも。しかし、差し出がましいかもしれませんが、こんなメッセージ、あのお嬢さんにすぐに見つかってしまいますよ。犯行現場に自分の名前を書き残されたときちゃ、お嬢さんは何としてでもそれを消そうとするでしょう」

『ええ。だからこうして』

私は時間を動かし、振り下ろしていた花瓶を思いっきり机に叩きつけた。

『邪魔をする』

メッセージの上にガラスの破片と水、そして水仙の花が散らばりかけたところで時間を止める。残り、七秒三〇。

「邪魔って、あのね」

猫は呆れたような声を出す。

「その程度じゃ隠せませんよ、そんなでかでかと書いてあるんじゃ。すぐに払いのけられて、墨塗りされちまう」

『そうしてもらわないと困る』

「え……？」

猫と話をしながら、私は手ごろな花を見つくろっていた。茎の細い、よく濡れているものが望ましい。しかしこうして見ると、思っていたよりも水仙の茎は太い。仕方ない、多少のロスには目を瞑《つむ》って、花を加工することにしよう。

再び時間を動かす。私は左手で素早く二輪の花を掴むと、マジックペンの底でその茎の根元を押し潰した。時間を止め、時計を確認する。五・九八。うっ……五秒台にまで食い込んでしまったか。

「え、えっと」

押し潰した茎を見て、猫が困惑気味の声を出す。

「その、何をなさってるんです？　何だかさっきから、お姉さんの意図が摑めなくなってきたんですが」

『ここまできたらもうわかるでしょう。私の狙いが』

「ハァ。そう言われましても。申し訳ございませんなァ、あたしゃ頭が鈍ってるようです。一体全体、その花は何に使う気なんですか？」

『そんなの』

私は十分に狙いを定めてから時間を動かし、

『こうするに決まってる』

押し潰した二輪の花の茎を、壁のコンセントの穴に差し込んだ。

◆

あった！

ようやく見つけた。

私は急いで棚の下の隙間からペンを取り出した。キャップは外れている。間違いない、あの女が使ったものだ。案の定、それは机の上の筆立てにあったペンとは違う種類のペンだった。

急げ、急ぐんだ！　たった数本書き加えるだけでいいんだ、だから早く――！

私は立ち上がり、机に向き直る。メッセージの上に覆いかぶさっていた花瓶の破片と数本の花を、左手で払いのけようと机に手をつき。

その瞬間。

目の前が昼間のように真っ白になり、けたたましい破裂音が体の奥底で弾けた。

◆

『よく見て』

どうやらこの猫は、理科には詳しくないらしい。説明しなければわからないようだ。

『今私が手を離したら、コンセントの穴に根元が突き刺さったまま、花は机の上に垂れる。机の上は花瓶の水で水浸しになっていて、その中は二輪の花を経由してコンセントの電極と繋がる。この状態で、花瓶の破片や花を払いのけるために机の上に手をついたら、どうなると思う？』

猫はしばらく黙り込んだ後、

「……感電ですか」

それまでの楽しげな調子とは違う声で答えた。

『その通り。佐奈は軍手をしていたでしょう。これが私のようにゴム手袋だったら絶縁したかもしれないけど』

全く運がよかった。仕事でゴム手袋をすることが多い私は、今日のように帰る直前まで外さずにいることもあるのだ。

当然、このゴム手袋は電気を通さない。だが。

『軍手なら簡単に水が染み込んで、彼女の体に電流を導いてくれる』

「……フム。しかしお姉さん。ただ電極に触れただけで感電なんて起こるもんですかね？　電気が流れるには、体を通して回路を形成しないといけなかったはずだ。一本の電線にとまった鳥が感電しないのは、その鳥に流れ込んだ電流の行き場がどこにもないからだ、って話を聞いたことがありますが」

『どこで聞いたのか知らないけど、確かにその通り。今この花は、コンセントのうち片方の電極からしか線を引いてないから、これだけでは電化製品のような回路は形成されない。けど、このメッセージを上書きするために机に向かい合ったら、足元に広がるバケツの水の水たまりにどうしても足を踏み入れないといけない。もしそのとき、彼女があのゴム底の靴ではなく、裸足かスリッパの状態で来たとしたら、コンセントから彼女の足までが電導物質で接続されることになる。あとは、バケツの水がこの部屋の流しまで届いていれば……つまり、流しの下の水道管に水たまりが触れていればいい。あの水道管は地中に埋め込まれているから、その電位は大地の電位と同じはず。これによって、足元の水たまりと机の上の水たまりには一〇〇ボルトの電位差が生じる。二つの水たまりに手と足を浸した佐奈の体には一〇〇ボルトの電位差がかかって——彼女は感電する』

「は……はァ。つまりその、何ですか。お姉さんは」

猫は恐る恐る言った。

「あのお嬢さんを、罠にかけるおつもりだったんですか」

『ええ。私は彼女を殺そうと思っている』

私のその言葉に、猫はしばらく考えた後、やれやれとため息をついた。

「……確かにお姉さんが言うように、感電しそうっていうイメージはわきました。今思えば、あの薬の絨毯はお嬢さんの靴を脱がせるためのものだったわけですな。足から床へ通電しやすいように。そうか、部屋の電気を落としたのも、この花の導線に気付かれなくするためだったわけだ。うむ……しかし、しかしですよ。お姉さんが電気を引き込もうとしているのはたかだか一〇〇ボルトのコンセントなんでしょう。そこから、人が死に至るほどの感電が起こせるもんですか？」

『計算上は可能なはず。まず、この建物は古くて漏電遮断器がついてないから、コンセントから大量の電流が地中へ流れても勝手に電力供給をやめたりはしない。それと、たかだかって言うけど、コンセントの電極は大地に対して一〇〇ボルトの電位差があるのよ。水に濡れていることで手や足の接触抵抗を無視できるとしたら、人体の電気抵抗値は確か五〇〇オーム程度だったから、理想的には二〇〇ミリアンペアの電流が体内を流れることになる。詳しくは覚えていないけど、大体五〇ミリアンペアくらいが感電時に心室細動《しんしつさいどう》を引き起こす電流値の境界だったはず。それを優に超える電流を流せたら、佐奈の心臓に致命的なダメージを与えることは、十分可能と言っていいでしょう。机の上の花を払いのけようとしたら、佐奈は恐らく左手で払うから、心臓を致命的な電流が通過する可能性は高い。感電死に至る条件は、かなり揃っていると思うけど』

「ううむ……。そう、です、か……」

猫は、何か言いたげなうめき声を出す。

『……何？』

「イエ、何ね。ちょっと言わせていただけるなら……まず、素直に感心しました。あの『サナ』のメッセージは、警察ではなく犯人に向けられたものだったわけだ。現場に残されたメッセージは消さないといけないというお嬢さんの心理を利用して、復讐のための罠を張る。それもたった十秒で、上手くすれば極めて致死率の高い罠をね。全く、大したお人だ。驚かされました。ただ、一つ言わせていただけるなら、……まア、何ですか。あまり誇らしい辞世の瞬間とは言えない、ということですかねェ」

『何よ、どういう意味？　今更、私のやることに文句を言おうっていうの？』

「文句と捉えられると心外だ」

と言って、猫はひょいと事務机に乗り、壊れた窓から裏庭へと飛び出した。月夜に照らされた裏庭で振り返り、神妙な表情を浮かべて私を見る。

「これは忠告です。空想的な解釈をするなら、あたしはお姉さんをお迎えに上がった死神です。死神はお姉さんをお連れする前にこう申し上げるのです。この後すぐ閻魔《えんま》さまに裁かれる身であるというのに、殺人という大罪を犯すことはない、とね。一方で現実的な解釈をするなら、あたしは今にも死なんとしているお姉さんが最後に見た幻覚です。幻覚はお姉さん自身の良心の結晶として罪を思いとどまらせようとします。人を殺すのはよくない、と」

『勝手なこと言わないでよ。あなたが何だろうが関係ない。私は、私の意志で、この世を去る前に何としてでもあの女を殺してやると決めた。自分が間違いなく殺されるってわかってる状況で、その自分を殺す者の処遇を決められるとなったら、誰もが同じようにするはず』

「そうですか。しかし、あんたは死ぬわけですがご家族は残される。あんたのことをよく思っているご友人も多いはずだ。その方々の記憶の中で、あんたは人を殺した人間として生き残るわけです。このことをどうお考えですか」

『それは……』

猫め、また嫌な方面を突いてくる。今まで、それを考えないようにしていたのに。心情の揺れが伝わってしまったのか、猫は畳み掛けてくる。

「それにこう言っちゃ何ですが、あんたの復讐の論理はちと身勝手なんじゃないですかねェ。さっき動機の話をしていたとき、あんたは無理にお嬢さんを単純な悪者にして話を終わらせようとしていたように見受けられました。あたしはそのとき思ったんですよ。この人は、何かしら負い目を感じているな、ってね」

心の内で舌打ちをする。気付かれていたのか。

「こいつはただの推測ですが、あんたは頼子さんの自殺を止められる立場にいたんじゃないですか？　そうでしょう？」

図星を突かれ、返す言葉を失ってしまう。

そうなのだ。私は、頼子に自殺の意図があることを知っていた。彼女が自殺するよりも前から。

頼子は当初、農薬ではなく睡眠薬で自殺しようとしていたのだ。往診の際に私の鞄から盗み取った睡眠薬で。

あの日、往診が終わって診療所へ戻った私は、すぐに薬の紛失に気付いて宝林家に向かった。私を出迎えた佐奈には、忘れ物をしたと話して家に上げてもらった。案の定、紛失していた薬は台所で見つかった。頼子が書いたと思われる遺書と共に。

そのときすぐに医師に相談して対策を講じていれば、私は頼子を救うことができたのかもしれない。だが、薬と遺書を見つけたときに私の頭をよぎったのは、薬の管理責任が問われるかもしれない、という保身的な懸念だった。それでつい、その場しのぎだとわかっていても、私は遺書と薬を隠匿《いんとく》してしまったのだ。どう対処するにせよ、とりあえずは一旦危険を遠ざけておこう、と自分に言い聞かせて。まさかその日のうちに農薬を飲んで急死するだなんて、誰に予測できただろう。

そうだ。どんなに自分を正当化したとしても、佐奈にとって私が母親の仇であるということは、ある意味では真実なのだ。

「筋の通った復讐を良しとするわけではありませんが、少なくともお姉さんだけに正当性があるとは言えんでしょうな、この場合」

猫は私から視線を逸らすと、どこか遠くの方を見ながら淡々と語る。

「つまり、だ。あのお嬢さんを手にかければ、あんたは正真正銘の罪人になってしまいます。ね、お姉さん。悪いことは言いません。あんたがもし、罪人ではなくまっとうな人間として大切な人の記憶に残りたいのであれば、人を殺してはなりません。あァ、納得のいかない気持ちはわかりますよ。お姉さんは今お嬢さんへの恨みで胸が張り裂けんばかりでしょう。でも、それなら伝えればいいじゃないですか。しかるべき手段で、しかるべき相手に。何もお姉さん自身が修羅《しゅら》の道に身を投じることはありません。人の世には、罪人を裁く仕組みがちゃあんとあるんですから」

猫は破壊された窓枠に手をついて、窓越しに私の顔をじっと覗き込む。

「お姉さんにはあと五秒だけ命が残されている。この時間を、どう使われるおつもりですか」

猫が指さした通り、余命時計は五・四五を示している。佐奈へのトラップは仕掛け終えたが、まだ僅《わず》かながら時間は残っている。

行動する時間も、そして、その行動をじっくり考える時間も。

◆

目が見えない。耳も聞こえない。つい先ほどまではあれほど明るかったというのに、今はどこもかしこも闇で覆われ、耳の奥の方でずっと奇妙な高音が鳴っている。

息をしなければ。そう強く思うのに、私の胸は動かない。

心臓は……？　私の心臓は、ちゃんと動いているのか……？

苦しい。胸が痛い。息をしろ……息をしなければ、私は死んでしまう……！

◆

私は時間を動かし、手に持っていた花のうち一輪をコンセントから引き抜いてまた時間を止めた。五・〇一。

「……これは？」

いつの間にか部屋の中へ戻っていた猫が、私の右手の花を見て尋ねる。

『何というか……折衷案《せっちゅう》、というか。そりゃあ私だって、人を殺すのは嫌に決まってる。でもやっぱり、自分を殺した人間を許すなんてできない。だから、運を天に任せることにする』

「と言いますと」

『つまり、ここの電線を一本にして、あの子が感電で死ぬ可能性を少し下げた、っていうこと』

正直、これでよかったのかはわからない。私は今、憎い相手を締め殺そうとしていたのに、その手を緩めようというのだ。殺人者としては生ぬるい。花を二輪とも引き抜かなかった時点で佐奈に対する殺意を捨て去っていないのだから、まっとうな人間の所業でもない。中途半端な選択かもしれないが、自分でもよくわからなかったのだ。激情と倫理観のせめぎ合いを、どう処理すればいいのか。

『そもそも、水に濡れた花の電導性なんて、試したことがないからどのくらい信頼できるのかわかったものじゃない。上手く表面の水分を電気が伝ってくれればいいけど、途中で抵抗値の高い部分を通ったらジュール熱で花が焼き切れるかもしれないし、何かの衝撃で茎が穴から抜け落ちるかもしれない。だから念のため二本を差し込んだんだけど』

今、コンセントには一輪の花が差し込んである。その花の先端が垂れ、机の上の水たまりに接していた。猫はそれを指でなぞり、満足げに頷いた。

「なるほどねェ。まァ、いいんじゃないですか？　つまり、その花一本分がお姉さんの良心の嵩《かさ》ってわけだ。……しかし、さっき焚き付けておいて何ですが、それでお嬢さんが生き残った場合、この机のメッセージはきっと隠滅されてしまう。ことによると、お嬢さんは逃げ果《おお》せるかもしれない。それは、どうなさるおつもりで？」

『そんなの、別のメッセージを残すまでよ』

視界の端には、机の上にあった書類が床に散らばっている。

◆

――こちらから物音が聞こえたようですが。

――あれ？　あの部屋の前、何か散らばってません？

男たちの会話が、私の耳に遠く微かに聞こえる……。

この部屋に人が向かっているんだ！　警備員か当直かはわからないが、恐らくもうすぐそこまで迫ってきている……！

「はぁっ！」

私は飛び跳ねるように起き上がった。同時に、全身に激痛が走る。

悲鳴を喉奥に押しとどめながら、私は自らの体に鞭《むち》を打って立ち上がろうと試みる。関節が曲がらない。足に力が入らない。左の胸が焼け付くように痛い。

さっきは本当に死んだかと思った。いや、今の体の状態を考えれば、無事に助かったとも言えないだろう。先ほどの感電で、私の体が致命的な被害を被《こうむ》っている可能性もある。

それでも私は歯を食いしばって立ち上がり、机の上に目をやる。あの女が書き残した二文字のメッセージはまだそのまま残されている。これを消さなければ……何としてでも、消し去らなければ……。

幸運なことに、私の右手はまだキャップを外したマジックペンを握っていた。いや、違うか。指が言うことを聞かなくて離すことができないのだ。それならそれで好都合だ。

私は震える手でペン先を机の上に近づける。

「うっ」

この机に触れて先ほどは感電したのだ。なんという不運だ、花瓶の水が医療器具か何かに触れて帯電していたのだろう。私が助かったということは、電源が何らかの原因により遠ざけられたのかもしれない。だから、今はもう水に触れても感電しない可能性もある。いや、もはやそうであることに賭けるしかないんだ……！

ペン先が机に触れ、通電などしていないというのに私の全身が恐怖でびくりと飛び跳ねた。

「うぅぅぅぅっ……」

声を抑えようにも、顎に力が入らない。私の口からは、悲鳴と嗚咽《おえつ》の入り混じった情けない叫びがとめどなく零《こぼ》れ落ちる。

「うわぁぁぁぁ！」

あの女が引いた線の上から、縦へ横へと線を書き足していく。もっと、もっとだ！まだ足りない、まだ私の名前は消えてない……！

――誰か、そこにいるんですか？

部屋のすぐ外で男の声がして、私はびくりと振り返る。懐中電灯の明かりが部屋の入り口を照らしていた。

もういい、もう限界だ。今すぐここから立ち去らなければ。

私は自分の指をこじ開けてペンを放り棄《す》てると、床に落ちていた靴を脇に抱え込んだ。猟銃は置いていく。これはもともと私とは何の繋がりもない。

他に何か忘れ物がないかと部屋を見回したとき、私の目にあるものがとまった。

◆

時間を動かした瞬間に右に体を捻り、床に倒れながらそのうちの一枚を拾って……。

私は、頭の中でこれからの動きを予行演習した。死ぬ寸前の最後の五秒ともなれば、恐らく立っているのもままならないはずだ。だから最後は無理をせず、床に横になってメッセージを書き残す。

『あの机のメッセージは佐奈に向けたものだったけど、警察に向けてメッセージを残したいなら、方法はいくらでもある。例えばそこの書類のうちの一枚に「サナ」と書くだけでもいい。あんな大量にある中の一枚にサナと書いて紛れ込ませたら、警備員がこの部屋に来るまでに佐奈がそれを見つけるのはまず無理でしょう』

「ふんふん。なァんだ、話は簡単じゃないですか」

『そうね。私の目的がメッセージを残すだけだったら、十五秒は多すぎるくらい』

元々、佐奈への感電トラップは確実性の低い仕掛けだ。都合よく引っ掛かってくれたらこの場で佐奈を感電死させられるかもしれないが、首尾よく逃げられた場合のことを考えると、警察に向けたメッセージも残しておかなければならない。私はそのために、最初からこの五秒間はその本当のメッセージのためにとっておいたのだ。

いよいよ、これが最後の行動になる。今までの仕込みに比べればそれほど難易度は高くないが、ここまで来て下手は踏めない。私が、私の人生の中で最後にやる仕事だ。そう思うと、今更のように様々な思い出が頭の中に次から次へと去来する。平凡な人生だ。後世に何を残せたわけでもない。私が残すことができたのは、中途半端なトラップと、そして五秒で書ける単純なメッセージだけ。

もういいだろう、というくらい感慨にふけった後、

『……よし』

私は、ついに時間を動かした。

体を捻り、書類が散らばっている床に倒れこもうとする。

その直後。

二度目の銃声が、私の体を貫いた。

◆

やった……！　私は、成し遂げたんだ……！

ともすれば勝鬨《かちどき》を上げてしまいそうになるのを必死にこらえながら、私は自宅へ向かう夜道をひた走っていた。

あの女のメッセージは消した。証拠となるようなものは持ち去った。そして、警備員にも誰にも姿を見とがめられることなく、窓から逃げ出すことに成功した。全てが予定通りに行ったわけではなかったが、それでも結果的に私は復讐をやり遂げたのだ。

もういい。もう何も心配しなくていいんだ。母を毒殺したあの女はもうこの世にいない。

それにしても、しぶとい女だった。胸を撃ち抜かれた後であんなメッセージを残すなんて。

よかった。

二発撃っておいて。

◆

再び、世界が静止していた。

何が起きたんだ。私は、最後のメッセージを書き残すために時間を動かして、床に倒れこもうとして、その直後にすぐ近くで衝撃音が……。

……一体、何が起きたっていうんだ？

くつくつと、押し殺したようなしゃがれた笑い声が聞こえてくる。

「また撃たれたんですよ。お姉さんは」

黒マントの猫が、私の傍らに立って私を見下ろしている。先ほどまでかしこまった表情を浮かべていたその顔には、当初の下卑た笑みが戻っていた。

「ほらね」

と猫は肉球で窓の方を示す。

ガラスの割れた窓の外には、こちらに銃口を向けて猟銃を構えた佐奈の姿があった。

『そっ……そんな、馬鹿な……！』

「馬鹿でも何でもありません。お姉さんだって、二撃目を喰らって余命が縮まる可能性を危惧していたじゃないですか。それもかなり早い段階から」

私は今、床に体を投げ出そうとした途中で空中に静止している。うつ伏せに倒れるつもりだったが、撃たれた衝撃で体が半回転し、ちょうど顔が窓の方を向いた状態で止まっていた。そんな私を、猫は憐れむような蔑《さげす》むような、それまで彼が見せたことのない残酷な表情で見下ろしている。

「その危惧が現実のものとなったのです。そして、気になる余命は」

猫は片手を私の前に差し出す。その上に、余命時計がぼやっと現れた。〇・六一。

「これだけになってしまった」

『そんな……』

「もう、この世であんたができることはほとんど残されていない。ですからまァ、本来であれば生きている間に知りえなかったことを私からお教えしても、さほど差し支えはないでしょう。……お姉さん。あんたは追撃のことを常に気にしておられた。罠を仕掛けている間も、可能な限り背後には気を配っていましたね。しかし、窓の外へは全く注意を払おうとしなかった。そこから撃たれることを全く想定していなかったわけですなァ」

『だ、だって、ついさっきまで廊下にいたのに、佐奈が外に出ることなんて……』

「お嬢さんは最初、外からこの建物の中へ侵入したんですよ。すぐさま外へ出られても不思議とは言えませんな。もう少し細かく説明して差し上げましょうか。お姉さんに瓶を投げつけられたとき、お嬢さんは狙撃に失敗して自分が反撃を受けていると思ったんです。そして一目散に逃げようとした。侵入するために使った診療所の裏口からね。ところが、裏口から外へ出たとき、彼女ははたと思い直したのです。お姉さんは今廊下側を警戒しているはずだ、であれば裏庭へ回って窓から撃ってやろう、と。エェ……確かにお姉さんが撃たれてから今まで、せいぜい十秒ほどしか経っていませんね。しかし人は十秒で五十メートルくらいは走れるでしょう。想像してごらんなさい。廊下から裏庭のあの位置まで、全力疾走すれば何秒で到達できるか」

確かに……猫の言うとおりだ。この部屋の入り口から裏口まではせいぜい十メートルほどしか離れていない。私を撃った後、急いで裏口から庭へ回り、その間に銃を再装塡《そうてん》し、私を窓越しに射殺する。十秒の間にやる仕事としては、感電トラップを作るよりも遥かに容易《たやす》い。

それなら何故、私はそのことに思い至らなかったのだ。何故、廊下だけではなく窓の外を警戒しなかった。

「お姉さんは十五秒を意識しすぎたんですよ」

子供を諭すようにゆっくりと猫は言う。

「たかが十五秒、されど十五秒です。お姉さんは考えに考えてご自身の余命の使い方を組み立てられた。その過程で、十五秒とはなんと短いのだろうと何度も思ったはずだ。それは普通の人間にとってはごく一瞬で過ぎ去る時間なのだと、あんたは強く意識してしまった。しかし、一瞬ではありません。数秒の間にもできることは色々あります。例えば、走って裏庭に回って銃を撃つ、とかね。お嬢さんにも同じ時間が流れていることを、あんたは失念するべきではなかった……」

そうだ。私は、佐奈に流れている時間のことを無意識に考えから外していた。だから、順番を間違えたんだ。私は、罠を仕掛けてからその罠が失敗した時の保険を残そうと決めていたが、本来は保険の方を先に片付けておくべきだったのだ。人間、いつ死ぬかもわからないのだから。

猫は肩を竦《すく》めて、

「残念でした」

とにやける。こいつ……。

『あなた……最初からこうなることを知っていたの？』

「まァ、ね」

猫の口調はますます弾みがつく。その口元に、死を運ぶ者の邪悪な笑みが広がっていく。

「もう一度撃たれるかもしれないとは思っていました。いやァ、実に見物《みもの》でしたよ、お姉さんの奮闘は。しかし、まさかお嬢さんを殺すおつもりだとは思わなかった。全く頑張りましたなァ。だが実際に殺すとなると、見過ごすわけにはいきません。全く、いたずらに仕事を増やさないでいただきたいものですな。あたしも暇じゃないんだ」

何てことだ。

つまり、こいつはこう言っているのだ。さっき私に向けた忠告は、無闇に死者を増やさないための方便に過ぎなかった。何が良心の結晶だ。私はそれにまんまと乗せられて……。

「ま、気を落としなさんな。日本の警察は優秀と聞いております。お姉さんが警察に何も伝えられなくとも、お嬢さんはちゃんと捕まるでしょうや」

猫の憎たらしいにやけ顔と、窓の外の佐奈の殺意に満ちた表情が私を見下ろしている。私の心のうちに、一時はどこかへ消えていた悔恨と憎悪が再び沸々《ふつふつ》と湧き上がる。

とはいえ、残り時間は一秒もない。

私にできることは、もう何も残されていないのか……？

そのとき、一通の封筒が目に留まった。床にばらまいた書類の中に紛れて床に落ちている。そういえば、あの封筒は机の上に置いておいたのだった。

私がそのまま床に倒れたとき、手を伸ばせば届く位置に落ちている……。

『それじゃ足りない……ただ逮捕されるだけじゃ……』

「ン、まだそんなことを。いいですか、もうお姉さんにできることなんて、なァんにも残されていないんです。人生、諦めが肝心でしょう？」

勝手なことを言ってくれる。

逮捕されるだけでは足りないのだ。あの娘には、まだ伝えなければならないことがある。

殺すことがかなわないにしても、せめて思い知らせなければ。

自分が何をしたのか。

◆

診療所から命からがら逃げだした後、私は自宅へ駆け戻り、そのまま玄関先で眠り込んでしまった。目が覚めたのは翌日の未明で、しばらくは何か悪い夢でも見ていたかのようなぼんやりとした状態が続いた。

極度の疲労で、私の体は思うように言うことを聞かなかった。恐らく、昨晩受けた電気ショックの後遺症もあるのだろう。だが医者にかかるわけにはいかない。体調の異常よりも、こんな状態で事件現場にのこのこ舞い戻る方が恐ろしかった。自然回復を待つしかない。

私は体を引きずるようにして寝室に向かい、布団に身を投げ出した。しばらく横になっているうちに、私はようやくまともな思考力を取り戻していった。

そうだ、確認しなければならないことがあったのだ。

私は布団から腕を伸ばし、昨日現場から持ち帰った封筒へと手を伸ばした。これは、息絶えたあの女が硬く握りしめていたものだ。二度目に撃ったときは手にペンしか持っていなかったため、恐らくは意識が途絶える数瞬の間に床から拾い上げて握った物だろう。となれば、何か意味のあるものに違いない。あの場では確認する暇がなかったが、私の薬歴だったらたまったものではない。

くしゃくしゃになった封筒には、一枚の便箋《びんせん》が入っていた。それを取り出し、広げた瞬間に私は息を呑んだ。その便箋に綴られている手書き文字は、見慣れた母の字だったからだ。

その便箋に目を通すうちに、私は手の震えが止まらなくなった。

それは、母の遺書だったのだ。これ以上あの子に迷惑をかけるのに耐えられない、未来に希望が見いだせないといった内容だった。全く以て一般的な自殺者の遺書に書かれていそうな文面が、他ならぬ母の書き文字で綴られている。しかも、母は遺書の最後にこう書き残していた。しかし一人では逝けない。あの子に罪はないが、共に連れていく、と。

背筋を冷たい感触が走り抜ける。

つまり……母は、紛れもない心中の意志を抱いていた、ということになるのか……？　ただの心中ではない、私の意志を無視した無理心中を。

何故、これを彼女が持っているんだ。

こんなものがあったなんて、私は知らない。警察の人だって、一言も言わなかった……！　ということは、もしや……この遺書の存在を知っているのはあの女だけで、つまりそれは、彼女が持ち去ったということで……。

え、それじゃああの女は母の心中の意図を知っていて、薬を提供したのか？　自殺幇助《ほうじょ》だったのか？　いや、それはおかしい、それなら何故私が生きている？　母は遺書に、私が服用している薬を毒にすり替えて、一緒に死のうとしていたと書いているのに。

薬を毒にすり替えて……だって……？

私の頬を伝った汗が、手紙にぽとりと滴《したた》った。

……もしかして……。

あの日、あの女が台所で据え置きの薬をいじっていたのは、薬を毒にすり替えたのではなく、その逆――つまり、毒を薬にすり替えなおしていたのか？

母はあらかじめ、自分の薬と私の薬を毒薬にすり替えていた。それに気づいたあの女は、それを無害なものにすり替えた……。だから私は無事だったのだが、自殺の意図が感づかれたと気付いた母は急いで別の毒を呷り、そして一人で死んだ……。

っていうことは、つまり。

あの女は結果的に、私を助けた、ってことになるんじゃないのか……？

感電を耐え抜いたはずの私の心臓が、自壊するのではないかと思われるほど激しく脈打っている。私の健康を脅かすものはもう何もないはずなのに、目の前が暗くなっていく。

この封筒も、私に向けられたものだったのだ。

何もかも、私の勘違い。

私が仇を討とうとした母こそ、私を殺そうとしていたという事実。その殺意から私を救い出した人間を、この手で殺《あや》めてしまったという事実。

彼女が最後に伝えようとしたのは、このことだったのだ……。

その夜、自宅の呼び鈴《りん》が鳴った。

重い体を引きずって玄関の扉を開けると、戸口には厳めしい顔つきをした数人の男が立っていた。

彼らは警察手帳を提示し、診療所で起きた殺人事件について私に話を聞きたいと申し出た。聞けば、犯行現場に残された毛髪と、診療所に保管されていた私の血液を比較した結果、この短時間の間に容疑者の特定に至ったのだという。

私はほっと息をついて、肩が軽くなるのを感じながら言った。

「ちょうど、私の方から伺おうかと思っていたところでした」

サイレン

小《こ》林《ばやし》由《ゆ》香《か》

1976年、長野県生まれ。2004年から2010年にかけてシナリオ関連の賞を複数受賞。2011年、第33回小説推理新人賞を「ジャッジメント」で受賞してデビュー。8歳の頃に親にビデオデッキを買ってもらい、小学校時代は映画ばかり観て過ごしていた。そうした日々を経て大人になり、物語を作る人になりたいと思うようになっていたという。本書収録の「サイレン」は、〝平等応報罪業法〟が施行された世界を舞台としている。この法律は、犯罪者から受けた被害内容と同じことを合法的に刑罰として執行できるというものであり、通称、復讐法と呼ばれていた。デビュー作「ジャッジメント」や、2015年に入って《小説推理》に発表した「ボーダー」等3作品もこの法律を背景としている。〝目には目を〟を具体的に行う痛みを、心に刺さるサプライズとともに描いた5作品であり、2016年に初の著書『ジャッジメント』として刊行された。(M)

1

降り立った駅のホームに人影はなかった。

構内には、自動販売機や広告のポスター、看板などはいっさいなく、真新しい白い壁が続いている。改札に向かったが、乗降客が少ないせいか、駅員の姿もなかった。

一年前、郊外まで線路を延ばして開設されたのが、終着駅でもある『刑事施設一号館前』だった。この施設は人々から忌み嫌われているせいで、周辺に商業施設はなく、駅はいつも閑散としていた。

改札を出ると、丸い柱のそばに、ビジネス鞄を持った黒いスーツ姿の男が立っていた。

まだ約束の十五分前だった。

「本日は、よろしくお願いいたします」

そう挨拶《あいさつ》した私に、天野義明《あまのよしあき》は無言のまま頭を下げた。

目は充血しており、緊張しているのか、ひどく顔が強張っているように見える。

駅を出てから信号を渡り、古びた公園の前を通りすぎてから、トンネルのような鬱《うっ》蒼《そう》とした林道を抜けると、思わず見上げてしまうほど高いコンクリートの壁が現れる。

威圧的な灰色の壁に沿って、細い道を歩いて行く。

暗い心情とは裏腹に、空は青く晴れ渡っていた。

しばらく進むと、大きな門の前に出た。中が見えない頑丈な鉄製の門だった。左上には、監視カメラが設置してある。

門番の役目を担う三人の守衛は、険しい顔つきでこちらに目を向けた。制帽、防刃チョッキを身につけ、腰に警棒を装備している。

私は、応報監察官であることを証明するために、ＩＤカードを提示した。

守衛たちは、写真が掲載されたＩＤカードを確認した後、背筋をピンと伸ばして同時に敬礼する。それが「入館許可」の合図だ。

守衛の一人が無線で受付に連絡すると、一分後に軋《きし》んだ音を立てて重そうな鉄門が自動で開いた。

目の前には、広大な芝生の敷地が広がっている。

鉄門を入ってすぐ左には、コンクリート造りの小さな建物があり、年配の受付事務員がいる。

敷地の中央には、立方体の真っ白な建物がある。その刑事施設一号館の外壁に窓はなく、扉も白いため、建物というより突如、異空間から現れた巨大な箱に見えた。エントランスまで石畳が続いている。私は案内するように、義明の少し前を歩いた。

施設まで距離があったが、お互い何も話さなかった。これから過酷な刑を執行する人間に、どのような言葉をかければいいのかいまだに分からない。真っ白な建物を見据えて、無言のまま二人分の靴音を鳴らして進んで行く。

刑事施設の扉の前には、二人の守衛が立ち塞がっていた。

私は、守衛がつけている腕時計のような物に、自分のIDカードを近づけた。それは『リストリーダー』と呼ばれるものだった。ピッという電子音が鳴る。

「応報監察官A8916、鳥谷文乃《とりたにあやの》、入館を許可します」

職員証であるIDカードには、個々の職員情報が入ったICチップが内蔵され、入退館時刻が監察官本部のセキュリティセンターに届くようになっている。それにより、刑事施設の中で使用できる部屋が管理されていた。許可されていない部屋の扉は開かないのだ。

白く重厚な扉を開くと、内側にいる守衛が素早く敬礼した。

正面には、驚くほど長い廊下が続いている。天井と壁は灰色で、リノリウムの床はクリーム色だった。薄暗い廊下は、いつも息苦しくなる。

廊下の途中には、壁と同系色の二つの扉がある。一つは『監察官室』、もう一つは守衛や刑務官が使う『警備室』だった。まだ入ったことはないが、監察官室は刑の執行が長期に及ぶ時に使用する部屋らしい。よく見ると、長い廊下の側面には、他にも壁と同じ色のカードリーダーが設置してある。教えられているもの以外にもいくつか部屋がありそうだった。

しばらく無言のまま歩き続けると、義明は少し動揺した様子で、辺りを見回し始めた。長い廊下の先は行き止まりに思えたのだろう。

ノブや引き手はなく、一見すると壁に見えるが、それはスライド式のドアだった。そこには、『関係者以外立入禁止』と書かれている。

「この先が執行場所の応報室です。中には受刑者がおります。準備はよろしいですか」

意を決した表情で頷くのを見た後、横壁にあるカードリーダーに、ＩＤカードをかざして解錠した。

ドアは音もなく、自動で右にスライドして開く。

目の前には、奥行きのある広い灰色の空間が広がった。

この部屋に入ると、いつも血の臭いと肌寒さを感じる。室内に窓はなく、床や壁、天井は全て打ち放しのコンクリートだ。

応報室に入って、すぐ右手には一脚の木製の椅子が置いてある。入口に近い左側の壁にはドアがあり、そこは、トイレとシャワー室になっている。刑の執行が長期に及ぶ場合や、返り血などで服が汚れた時などに利用する部屋だった。

応報執行者には、事前にジャージや丈の長いレインコートが支給されるが、義明からはレインコートの申請しかなかった。ジャージ姿で受刑者の前に立つのが嫌なのか、着替えるのが面倒なのか、理由は定かではないが、私服や喪服で刑を執行する者が多い。

部屋の中ほどの壁際には二人の刑務官が立っている。

スポットライトが照らしている部屋の奥には、『Ａ17』と書かれた鉄の首輪をつけた男が床に座っていた。こちらを威嚇するように睨んでいる首輪の男は、受刑者の堀《ほり》池剣也《いけけんや》——。

スウェット姿の剣也は、後ろ手に手錠をかけられ、足は壁に打ちつけられた鉄鎖に繋がれている。受刑者の鎖は、執行時以外は長くなり、トイレの使用が可能になっていた。

部屋の右奥の隅には洋式の水洗トイレがあるが、周りに壁はない。ここが美術館なら、風変わりな芸術家のオブジェに見えるだろう。左奥の天井の角には監視カメラが設置されている。

中央には横長のパイプ机があり、デジタルカメラ、ライター、ロウソク、千枚通し、バタフライナイフ、空き瓶、ペンチ、金属バット、サッカーボール、グラス、ゴキブリの死骸が置いてある。

三ヵ月前、十六歳の天野朝陽《あさひ》は、十九歳の四人の少年に拉致監禁され、激しい暴行を受けた後、四日目の早朝に殺害された。

右目は失明しており、指の爪は全て剝がされ、鼻の骨は折られ、歯はペンチで抜かれて一本も残っていなかった。髪は焼かれ、服は着ておらず、全身のいたるところに打撲痕と刺傷痕があった。

廃墟になったビルの一室で発見された死体は、凄惨な現場に慣れている捜査員たちでさえ、目を背けてしまうほど無残な姿だったという。

裁判では事件の残虐性から主犯格の堀池剣也に対し、二つの判決が言い渡された。一つは旧来の法に基づく懲役十八年の実刑判決。もう一つは、新たに施行された復讐法の適用を認める判決だった。剣也以外の三人の少年に復讐法は適用されず、一人は懲役三年以上五年以下の不定期刑が確定し、二人は少年院送致になった。

復讐法とは、犯罪者から受けた被害内容と同じことを合法的に刑罰として執行できるものだった。

この法の適用が認められた場合、被害者、またはそれに準ずる者は、旧来の法に基づく判決か、あるいは復讐法に則り刑を執行するかを選択できる。ただし、復讐法を選んだ場合、選択した者が自らの手で刑を執行しなければならない。そのため、旧来の法による刑を選ぶ者も多くいた。

本事件の法の『選択権利者』に選ばれたのは、息子を殺害された父親の天野義明だった。

義明は復讐法を選び、刑を執行する応報執行者となった。

私は監視カメラに向けて、光沢のあるシルバーのＩＤカードを提示した。

「ナンバーＡ17、復讐法による刑の執行を開始します」

そう宣言すると、二人の刑務官が敬礼した。私は木製の椅子に座った。

義明は、ビジネス鞄を机の下に置くと、おもむろにサッカーボールを手に取った。

慣れているのか太腿の上でリフティングをした後、ボールを脇に抱えて剣也の前に立った。応報執行者と受刑者が顔を合わせる瞬間は、いつも室内に独特の緊張が走る。

「まずは自己紹介からだ。俺はお前が殺した天野朝陽の父親だ」

「子どもの喧嘩にパパが登場かよ」

剣也は、受刑者という立場が分かっていないのか、呆れ顔でそう言った。

「お前がしたことは喧嘩じゃない。人殺しだ。これから息子の朝陽に関する問題を出す。それに正解できない場合は、朝陽が受けた残忍な暴行と同じことをお前にもする。簡単に言うと、死にたくなければ正解すればいい」

やる気のない態度で欠伸《あくび》をした剣也に向かって、義明はボールを強く蹴りつけた。顔面に的中したボールは、足元に正確に戻った。

鼻からあふれでた血を見て、義明は満足そうに微笑んだ。

「お前には基本的な教育が必要だな。まずは、相手から何か言われたら返事をしろ。幼稚園児でも分かることだぞ。早く教育の後れを取り戻せ」

返事をしない剣也に向けて、今度は助走をつけてボールを蹴った。

ボールが腹に強く食い込み、剣也は苦しそうに上半身を前に倒した。多量の鼻血が、灰色のスウェットに染み込んでいく。

「学生の頃、サッカー部でインターハイまでいったんだ。ちなみにポジションはフォワードだ」

「おっさん、調子にのるなよ」

「これはお前と俺の命を賭けた闘いだ。調子にのるなと言われてもテンションはあがる。普通の心を持った人間なら、まともな精神状態で人なんて殺せないからな」

不敵に微笑んだ後、平坦な声で質問を投げた。「手始めに、息子の好きな色は何色か答えろ。間違えたら金属バットで全身をフルスイングだ」

サッカーボールを机に戻すと、今度は金属バットを手に取った。

「おっさんの息子のことなんて知るかよ」

素振りをしている義明の姿を見て、剣也は苛立った声を出した。

「もったいない。せっかく答えるチャンスがあるのに。もしかしたらできるかもしれないのに、やる前から自分はダメだと諦めてしまう。だからこんなクズになったのか」

義明は躊躇《ためら》わず、剣也の右足にバットを振り下ろした。

脛を打つ嫌な音が響くと、剣也は繋がれている鎖をガチャガチャ鳴らし、上体を丸めて呻き声をあげた。

「息子がどれほど痛かったか、どれほど苦しかったか、どれほど怖かったか、お前に分かるか。お前みたいなクズは、やられた人間と同じ痛みを受けなければ永遠に理解することができない。さあ、次の質問にいこうか」

自分の置かれている現状に気づき始めたのか、剣也の鋭い眼差しは力をなくし、表情には怯えの色が浮かんだ。

義明はそれにかまわず、自分の腕時計に目を向けながら質問を投げた。

「どうして朝陽という名前をつけたのか、十秒以内にその理由を述べよ」

「アサヒ……そんなの分からねぇよ」

「三、四、五秒経過」

「太陽みたいなヤツになって欲しい」

剣也は、緊張した面持ちで答えた。

義明は焦《じ》らすように、しばらく間を置いてから解答を告げた。

「正解。やればできるじゃないか。ここは大事な部分だから、もう少し詳しく解説しよう。時にこの世界は生き辛い。苦しいこともある。理不尽な状況に落ち込む日もある。グレたくなることもあるよな」

そう問いかけるように剣也の目を見た。「国や世界全体が暗く沈む日が来るかもしれない。そんな時でも腐らず折れず、太陽のように闇を照らす人間でいてほしい、そう願い名づけたんだ」

わざと猟奇的なふるまいをしている義明の姿が、私の胸をしめつけた。応報室に入る前、義明の手は小刻みに震え、緊張のせいか呼吸が少し荒くなっていた。

数日前、会議室で法の選定確認をした時、復讐法を選んだ義明は執行承諾書へサインをした。ペンを持つ手は、凍えているようにぎこちなかった。自分の手で人を殺すことを意味するサイン、その重みを深く感じていたのだろう。義明は低く震える声で言った。

「鳥谷さん、アイツは息子のことを何も知らなかった。私はそれが許せない。息子にはたくさんの夢や希望があった。未来があった。その全てを簡単に消したんだ。いや、簡単ではなかった。残虐な行為で苦しめ、想像を絶する痛みと恐怖を与えてから殺したんです」

受刑者の前で毅然と胸を張り、金属バットを握りしめている父親の姿が、私には痛々しく映った。

応報室を出た後、廊下を歩く義明の背中は、ひと回り小さくなったように見えた。剣也の前に立った時とは違い、覇気はなく意気消沈している。人を寄せつけない雰囲気があり、なかなか声をかけられなかった。

長い廊下を歩く、革靴の音だけが虚しく響いている。義明は足元がふらついてバランスを崩すと、壁に手をついて体を支えた。

「大丈夫ですか」

私は急いで駆け寄った。

「鳥谷さん、復讐のしかたですが、私は息子がされたように四日間かけて刑を執行します」

奨励したくなかったが、私は事実だけを伝えた。

「天野さんには、その権利がありますす」

事前に調べ、権利があることは知っていただろう。数日前、報道陣の前に立った義明は「復讐法を選びます。四日間かけて刑を執行します」そう宣言し、その映像は、何度も報道番組やワイドショーで放送された。ネットニュースのコメント欄には「勇敢な父親現る」「息子の仇を討て」「父親がんばれ」などの書き込みが相次いだ。

私は、ＩＤカードを守衛のリストリーダーに近づけ、重厚な扉を両手で押し開けた。

緊急時には、守衛の判断で扉を開けることもできるが、通常はＩＤカードがなければ刑事施設の扉は解錠されない。

来た時と同じように、鉄門まで続く石畳を歩き、受付でＩＤカードを見せた。無線で門の外にいる守衛に連絡した後、巨大な鉄門が開いた。

影になっていた敷地内に、穏やかなオレンジ色の光が差し込んでくる。沈む夕日を目にした義明の顔は、眉根を寄せて唇を強く嚙みしめ、今にも泣き出しそうだった。

復讐を終えて刑事施設から出てくる多くの執行者たちは、窓のない牢獄に何十年も拘束されたかのように外の風景に感嘆する。風、樹木、空、太陽、月、星、その全てに感動し、感傷的な気分になる者が多かった。もしかしたら、目の前で人の死を見た人間は、皆そうなるのかもしれない。

鉄門の外にいる三人の守衛が敬礼した。

私は、夕日を見つめている義明の背中を軽く押し、門の外へ促した。

義明は俯いたまま、疲れた足取りで歩きだした。時折、沈みゆく夕日を眺めている。

林道にさしかかった時、突然、目の前に一人の女が飛び出してきた。かつて、林道で人に出会ったことがなかったため、驚きと共に警戒心が働いた。

「許してください許してください許してください」

女は崩れるように土下座をすると、白髪の多い頭を地面につけ、痩せ細った背中を震わせた。

言葉というよりも呪文を唱えているようだった。

「堀池……和代《かずよ》さん」

私が名前を呼ぶと、義明は驚愕した表情でこちらを見た。

「堀池って、あの堀池剣也の母親ですか」

無言で私が頷くと、和代は声を張り上げた。

「あの子は悪い子じゃないんです。息子を許してやってください。もう二度とこんなことはさせません。お願いします」

義明は真っ青な顔で、何も言わずに歩き出した。和代はその後ろ姿に縋《すが》りつくように駆け寄り、義明の足にしがみついた。

「お願いです。あの子を許してください」

義明は、憤った気持ちを抑えるように大きく息を吐き出すと、抑揚を欠いた声で言った。

「私の息子は、『許してほしい』と何回懇願したか分かりますか。髪に火をつけられ、爪を剝がされて鼻を折られ、何度も『ごめんなさい、助けてください』と、あなたの息子に訴えた。だけど私の息子が許されることはなかった。むしろ息子の泣いている姿を面白がって、もっとひどい暴虐な行為をしたんです」

「だから謝ります。殺さないでください」

「あなたにも責任がありますよ」

冷たく言い放ったその言葉に、和代は泣きはらした目で義明を見上げた。

「アイツを育てた親にも責任がある。あなたは、どうしてあんな悪魔に育てたんですか。どうやったらあんな化け物になるんですか」

和代から、もう謝罪の言葉は出てこなかった。皺《しわ》だらけの歪んだ顔に、涙がいくつも零れた。

2

二年前、ビルに時限爆弾が仕かけられ、多数の死傷者が出る爆弾テロ事件が起きた。犯人は、殺人の前科がある四十代の男だった。刑務所を出所してから一年後、男は事件を起こした。その二ヵ月後、十六歳の少年が、３Ｄプリンターで銃と弾を製造し、三人のクラスメイトを殺害するという前代未聞の事件が起き、同時期、通り魔事件や虐待による幼児殺害事件が相次いだ。

国民は、増加する犯罪に不安と強い憤りを覚えた。

なぜ、凶悪な犯罪者を社会に戻すのか。

犯罪に年齢は関係ない。

虐待から子どもを守るための厳しい法律が必要だ。

平穏な国で生活したい。

国民の要望や増加する犯罪率を考慮し、ある法案が議会で可決され、成立した。それが『復讐法』だった。裁判にて復讐法が適用された場合、未成年であっても少年法のように加害者が手厚く保護されることはない。年齢に関係なく、公平に刑が執行されるのだ。

人権侵害や冤罪の問題から反対する者もいたが、国民の多くは、本法が犯罪の抑止力になると信じて支持した。

復讐法が制定されると、法務省の矯正局にいた私は、応報監察官として選任された。

応報監察官に課せられた業務内容は、応報執行者への法の選定確認、執行者の保護、執行現場の監察、詳細な現状報告書の作成だった。

国外からは多くの批判もあったが、本法の運用状況や犯罪発生率の変動は、凶悪な事件や少年犯罪が急増している他国も注目していた。

刑事施設での業務が終了すると、都心部にある、黒い外壁の高層ビルに向かった。そこが監察官本部だった。十一階にある事務室に向かい、案件の進捗状況を報告書にまとめた。キーボードを打つ音だけが響く殺風景な広い事務室は、デスクとパソコンが整然と並んでいる。

同僚たちは速やかに報告書を仕上げ、次々に無言のまま薄暗い事務室を後にする。まるで沈みゆく船から、我先に逃げ出そうとしているネズミのようだ。

私は一人、船に取り残された。目の前にあるパソコンのディスプレイの文字は、三行目で止まっている。早く帰宅したいのに、キーボードの上に置いた指が重い。報告書には書けない、説明がつかない感情や不安がある。

良心を押し殺して暴行を行う義明の精神は、四日間も耐えられるだろうか。

内線ランプが赤く点灯し、電話が鳴り響いた。

相手は、総務部の相原雅美《あいはらまさみ》だ。

『天野ユリ子さんという方から電話が入っています』

瞬時に、『応報執行者に関する報告書』の家族欄に書かれていた名前を思い出した。なぜ私に電話をかけてくるのだろう――。

「代わります」

受話器の向こうから、か細い声が聞こえた。

『突然のお電話、申し訳ございません。天野義明の家内ですが、鳥谷さんにどうしてもお会いしてお訊きしたいことがございます』

私は天野ユリ子から聞いた住所をメモ帳に書き、受話器を置いた。小さく息を吐いた後、応報監察官として見た現状を淡々と報告書にまとめ、急いで事務室を出た。


ユリ子が入院している総合病院に着いたのは、面会終了時間ぎりぎりだった。

ユリ子のいる病室に向かったが、他の患者と同室だったせいか、外で話したいというので中庭に出た。

穏やかな温白色のライトで照らされた中庭には、背もたれが動物の形をした木製のベンチがいくつか置いてある。病院ではなく、どこかのテーマパークのようだった。気持ちのよい夜風が、花壇のブルーデイジーを揺らしていた。

ユリ子がウサギのベンチに腰をおろしたので、私は横に座った。

「お呼び立てして申し訳ないです。どうしても夫のことが知りたかったのです」

「天野義明さんの？　どういうことでしょうか」

「夫は何をしているのですか」

私は訊かれた意味が分からず、しばらくユリ子の血の気のない横顔を見た。パジャマの袖から見えた手首には、包帯が巻かれている。

その視線に気づいたのか、右手で自分の左手首を隠すように覆うと、言い辛そうに話しだした。

「夫が復讐法を選択したことはテレビで見ました。でも、それ以外は何も分からなくて。監察官本部に電話をして、夫の担当は鳥谷さんだと教えてもらいました。勝手なことをしてすみません」

以前、義明からは「妻の体調がすぐれないため、連絡は控えてほしい」と言われた。部外者に情報を流すのは禁じられているが、家族には情報を開示していた。精神的に厳しい執行になるため、家族の支えが必要なのだ。

「ご主人とは、お会いになっていないのですか」

「息子を亡くしてから私は体調を崩してしまい……入院してからは会っていません。私の衣類などはナースセンターに届けて帰ってしまうので」

もしかしたらユリ子の体調を心配して、義明は何も話さないのかもしれない。よく考えれば、話せるわけがない。応報室で行われていることは地獄絵図だ。けれども、ユリ子は真実が知りたいという。

「お願いします。鳥谷さん、教えてもらえませんか」

「ご主人は、息子さんの好きだったものや生い立ちを受刑者に語っています」

一瞬、ユリ子の表情が明るくなった。

「それは本当ですか。主人は復讐をしていないのですか」

「奥様は、復讐法に反対ですか」

ユリ子は少し顔を伏せた。

「そうではないです。私だって本当は復讐してやりたい。でも夫は人を殺せるような人間ではありません。だって、ホラー映画さえ怖がって見られない人なんですから」

「受刑者を人だと思わず、自分を奮い立たせているのかもしれません」

「もしかして主人は……」

嘘をついても、いずれ真実は伝わるはずだ。嘘の後に知る真実は、より痛みを増す気がした。

「ご主人は、ご自分も深く傷ついているはずです。十九歳の少年を傷つけるのは、とても苦しく辛いことだと思います」

ユリ子は動揺した表情をみせた後、細い肩を落とした。

「あの人は、闘っているんですね。たった一人で……、主人の体や心は大丈夫なんでしょうか」

その質問の答えは私には分からなかった。応報監察官ではなく、一人の人間として不安があった。この先、義明の復讐がどのような結末を迎えるのか予想ができない。

「おばちゃん、こんばんは」

声が聞こえた方を見ると、六歳くらいの少年が渡り廊下を歩いていた。少年の隣には母親らしき人物が付き添い、点滴バッグが吊るされたスタンドを押している。点滴のチューブが繋がっていない方の手で、少年は小さく手を振った。

「こんばんは」

ユリ子が笑顔で手を振り返すと、母親はこちらに頭を下げ、二人は身を寄せて廊下を歩いて行った。

「あの子、朝陽の子どもの頃に似ているんです。朝陽は喘息もちで、ひどくなるとよく入院したんです。小さな身体を丸めて苦しそうに咳をしている姿がかわいそうで、いつも見てられなくて」

ユリ子は幼い頃の息子の姿を思い出したのか、堪えるように唇を嚙みしめた。

天野朝陽は、両親からとても愛されて育った子どもだったのだろう。

「鳥谷さん、お願いがあります。これを明日、夫に渡してもらえませんか」

ユリ子はポケットから、カエルのぬいぐるみが付いたキーリングを取り出した。

「このカエルのぬいぐるみ、母の日に朝陽がくれたんです。メッセージカードには『いつも無事帰れるように』と書いてありました。それなのにあの子の方が……朝陽は本当に優しい子だったんです」

「息子さんからのお守りですね」

ユリ子は頷くと、キーリングからカエルのぬいぐるみを外した。

「今は夫が持っていた方がいいと思って……だから渡してもらえますか」

私はカエルのぬいぐるみを受け取り、「承知いたしました」と答えた。

3

義明は昨日と同じように、十五分前には、改札出口の丸い柱の前に立っていた。鞄を手に持ち、何か思いつめたように、一点を見つめている。声がかけ辛い雰囲気だった。

「天野さん、本日もよろしくお願いいたします」

無理やり笑顔を作った義明の目は、昨日よりも充血していた。軽い挨拶を交わした後、我々は林道を抜けて、灰色の壁に沿って歩き出した。

途中で、ふと足を止めた義明は、おもむろに分厚い雲で覆われた空を見上げた。今にも雨が降り出しそうな曇り空だった。

私は、ぼんやり空を見つめているやつれた横顔に、ある質問を投げた。

「もしも戦争が始まり、目の前に銃を持った敵が現れたら、天野さんはどうされますか」

「鳥谷さん、突然どうされたんですか」

唐突な質問に、義明は柔らかい笑顔をみせた。

「『戦争が起きて人を殺《あや》めるくらいなら、僕は最初に殺されたい』」

それを聞いた義明は、何かを理解したかのように静かに頷いた。

「妻に会ったんですね。昔、映画館で妻と一緒に戦争映画を観た後、ふたりでそんな話をしたことがありました」

「奥様から、あなたが今どうしているのか知りたいと連絡がありました。とても心配されています」

「そうでしたか……。情けない話なのですが、息子を亡くしてから喧嘩が絶えず、妻とはあまり顔を合わせていません。事件後、私は妻の苦しい胸のうちに、しっかり向き合ってあげられなかったんです。そのせいで妻は時々精神が不安定になることがあり、とうとう自殺未遂を……」

被害者遺族の中には、自分を強く責める者がいる。あの時、違う言葉をかけていれば、もっと注意深く見守っていれば、犯罪に巻き込まれなかったのではないか。そう自分を叱責し、追いつめてしまう。中には自分自身を責めるあまり、自ら命を絶つ人もいた。

殺人は、一人の人間を殺すだけではない。残された遺族の心も殺してしまうのだ。

「鳥谷さん、先ほどの戦争の話には、但し書きがあります。『もし戦争が起きて家族が被害に遭う状況なら、私は迷わず銃を手に取ります。そして相手を撃ち殺すでしょう』」

そう言うと、刑事施設へ向かって歩き出した。背筋を伸ばし颯爽《さっそう》と歩く後ろ姿は、戦いに征く兵士のようだった。


義明は、応報室のドアの前でジャケットを脱ぎ、深呼吸した。

「準備はよろしいですか」

頷いたのを確認してから、ＩＤカードをかざした。

義明は、ドアが開くと同時に、大きな声で挨拶をしながら入室した。

「おはようございます」

二人の刑務官は、険しい表情で立っている。

「コンクリートは硬いし、鼻で呼吸ができないからゆっくり眠れないんだけど」

剣也は眠そうな目で我々を見て、かすれた声を出した。

鼻の周りには血が固まり、スウェットから覗く右の脛は赤黒く腫れあがっていた。

私は監視カメラに向かってＩＤカードを掲げ、いつもの執行開始の言葉を言った。

刑務官たちが敬礼した。義明は待っていましたとばかりに床にジャケットと鞄を置き、机の上にデジタルカメラをセットした。刑の執行現場を公にすることは禁止されていたが、今回は撮影した映像を受刑者の親に見せることは許可されていた。剣也は、朝陽の暴行現場を動画サイトにアップしたからだ。

　義明は、なんの躊躇いもなくゴキブリの死骸を指で摑んだ。

「本日、最初の質問だ。朝陽の好きな食べ物はなんだ」

　剣也は嫌そうな顔で、ゴキブリを一瞥《いちべつ》すると早口に言う。

「オムライス、ハンバーグ、グラタン、カレー、寿司、ラーメン」

「残念。朝陽の好きな食べ物は、ラザニアとカレーだ」

「カレーは当たってんじゃん」

「正確に答えなければ、それは正解じゃない。知らないのと同じだ」

「あんな鬱陶しいガキの好きなものなんて知らないよ」

「知らないよな、知らないからお前は、こんなものを食べさせたのか」

　ゴキブリを無理やり口の中に入れると、剣也はすぐに唾と一緒に吐き出した。

「どうして吐き出すんだ。いや、質問を変えよう。お前はどうして嫌がる息子にゴキブリを食べさせた」

「アイツが反抗的な態度をとるから悪いんだよ」

「だったらお前も同じだろ。お前も反抗的なんだから食べろよ」

また剣也の口の中にゴキブリを突っ込むと、顎を押さえて無理やり咀嚼させた。嘔吐と同時にゴキブリを吐き出した剣也の左足に、義明は金属バットを振り下ろした。

激しい呻き声をあげながら、もう一度嘔吐したが、胃液しか出てこなかった。

肩をいからせて荒い呼吸をしている義明のシャツは、背中が透けるほど汗でべったり張りついている。剣也を見下ろしている顔は、何かに耐えているように歪み、バットを持つ手は小刻みに震えていた。

復讐は受刑者だけではなく、執行者も強い痛みを受ける。それでも心を鬼にし、命を削って復讐する。今まで出会ってきた執行者たちの中には、復讐後に『自分も同じ殺人者になりました』と涙をこらえながら吐露する人もいた。

その言葉を言われるのは、応報監察官にとって、とても辛いことだった。復讐法は、執行者を傷つけるための法ではないからだ。

「昨日は何も食べてないから腹が減っているだろう」

義明は、努めて何気ないふうに訊いた。

聞き覚えのある台詞に、剣也は怯えた目で義明を見上げた。

事件調査報告書によると、監禁二日目、剣也は「昨日は何も食べてないから腹が減っているだろう」そう尋ねて、頷いた朝陽に台所の捕獲器の中にいたゴキブリを食べさせた。食べるのを拒めば、千枚通しで腹を刺した。朝陽は泣きながらゴキブリを食べたが、それでも剣也は腹に千枚通しを刺した。「こいつみたいなクズをたくさん捕まえて、腹に巨大な針を刺して、昆虫みたいに人間の標本を作りたいな」、そう言って笑った。

義明は千枚通しを手に取ると、額の汗を腕で拭いながら質問を投げた。

「ここで問題だ。朝陽がなりたかった職業はなんだ」

ぐったりと弱りきった剣也は、横たわったまま謝罪の言葉を口にした。

「悪かったよ。謝るから」

「それが答えでいいのか。不正解なら何をされるか分かっているだろ」

「……公務員」

「はい残念。公務員ではない。朝陽がなりたかったのは画家だ。ちなみに小中学校の絵画コンクールではいつも入選していた」

義明は千枚通しを振り上げ、剣也の右肩に刺した。剣也は悲鳴を上げ、それは呻き声に変わった。

「次の質問だ。朝陽の初恋相手の名前を答えろ」

「……ユリ、ケイコ、マキ、ハルカ、レナ」

「どれも違う、さやかちゃんだ」

右目に向けられた千枚通しの先端を見て、剣也は身震いした。

「さやかちゃん、ってかわいい名前だろ。だけど外見は男の子みたいで幼稚園で一番喧嘩が強かった。空手を習っていたさやかちゃんは、朝陽がいじめられるといつも助けてくれた。将来、朝陽が結婚するとしたら……さやかちゃんみたいな人で奥さんの尻に敷かれていたと思う。もうそんな日は二度と来ないけどな」

義明は悔しそうに千枚通しを両手で握りしめ、今度は左肩に突き刺した。

剣也は今までで一番大きな声をあげて叫ぶと、全身汗だらけの体を丸めた。

「なぜ息子が謝った時、許してやらなかった。どうしてお前は苦しんでいる人間を目の前にして、あんなひどい暴行ができたんだ」

「おっさんだって同じだろ」

「俺とお前は違う。質問に答えろ。どうしてあんな残忍な行為ができたんだ」

「そんなの……知らねぇよ」

今度は千枚通しを剣也の左腿に刺した。甲高い悲鳴が響いた。

「お前には想像力が足りないんだよ。これをやられたらどれだけ痛いか、辛いか、怖いか、それを感じる想像力が皆無なんだよ。だったらどうする？　やるしかないだろ。同じことをやって分からせるしかない」

「もう分かったよ。本当に分かった」

「何が分かったか言ってみろ」

「アイツは怖かったし、痛かったし、苦しかったと思う」

「赤ん坊の頃、朝陽は他の子どもに比べて早く歩き出した。だけど、運動会の駆けっこはいつもビリだった。運動会が終わると、大粒の涙を流して悔しそうに泣いた。泣き虫で弱い部分があったが、今思えば心の優しい子だった。小学校の作文で『海外を飛び回るお父さんに憧れている』と書いてくれたことがあった。学部は違うが、大学は私の母校を受験しようとしていた。あの子は私に憧れて、いや、大切に想ってくれていた。私は……私も息子を、私だって」

義明は千枚通しを机に戻し、懐かしそうな表情でサッカーボールを手に取った。

「ある夏の日、朝陽がサッカーを教えてほしいと言ってきた。クラス対抗の球技大会でサッカーをやることになり、みんなに迷惑をかけたくないから教えてほしいと頼まれたんだ。運動は苦手だったが、あの子は責任感が強い思いやりのある子だった。とても真面目で素直な子だった。息子は毎日を一生懸命に生きていた。毎日を……」

最後は声が震えて続かなかった。

義明は、ボールを剣也に蹴りつけてから、「今日の執行は終了します」と言ってこちらに頭を下げた。ジャケットと鞄を手にした義明を見た後、私は監視カメラにＩＤカードを向けて終了の宣言をした。


刑事施設を出ると、義明は、二人の守衛に頭を下げてから、鉄門まで歩き始めた。

応報監察官に選任されてから眠りが浅くなり、悪夢を見る日が増えた。そのせいか、常に疲労感が抜けない。鞄がやけに重く、足取りは遅くなる。

「刑の執行を四日間もいただいてしまい、申し訳ないです」

義明は石畳を歩きながら、小さな声でそう言った。

最初は憎しみから、息子がやられたように、四日間かけて受刑者を苦しめたいのだと思った。けれども、今は違う。義明は悩んでいるのかもしれない。受刑者へ与えるべき罰は何か、自分はどうすべきなのか。

受付で門を開けてもらい、細い道を通り、林道を歩いている時、突然木の陰から女が飛び出してきた。

和代は昨日と同じように、義明の足元で土下座をした。

「私の大切な息子なんです。命だけは奪わないでください。これを見て」

バッグから写真を取りだすと、それらを一枚一枚道に置いた。幼い頃の剣也が写っている。公園の滑り台で笑う園児服を着た剣也、プールで泳いでいる小学生の剣也、ポニーの背に乗って笑っている剣也、無邪気に微笑む姿は、どれも感慨深いものがあった。残虐な犯罪者にも無垢な子ども時代があったのだ。

「生まれた時は天使だったなら、アイツを悪魔にしたのは誰ですか」

義明は写真を眺めながら、感情のない声でそう訊いた。

「本当は優しくて純粋な子なんです。世間の人たちは勘違いしているんです。悪い人間といるところを、私がとめなかったからいけないんです。もしかしたらあの子は、誰かに脅されたのかもしれません。だからあんなひどいことを」

剣也が罪を犯した元凶は、この母親だったのかもしれない。

事情聴取と捜査の結果、剣也以外の三人は、被害者を死に至らしめるほどの暴行はしていない。拉致する際に手を貸しただけの者や、『やらなければ次はお前の番だ』と脅されて暴行に加担した者もいる。

義明は、うんざりした表情になった。

「昨日もお伝えしましたが、私の息子は今のあなたのように何度も『許してほしい、助けてくれ』と懇願しました。それでもあなたの息子は暴行の手を緩めなかった。むしろ、ひどくなるいっぽうだった」

何も言い返せない和代を一瞥すると、義明は足元にある写真を革靴で踏みつけて大股で歩き出した。その後ろ姿に和代は叫んだ。

「あの子にひどい暴行をして、四日目の夜明け前に殺すんですか」

義明は足を止めたが、振り返らずに答えた。

「それが社会のためです。もしかしたら、あなたのためになるのかもしれません。そうだ、写真のお礼に、いいものをお見せします」

鞄からデジタルカメラを取り出すと、和代に見えるように動画を再生した。

和代は震える両手で口元を押さえた後、叫び声をあげた。

「なんてことをするんですか。あなたはなんてことを」

「あなたの息子は、私の息子の暴行現場を撮影し、それを動画サイトにアップしました。その映像を見た時の私の気持ちが分かりますか？」

「あの子は、まだ子どもです」

「十九歳はもう立派な大人だと思いますよ。それに人を殺めた奴に、大人も子どももない。まとめて全員犯罪者です。悪いことをした時だけ子どもだと叫んで逃げるのは、もうよしましょう。それを大人が許したら、彼らは図に乗るだけです」

「あなたも人の親ですよね。子どもを持つ同じ親ですよね」

その言葉は義明には響かなかった。

「そうですね。かつて私は人の親でした。でも今は違う。残念ですが、私から親の優しさを奪ったのは、あなたの息子さんです。私を鬼に変えたのは堀池剣也です」

和代は、歩き出した義明の背中をじっと睨んだ。

4

監察官本部の事務室に戻ると、部長の五十嵐英太《いがらしえいた》からメールが届いていた。広い室内の一番奥に、ひときわ大きなデスクがある。そこに五十嵐は座っていた。

五十嵐は、人と関わるのが嫌いなのか、上層部から指示されているのか、どちらか分からないが、同じ部屋にいるのに必ずメールでやり取りをする。

――ナンバーA17の案件は、無事に終わりそうか。

この仕事を始めてから『無事に仕事を終える』という意味が分からなくなった。月に一度ある報告会で五十嵐は、『残虐な犯罪を減少に向かわせる大切な任務だ。誇りをもって務めてほしい』決まってそう叱咤激励する。

最初は誇りを感じていた。被害者遺族を支える、意味のある仕事だと思った。その思いは就任から一年が過ぎても変わらないが、時々、自分は本当に無事に仕事を終えているのかどうか分からなくなる。

――二日目の刑の執行が終了しましたが、四日かけて行う意思は揺るがないようです。

五十嵐にメールを送信すると、数秒で返信があった。

――簡単な刑の執行では、報復心が満たされないのだろう。

――応報執行者は憎しみだけでなく、迷いがあるのだと思います。

気のせいか、一瞬五十嵐が笑ったように見えた。

――受刑者に情がわいたか。おもしろい案件だ。とにかく問題が起こらないようにしろ。

どこがおもしろいのだろう。長い溜息が出た。ふいに、あることを思い出して慌てて鞄の中を確認した。

無事に帰る――その願いを込めたカエルのぬいぐるみが入っていた。五十嵐に事務的にメールを返し、急いで報告書を書き上げて事務室を後にした。

二階建ての大きな家には、広い芝生の庭がある。

プランターに植えられた花は枯れ、散水用具やバケツが寂しそうに転がっていた。

隣家とは違い、家の窓には明かりが全く灯っていない。

義明は、まだ帰っていないのだろうか。

玄関のチャイムを押したが、中に人がいる様子はなかった。

しかたなく帰ろうと歩き出した時、家の中から微かな物音が聞こえた。もう一度チャイムを押したが、やはり誰も出てこない。

ふと嫌な予感が過《よ》ぎった。

以前、復讐法の執行日直前に、自ら命を絶った応報執行者がいたという話を同僚から聞いたことがあった。息子を殺された母親は、殺人犯を恨んで復讐法を選択したが、執行日の前日に自殺した。復讐を誓ったが、直前で怯えた自分を責めたのかもしれない。真実は分からないが、復讐する側にはいつも多くの混乱と恐怖がつきまとう。

ドアノブをまわしてみた。鍵はかけられていなかった。

急いで玄関のライトをつけると、一足の黒い革靴が目に飛び込んできた。それは、いつも義明が履いていたものだ。

帰宅しているはずだ。

私は急いで靴を脱ぎ、廊下を進んで静まりかえったリビングのドアを開けた。

誰もいない……。

キッチン、風呂場、トイレ、和室、次々に部屋を確認するが、どこにも義明の姿はない。

二階に続く階段を駆け上がり、薄暗い廊下に出た。一番奥の部屋のドアが開いている。

体力的なものなのか、それとも不安からか、鼓動は激しくなっていた。

廊下を進み、開いているドアの先を見た。

ぞくりと背筋に寒気が走った。どこからか子どもの歓声が聞こえる。

薄暗い部屋の中央には、男が一人座っていた。

「……天野さん」

生気のない顔で振り返った義明は、焦点の定まらない虚ろな目をしている。

「鳥谷さん……どうして」

しばらくしてから、はっと気づいたように呟いた。

呆然としている義明は、手に持っていたビデオカメラをフローリングの上に落とした。液晶画面には、五歳くらいの少年の映像が流れている。

「鍵があいていたので心配になり、勝手に入ってしまいました。申し訳ないです」

窓から差し込む月明かりが、室内を照らしていた。

「情けないと……思いますか」

義明が何を言っているのか分からなかった私は、物が散乱した部屋の中を眺めた。窓の近くには、イーゼルに立てかけた大きなキャンバスが置いてある。

「朝陽は、私と同じ大学を目指していたようです」

義明は、近くにある大学案内の分厚い本に目を向けた。またビデオカメラを摑むと、映像を見ながら呟いた。

「妻が撮影してくれた朝陽のビデオ映像を見るまでは、徒競走が苦手で、さやかちゃんに恋をして、劇で主役を演じたことも、私は何も知らなかったんです」

ビデオカメラの画面には、誇らしそうに金色のメダルを首からかけてもらっている高学年くらいの朝陽が映っている。手には、サルの絵を持っていた。

月光に照らされた義明の背中は、あまりにも痛々しかった。

剣也の前では、よき父親を演じていたが、義明は息子のことを何も知らなかったのだ。目がいつも充血していたのは、眠らずに、この部屋で必死に息子の生きた痕跡を探していたからだろう。

抱えていた悲しみを吐き出すように、本当の自分を語りだした。

仕事人間だった義明は、朝陽の学校行事に参加したことは一度もなかった。ユリ子から父親参観日だけは行ってあげて欲しいと言われたが、海外出張と重なって行くことができなかった。

参観日当日、子どもたちは作文で『将来の夢』を発表した。父親のいない教室で朝陽は、『いつもがんばりやさんのお父さんに憧れている』という作文を読み、義明は後日、その作文をユリ子から手渡された。

作文を読んだ時は嬉しかったが、素直に息子をかわいがることができなかった。ごく稀に早く帰宅すると、朝陽の悪い部分ばかりが目についた。文字が綺麗に書けない、クレヨンで壁に落書きをする、怒られるとすぐに泣き出す。

自分がいる時にしっかり教育しなければならない。そう思った義明は、徹底的に厳しく接した。それがいずれ、息子のためになると信じて。

仲のよい友だちと同じ公立小学校に行きたいと言い出した時は、『受験が嫌だから逃げるのか』と叱ったこともあった。振り返れば、いつも泣いている朝陽の顔しか思い浮かばない。

中学生になると、義明は仕事で海外の大きなプロジェクトのリーダーに任命され、益々忙しくなった。ほとんど会えなくても、たまに家で顔を合わせれば、朝陽は嬉しそうに「お帰り」と言い、義明が渡す海外のお土産を喜んだ。あまり会えなくても、息子はがんばっている父親の背中をどこかで見てくれていると信じていた。小学生の時に書いてくれたあの作文のように。

けれども、高校生になったある日、朝陽はコンビニで万引きし、警察に補導された。

義明は、警察署からユリ子と一緒に戻った朝陽の頰を強く叩いた。怒りから、初めて息子に手をあげたのだ。

「どうしてそんな恥ずかしいことばかりするんだ！　どうしてそんなみっともない生き方をするんだ。お前は俺の息子なんだぞ、恥を知れ！」

その言葉は、朝陽に長年言い続けたものだった。

初めて反抗的な表情をみせた朝陽は、義明に怒りをぶつけてきた。

「あんたは恥ずかしくないのかよ。あんたはみっともなくないのかよ」

朝陽は鞄から携帯電話を取りだすと、いくつか画像を見せてきた。そこには、スーツ姿の女性と親しげに歩く義明の姿が写っていた。

予備校の帰り道、偶然、街で義明が若い女性と腕を組んで歩いているのを目撃してしまい、怒りにかられた朝陽はコンビニで万引きをしたのだ。

「海外出張とか言って、浮気しているから家に帰ってこないんだろ」

朝陽は歪んだ顔で罵《ののし》った。

初めて息子の本音を聞いた義明は、動揺を隠せなかった。

「お父さんは僕を知っている？　僕の好きな色は？　好きな食べ物は？　好きな有名人は？　将来なりたい職業は？」

何も答えられない義明に咎めるように言った。「一つも答えられない奴が父親ヅラしてえらそうなこと言うなよ。そんなことも分からない奴は、ただの他人だろ」

その夜、家を飛び出した朝陽は、路上でからんできた粗暴な少年たちに車に連れ込まれる。そして、残虐な暴行を受けた後、殺害された。

「あの日、朝陽が見たのは不倫の現場ではありません。大きな仕事の契約がとれて嬉しくなった部下が、思わず私に抱きついてきただけなんです。もっと、しっかり説明すべきでした」

義明はキャンバスを手に取り、それを私に手渡した。

そこには、高層ビル群に沈む夕日の絵が、オイルパステルで描かれている。焼けるようなオレンジ色の夕日の周りには、薄い紫色の雲が広がっていた。

「闇を明るく照らす朝日のようになってほしい。そう願い命名した朝陽という名前なのに、それなのに息子は、そんな沈む夕日の絵ばかり描いていたんです」

キャンバスの右下には何かのイニシャルなのか、『ｈｂｄＳ３』と書いてある。

義明は溜息を漏らした。

「私の父は、仕事もしないで酒ばかり飲み、異性にだらしなくて人に迷惑ばかりかける男でした。幼い頃、そんな父が恥ずかしくてしかたなかった。だからこそ私は、社会からも家族からも尊敬される父親になろうと努力してきました。金をたくさん稼ぎ、立派な家を買い、妻子に何不自由ない生活をさせたい。それが家族を幸せにすることだと思っていました」

確かに義明は厳しかったのかもしれない。家族と関わる時間が少なかったかもしれない。けれどもそれは、彼なりの不器用な愛情だったはずだ。

私は鞄からカエルのぬいぐるみを取りだして差し出した。

「奥様から、これを渡してほしいと頼まれました」

義明は不思議そうに、カエルのぬいぐるみを手に取った。

「息子さんからの母の日のプレゼントです。メッセージカードには『いつも無事帰れるように』と書かれていたそうです」

義明は胸の前で大切そうにカエルのぬいぐるみを握りしめた。歯を食い縛った顔には無精ひげが伸び、ネクタイはよれて、ずっと着替えていないのかスーツは皺だらけになっている。

「妻は……元気でいますか」

「かわいい少年とお友達になったようです。彼は気管支が弱く、幼い頃の息子さんと似ているそうです」

義明は、懐かしそうに目を細めた。

「そうでしたね。息子は喘息でよく入院していました」

「なぜ奥様にお会いになられないのですか」

「会う資格がないんです。息子が死んだのは、私のせいだと言われたんです。『だからもう二度とあなたの顔は見たくない』と。身勝手な私に対して一度も文句を言わなかった妻から聞いた、初めての本音です」

なぜこれほど自分を追い込み、心を鬼にしてまで復讐をするのか。その答えが分かった気がした。

5

オレンジ色のライトに照らされた建物が、夜の暗闇の中に浮かび上がって見えた。星空の下にある真っ白な建物は、幻想的な雰囲気がある。

フットライトが照らす石畳を歩き、守衛にＩＤカードを提示し、リストリーダーに近づけてから、刑事施設の中に入った。長い廊下を歩いて行く。二人の靴音だけが響く。その一歩一歩は、いつにも増して重いものだった。

昨日、一昨日とは違い、三日目の今日は義明の希望で、夜の十一時から刑が執行されることになった。

義明は、応報室のドアの前で強く目を閉じた。しばらくしてから、ゆっくり目を開くと、ジャケットを脱ぎ、鞄から取り出したレインコートを着た。執行者がどのような決断を下したのか、その重い決意が伝わってくる。

「準備はよろしいですか」

義明は「お願いします」と深く頷いた。

ＩＤカードをかざしてドアを開けた。

いつものように二人の刑務官は、姿勢を正して立っていた。

「こんばんは」

義明は、大きな声で挨拶をしながら入った。

体を横たえていた剣也は、腫れ上がった目でこちらを見た。一瞬、驚いた表情になり、すぐに視線を落とした。レインコートの意味を理解したのだろう。

「おっさんは、いつも元気だな」

元気なふりをして自分を奮い立たせなければ、もう耐えられなかったのだろう。義明は食事と睡眠がとれないのか、目は窪み、頬はこけて青白く、数日で十歳ほど老け込んだようだった。

私は、監視カメラにＩＤカードを向けて執行開始の宣言をした。

「今日はこれまでの復習だ。朝陽の好きな色、好きな食べ物、なりたい職業、初恋相手の名前を全て答えろ」

「復習があるなんて聞いてねぇし」

「お前は死ぬ直前まで、息子のことを忘れずに覚えていろ」

金属バットを手に取った姿を見て、剣也は慌てて答えた。

「カレー……、画家、さやかちゃん。ラザニア、好きな色は教えてもらってない」

義明は、少し考えてから言った。

「そうだったな。じゃあ、それが今日の質問だ」

「赤、青、黄色、緑、白、黒」

剣也はすぐに答えた。

「全部違う。正解は薄紫色だ」

「そんなの分かるわけねぇじゃん」

叩かれると思い身を縮めた剣也に、義明は真剣な表情で訊いた。

「監禁されてから四日目の夜明け前、息子は殺された。その数時間前に、お前がしたことを覚えているか」

「全部は……覚えてない」

義明が金属バットを振り上げると、剣也は早口で答えた。

「髪に火をつけて、千枚通しで目を刺して、指の骨を折って、ナイフで……腹を……刺した」

「一つ足りない。鼻の骨を折っただろ」

「俺にも同じことをして殺すのか」

「やられたくなかったら質問に正解し続けろよ」

「無理だよ。あんたの息子のことなんて分からない」

「今度、人を殺す時は、相手のことを全部知ってからやれよ。絶望しかない今の気分はどうだ」

「早く死にたい、って思う。早く殺されたいって。それで次に生まれ変わったら、今度はもっといい生活がしたい」

いつになく真顔の剣也は、素直に自分の気持ちを語った。

「なんだよ、もっといい生活って」

受刑者が死を受け入れた時、殺伐とした二人の間に奇妙な空気が流れた。

剣也は、卑屈な笑みを浮かべてから言った。

「家が金持ちでさ、父親があんたみたいなオヤジでさ、サッカーとか教えてくれて、俺のことをなんでも知っていて、俺の好きなもんとか全部分かっていて、鬱陶しいくらい俺の自慢とかして、ウンザリするくらい俺のことが好きで、復讐するくらい……」

「この刑事施設を出ると、いつもお前の母親が土下座して待っているんだ。『息子を許してやってくれ』ってな」

「そんなのパフォーマンスだよ。自分はいい母親だって演じたいんだよ」

剣也の声に熱がこもった。

「親や環境のせいにしたいのか」

「別にそういうわけじゃないよ」

「俺は父親失格だった……ダメな親だった。いつも間違っている親だった。それでも息子は人を殺さなかった。殺人者になるのは環境のせいなんかじゃない」

義明は何かを振り切るように「さあ、はじめよう」と手を叩き、また質問を開始した。

「ダメな父親は泣き虫だった息子に『男なんだから泣くな』そう言っていつも叱っていた。それなのに自分の父親が死んだ日、俺が堪えきれず部屋で泣いていた時、六歳の朝陽はなんて声をかけてきたか」

しばらく考えてから、剣也は答えた。

「おっさんと同じように『男なんだから泣くな』、じゃないの」

「違う。朝陽は小さな手で俺の手を摑むと、雨が降っているのに無理やり外へ連れ出したんだ。そこで『パパ、雨の日は泣いても大丈夫だよ。あんなに大きなお空も泣くんだから』そう言って励ましてくれた」

剣也は、義明から目を逸らさずに話を聞いている。「俺は一度も許さなかった。朝陽が泣くたびに怒った。弱音を吐くたびに叱った。泣くな、そんなことで泣くな。それなのに朝陽は……俺をいつも許した」

義明は空き瓶を手に取ると、剣也に向けて投げつけた。瓶は剣也にはあたらず、後ろの壁にぶつかって砕けた。次にグラスを手に取り、剣也に向けて投げた。それもまた、逸れて後ろの壁にぶつかった。金属バットを握ると、力いっぱい振り下ろした。

広い空間に大きな金属音が響いた。

剣也に向かって振り下ろされたように見えたが、金属バットは床を強く打ちつけた。憎むべき相手が分からなくなったかのように、義明は混乱した様子で何度もバットを壁や床に叩きつけた。

「なんで殺したんだ。なんであんなひどいことができたんだよ。なんでだよ」

「だってアイツが悪いんだよ。アイツが俺に……」

剣也は、泣きだしそうな声で訴えるように言った。「路地裏で酔っ払ったおっさんから金を巻き上げていたら、アイツが現れて蔑《さげす》んだ顔して、『お前らは、どうしてそんな恥ずかしいことばかりするんだ。どうしてそんなみっともない生き方をするんだ。お前らは社会のクズなんだよ、恥を知れ』って偉そうなこと言うから……アイツが俺をバカにするから……だから」

力の抜けた手からバットが離れ落ちた。

床を転がる音だけが、室内に虚しく響いた。

やりきれない思いが込み上げ、私は震えている義明の背中から目を逸らした。

「そうだよ、おっさんの育て方が悪いんだよ。何が闇を照らす人間になってほしいだよ。人を見下す最低な人間じゃん」

義明は顔を上げ、最後の力を振り絞るように訊いた。

うな垂れている姿を見て気をよくしたのか、剣也は捲《まく》し立てるようにそう言った。

「お前は、前科があるそうだな。十四歳の頃、小学生をナイフで刺した」

私は驚いて義明の顔を見た。

堀池剣也に殺人未遂罪の前科があるのは知っていたが、守秘義務があるため伝えていなかった。

剣也の目が鋭くなった。

「なんで知ってるんだよ」

「匿名で電話があったんだ。お前を殺してほしい、ってな。お前が刺して川に落とした子は、今も歩けないそうだ。現代は犯罪者にとって生き辛い世の中になったんだよ。お前の本名、顔写真、過去の犯行も全てネットに公開されている。残念だな、お前は少年院にいっても更生できなかったのか」

「更生ってなんだよ。俺をバカにする奴はいつだって全員殺してやるよ」

「勘違いするな。人を殺すことなんて特別なことじゃない。かっこいいことでもない。誰にでもできる簡単なことだ。本当に難しいのは人を救うこと、人を赦《ゆる》すことだ」

剣也は、苛立った顔で義明を睨んだ。

「だったら早く殺せよ。簡単なんだろ」

「今度は本当に更生ができるように、もっと苦痛と絶望を与えてやる」

「お前の弱虫な息子、最期になんて言ったか知っているか？　泣きながら失禁して『お父さんごめんなさい』って、笑えるだろ」

朝陽が殺された時刻と同じ夜明け前、義明はバタフライナイフで剣也の心臓を一突きした。それは人の親としての最後の優しさだった。

義明は、剣也が行った残虐な暴行はしなかったのだ。

長い廊下を歩く靴音が、扉の前で止まった。

何度か経験しているはずなのに、鼓動が激しくなり、顔を上げることができない。

できるなら両耳を塞ぎたかった。復讐を終えた多くの執行者たちは、決まってこの場所に立ちすくむ。

「鳥谷さん、私はこの長い廊下を歩くたびに、なぜかいつも死刑囚になった気持ちがしていました」

もうそれ以上聞きたくなくて「違う」と頭を振った。けれども義明は続けた。

「今日、その理由が分かりました。私は堀池剣也と同じ人間になってしまったんです。もしかしたら、元からなんら変わらない人間だったのかもしれません」

どのような理由があろうと、人を殺した人間は同類だというのか。応報監察官として、一人の人間として、どれほど考えても苦しみ抜いた彼らにかける言葉が見つからない。

私が応報監察官として最後にできるのは、執行者と共に、刑事施設の重い扉を開けることだけだ。

外は明るくなり始めていた。

扉の外にいた二人の守衛たちが、素早く敬礼した。

軽く頭を下げてから石畳を歩き、受付で鉄門を開けてもらった。鉄門を抜け、細い道を無言で歩き、暗い林道を出た時、私は思わず足を止めた。

胸に強い光が差し込んでくる。

薄い雲が広がる空の向こうに、昇る大きな朝日を見た。広がる薄紫色の雲、オレンジ色に輝く太陽——ｈｂｄＳ３。

強い衝撃と既視感を覚えた。勘違いしていたのかもしれない。

「天野さん、もしかしたら息子さんが描いた絵は夕日ではなく、朝日だったのではないでしょうか」

「……まさか」

私は、目を大きく見開いた義明に訊いた。

「あなたの誕生日は、九月三日ではないですか」

義明は呆然と頷いた後、何かに気づいたように言った。

「ｈｂｄ……」

——Happy Birthday September 3
キャンバスの右下に書かれた文字、その想いを理解した。

義明が見上げた空は、朝陽が描いていた空の色に似ていた。

彼らは、とても不器用な親子だったのかもしれない。お互いを心から愛していた。

大切に想っていた。ただ、素直に気持ちを伝えられなかっただけなのだ。

「殺したの？」

その奇妙な言葉に驚いて振り返ると、「はい」と答える義明の声がした。

次の瞬間、義明が崩れるように倒れかかってきた。

「天野さん？」

義明を支えながら後ろを見た。そこには、赤く染まった刃物を持った女が立っていた。

「――堀池さん」

和代は震えている指から刃物を落とした後、我に返ったのか、怯えた表情になり、数歩後退りしてから逃げるように走り去った。

彼女が立ち去った場所には、鞄から投げ出されたカエルのぬいぐるみが転がっている。

深い虚無だけが心を覆った。

復讐は繰り返されるのか。永遠に終わることはないのか。

義明を道に横たわらせると、鞄から携帯電話を取り出して救急車を呼んだ。

「鳥谷さん……私は……息子のことを見間違ってしまった」

「天野さん、もう話さない方がいい」

「私は……ダメな……間違った父親でした」

この世界に間違わない親がいるだろうか。いつも正しく生きられる親がいるだろうか。

月明かりが照らす薄暗い部屋で、必死に息子の生きた痕跡を探していた父親の背中を思い出した。彼は懸命に探していた。

「あなたは息子さんの大好きなものを一つ忘れている」

父親が名づけてくれた『朝陽』という名前。その名に負けず、誇れる人間になりたいと願い、あの絵を描いていた。いつか闇を照らす人間になる、そう誓いを込めながら朝日を描いたのだ。

「息子さんが大好きだったのは、あなたです」

義明は、懐かしそうに目を細めて優しく微笑んだ。

遠くから微かにサイレンの音が聞こえる。

もしも人の心にサイレンがついていたら、我々はもっと早く分かり合えるだろうか。もっと早く誰かの痛みに寄り添えるだろうか。

祈りながら空を見上げると、薄紫色の雲が朝日を包むように広がっていた。

分かれ道

大沢在昌《おおさわありまさ》

1956年、愛知県生まれ。慶應義塾大学法学部中退。1979年『感傷の街角』で第1回小説推理新人賞を受賞しデビューするも、その後長い間「永久初版作家」の位置に止まる。1990年に発表した『新宿鮫』が、刊行直後から各紙誌で絶賛されベストセラーに。同作で第44回日本推理作家協会賞と第12回吉川英治文学新人賞をダブル受賞。以降、日本のミステリ界を牽引し続けている。大の読書家であり、新人の才能をいち早く見出すことも。（Y）

ノックの音がしたのは、鮫島が録画用機材のチェックを終えたときだった。

取り壊しの決まった、古いマンションの一室に鮫島はいた。袋小路になった道をはさんだ向かいに、同じくらい古いマンションがたっている。ビデオカメラは、向かいのマンションの玄関と、その前に路上駐車する車のナンバーを撮る角度でしかけてあった。

東邦連合の「ロッカールーム」が、向かいのマンションの「302」号室にあるとつきとめたのが半月ほど前のことだ。

「ロッカールーム」とは、文字通り、暗証番号式のロッカーがいくつもおかれた部屋で、部屋の入口そのものも暗証番号式になっていて、番号を知る者のみが出入りできる。

築年数が古く、水回りなどが居住に適さなくなったマンションがトランクルームとして再利用されるようになって、そのシステムを流用したクスリの密売が増えてきた。

内偵によれば、向かいの「302」号室には暗証番号式のロッカーが十台ほどおかれていて、それぞれのロッカーの〝契約者〟が、中にある大麻樹脂や覚せい剤、危険ドラッグなどをとりにくる。暗証番号は毎日かわり、代金を払った者だけにたとえば、

「二番ロッカー　暗証番号　八一五〇」

などというメールが届くのだ。「302」号室の賃貸契約を結んでいるのは、とうに倒産した、実体のない会社だ。マンションの賃貸契約が〝転売〟されたのだ。架空名義の銀行口座や携帯電話に加え、賃貸契約も売買される時代だった。犯罪を予防するための社会システムが厳しくなればなるほど、それに対応した「商品開発」がおこなわれる。暴排条例も見かたをかえれば「ビジネスチャンス」を作りだしているというわけだ。

鮫島は耳をすませた。確かに、コンコンというドアを叩く音がした。新宿七丁目にたつ、築四十八年が経過したマンションだ。三ヵ月後のとり壊しが決まっていて、最後の住人が孤独死という形で退去してから半年たっている。

鮫島がここで張り込みをおこなっていることを知る者はいない。したがって誰かくるとすれば、不審者がいるとの通報をうけた新宿署員かもしれない。出入りを見られないよう、細心の注意を払ったつもりだったが、失敗したのか。

鮫島は2DKの部屋をよこぎり、玄関に近づいた。ドアスコープはついているが曇っていて用をなさず、電気も止まっているのでインターホンも使えない。マンションはエレベータのない五階だてで、今いるのは「203」だった。向かいの「トランクルーム」は窓を潰されている。

「はい」

低い声で鮫島は応えた。マンションの出入口にとり壊しが決まったことを知らせる貼り紙などはない。あると逆にホームレスなどが入りこむかもしれないと、建物の所有者は考えたのだ。もちろん鮫島は、張り込みのための使用許可をとっている。

「すみません」

か細い、女の声がした。

どうやら警察官ではないようだ。鮫島はドアロックを解き、ノブを引いた。ひどい軋みをたてて、錆びたスティールドアは開いた。

ジーンズにセーターを着た娘が立っていた。大きな紙袋とショルダーバッグを携えている。化粧けはなく、黒髪をうしろで束ねていた。

二十《はたち》にはなっていないだろう。

ノックをしていたくせに、扉を開けた鮫島に娘は息を呑んだ。目をみひらき、後退る。

「あの」

といったきり、次の言葉がでてこないように鮫島を見つめた。

「何でしょう」

鮫島はいった。娘は瞬きし、バッグから携帯電話をとりだした。操作し、

「セブンスコーポというのはここですよね」

と画面を見ながらいった。わずかに東北訛りがあった。

「そうです」

どうやらこのマンションに住人がいないとは知らずに訪ねてきたようだ。

「新宿七丁目、×の×、セブンスコーポ二〇三」

携帯の画面を見ながらいった。

「知り合いの方がここに住んでいらしたのですか？」

鮫島は訊ねた。

「はい。母が、ここに荷物を送ってほしいというメールをくれて」

「それはいつのことです？」

「え？」

娘は顔を上げた。

「そのメールをお母さんがあなたに打ったのは、最近ですか」

娘は首をふり、日付を口にした。一年半前だった。

「その後、やりとりは？」

「してません」

娘の声が小さくなった。唇をかみ、苦しげにつづけた。

「あの、電話したけれどつながらなくて、だからきてみるしかなくて……」

「どこからきたのです？」

「福島です」

鮫島は息を吐いた。

「このマンションは、近々とり壊しが決まっていて、半年前から人が住んでいません」

「えっ。でもおじさんは――」

「私は仕事で、この部屋を特別に借りている者です」

娘は目をみひらき、

「そうなんですか」

と、つぶやいたが、

「あの、どこかで、母が引っ越した場所を訊けないでしょうか」

と訊ねた。

「お母さんがここに住まわれていたのなら、郵便局に記録があるかもしれません。一年間は郵便物を転送するサービスがあるので。ただ、あなたがいっても教えてくれるかどうか」

おそらく無理だろうと思いながら、鮫島は答えた。メールや電話がつながらない状況では、たとえ娘だといっても郵便局は教えないだろう。

「郵便局はどこですか」

それでもすがるような表情で娘は訊ねた。

「ちょっと待って下さい。別の方法があるかもしれません。失礼ですが、あなたのお名前を教えて下さい」

鮫島はいった。

「え？　大出《おおいで》といいます」

「お母さんも大出さんですか？」

「はい。大出ともえです。わたしは大出ともか」

た。

「大出さんですね。私は鮫島と申します」

名乗り、鮫島は携帯電話をとりだした。張り込みのつづきが気になったが、どうやら地方から上京したばかりの娘を追い返すわけにもいかない。福島なら日帰りも可能だろうから、ここに住んでいたという母親の情報を、できるだけ集めてやろうと決めた。

この「セブンスコーポ」は賃貸専用のマンションで、所有者は管内の不動産会社だった。部屋の使用許可をもらった担当者を、鮫島は呼びだした。

「お忙しいところを申しわけありません。新宿、生活安全課の鮫島です」

あえて署はつけずにいったが、相手にはそれで通じた。一年半前にこの部屋を借りていた人間の情報が欲しいと告げると、すぐに調べてメールで返すといってくれた。

「転居先がわかるようなら、それもお願いします」

鮫島は告げ、電話を切った。娘は、無言で立っている。

自分ひとりしかいない部屋に「上がれ」というのも、鮫島は躊躇した。といってこのマンションをでて外をうろつけば、向かいの「ロッカールーム」の使用者に見られる危険がある。

「少し待っていて下さい」

鮫島は大出ともかに告げた。ともかはこっくりと頷いた。

正午を過ぎたばかりの時刻だ。ともかがはいている靴に泥がはねていた。

「朝早く、向こうをでてきたのですか」

間をもたせるため、鮫島は訊ねた。家庭の事情は訊きにくい。一年半、十代の娘が母親と音信不通というのは、ふつうではない。

ともかはうつむいた。

「きのうの夜、バイトから帰ったら、知らない女の人とお父さんがいて……」

「失礼だけど、あなたはいくつかな」

「十八です」

「じゃあ高校三年？」

「いってたら、今年の春、卒業でした。去年やめちゃって」

「そうなんだ」

「母は三年前にでていっちゃったんです。震災があって、わたしと父は仮設に移ったんですけど。母は仮設が嫌で」

「福島はじゃあ、お父さんの実家？」

「両親とも福島です。知り合ったのは、東京らしいんですけど、わたしができたんで福島に帰ったんだって聞いたことがあります。でも母はもう親戚がいなくて、父のほうも震災でほとんど亡くなっちゃって。それで毎日、お酒とパチンコばかりでずっと母と喧嘩してました。お金をもらえても、母は福島に住むのは嫌だって」

せきを切ったようにともかは喋り始めた。

「わたしも勉強好きじゃないし、お母さんと住みたいといったんですけど、高校だけは卒業しろって。卒業したら、東京にきていいって」

「やめたことはいってないんだね」

ともかは頷いた。

「怒られそうで」

「お母さんとはよくメールのやりとりをしてたの？」

「ときどきです。お父さんには内緒にしなさいっていわれてて。いるところがばれたら、お父さんに連れ戻されるかもしれないからって……」

メールの着信音が鳴った。鮫島は携帯を開いた。

セブンスコーポ「203」の一年半前の住人は「相楽《さがら》啓一」という男性の名前だった。

それを見て、鮫島は小さく息を吐いた。

相楽啓一は藤野組のフロントで、デートクラブを何軒も経営していたが、去年歌舞伎町のバーで藤野組の組員に射殺された。上がりをめぐるトラブルが原因だった。

　この部屋に相楽が住んでいたわけではない。ここはデートクラブの事務所で、女たちの待機部屋だったのだ。

「どうやら、ここはお母さんの知り合いが借りていた部屋のようだ」

「え、ここに住んでいたのじゃないんですか？」

　鮫島は頷いた。途方にくれたように見つめるともかの視線を外し、頭を巡らせた。藤野組のフロントで前橋《まえばし》という男がいた。相楽と同じで、藤野組をケツモチにして女の仕事をしている。

「もしお母さんが見つからなかったら、このあとどうするつもりだったんですか。頼れる親戚とか友だちが、こっちにいるのかな？」

　ともかの顔に警戒心が宿った。

「なんでそんなこと訊くんですか」

「お母さんを捜すのに時間がかかるかもしれない」

「ここに住んでいた人に会って訊けないんでしょうか」

　鮫島は首をふった。

「別にその人が男の人でも、わたし平気です」

「いや、その人はもう亡くなったんだ」

鮫島はいって、警察バッジをともかに見せた。ともかは目を丸くした。

「だからその人には訊けない」

「なぜ死んだんです？」

「トラブルに巻きこまれた」

「どんな？」

「仕事のトラブルだよ」

「悪いことをしていたんですね」

「そこまではわからない。亡くなったことだけを知っていた。東京で、他にいくあてはありますか？」

ともかはうつむいた。やがて低い声でいった。

「同じクラスだった子が、就職でこっちにいます」

「そう。あなたの連絡先を教えて下さい。調べて何かわかったら知らせます」

「調べてくれるんですか」

ともかは顔を上げた。目に強い光があった。

「できる範囲のことなら」

鮫島は答えた。

ともかの携帯電話の番号を聞き、鮫島は自分の携帯番号を書いた名刺を渡した。

「いつまで東京にいる予定ですか？」

「わかりません。わたしも、帰りたくないんで」

鮫島の問いに、ともかははっきりしない表情で答えた。少年課の婦警に預けるべきかもしれない、と鮫島は思った。いきどころのない少年少女を見分け、からめとって商売の材料にする奴らが新宿には腐るほどいる。

が、ここから署に連れていくのは、まるで補導するようで気が進まなかった。大出ともかは、ただ母親に会いにきただけなのだ。

「気持はわかるけど、寂しいからって妙な奴についていかないように。恐い思いをするよ」

鮫島はいった。ともかはわずかに怒りのこもった表情を浮かべた。田舎者だと思われたと感じたのだろう。

「明日にでも電話します」

そう告げて、鮫島はともかを帰した。落ちつかない気分になった。

ともかは自分が田舎者に見えることに気づいていない。上京したての子供は皆そうだ。同時に、ともかは声をかけてくる悪者は皆大人だと思っている。自分とさして年齢のちがわない、若くてちょっとお洒落な男の子が、自分をカモにするとは夢にも考えていない。

新宿はそういう街なのだ。ガキにはガキの、大人には大人の、プロがいる。

気持を張り込みに向け、午後十時までその部屋で粘った。三台の車と自転車できた二人、あわせて五人の男の顔をビデオに収めた。そのうちのひとりは品物をおきにきた東邦連合のチンピラだった。

十時になると、鮫島はセブンスコーポをでた。徒歩で百人町一丁目に向かう。中央線の高架に面した七階だてのマンションの前に立った。

前橋の携帯電話を呼びだした。

「ご苦労さまです」

鮫島からとわかっているので、前橋は愛想のいい声で応えた。殺された相楽とちがい、前橋がやっているのは、認可をうけたデリバリーヘルスだ。刑事を恐れる必要はない。

「ちょっと訊きたいことがある。仕事中に申しわけない」

「えっと今じゃなきゃ駄目っすか。これからうち、コアタイムなんで」

「うかがうよ。百人町ハイムの『501』だったな」

「えっ」

鮫島は電話を切り、オートロックで「501」のボタンを押した。

「今、降りていきます」

前橋の声がいった。部屋に刑事を入れたくないのだろう。

やがてジャージ姿でサンダルばきの前橋が降りてきた。四十代初めで眼鏡をかけ、細い体をしている。エロ雑誌の編集者から風俗の経営に入ったかわり者だった。

「お疲れさまです」

鮫島に頭を下げた。

「上は大丈夫なの？」

「古顔の子に任せたんで、五分くらいなら」

二人は高架とは反対側のガードレールに並んだ。

「相楽のところにいた女の子を捜してる。別に何かの容疑がかかってるわけじゃない。その子の家族が連絡をとりたがっているんだ」

鮫島はいった。前橋は困ったような笑みを浮かべた。

「相楽さんとこは、それ一本の女の子たちでしたから、たぶん年もいってるし、うち

にはきてません て」

それ一本とは売春のことだ。

「福島出身の、大出って子だ。大出ともえ」

「本名なんて、誰もいいませんよ。写真とか、ないんですか」

ともかから、中学時代母親と撮ったという写メールを預かっていた。ともえは茶髪で、若く見える。

鮫島は携帯を見せた。頭上を電車が通り、前橋の発した声がかき消された。

電車が遠ざかると、前橋が首をふった。

「運が悪いっすよね。いっしょにいたばっかりに」

「何だって?」

「これ、相楽さんの昔の女ですよ。ともみっつったかな。相楽さんがキャバクラで働いてたときにいっしょだったらしいんですけど、その後、所帯もって田舎帰ったっていう話だったんですが、二年くらい前かな。ひょっこりまた相楽さんとこに現われて。相楽さんとこで働きながらヨリ戻してたみたいで」

「今、どこにいる?」

「それが、相楽さんハジかれたときいっしょにいて、怪我はなかったんですけど、ショックでおかしくなっちゃって」

「病院か？」

前橋は首をふった。

「しゃぶで入ってます。つかまったとき一切自分のことといわなかったらしいです」

たまに逮捕されてもまったく自分のことをいわない被疑者がいる。いわないと決めて、本当にいわないのは男より女のほうが多い。完全黙秘を決めこめば、当然、裁判官の心証も悪くなり、刑は重くなる。

「なぜ知ってる？」

前橋は躊躇した。鮫島は待った。やがて前橋はいった。

「池袋でホテトル嬢の狩りこみがあって、そのときにいっしょにいて逃げた子を知ってるんです。つかまりそうになったとき、携帯とか財布をその子が預かったんです」

「しゃぶは預けなかったのか」

訊いてから気づいた。覚せい剤を預けた女が万一つかまれば、所持の罪を背負わせてしまう。

「しゃぶしかもってない女だってんで、かなりきつくやられたみたいですけど」

黙秘を貫いたらしい。

署に帰って調べたところ、大出ともえらしき女が池袋の路上で五ヵ月前、覚せい剤取締法違反の現行犯で逮捕されていた。すでに裁判も終わり、収監されている。

本人は容疑は認めたものの、取調べから送検まで一切、名乗っていない。逮捕歴なしは、指紋がコンピュータに登録されていないことから明らかだった。

素直に名乗れば執行猶予がつく可能性は高かったのに、結局実刑をいい渡されている。

出所まで、あと一年以上あった。

名乗らなかったのは、家族に知らせがいくのを避けたかったのだろう。弁護士には、名乗れば実刑はない、と説得された筈だ。

酒とパチンコ漬けの夫をなじり家をとびだした自分が、覚せい剤でつかまったと知られたくない気持は、わからなくもない。さらに収監されれば、覚せい剤を断つこともできる。

翌日、鮫島はともかに電話をした。

「お母さんの行方だけど、まだわかりません。ただ、行き倒れとかで亡くなって、身許のわからない人の中にはいなかったから、生きてはいらっしゃると思う」

「そうですか。ありがとうございます！」

　嘘をついているわけではない、と鮫島は自分にいい聞かせた。収監されているのが大出ともえだと確認したわけではないのだ。

「福島にはいつ戻るの？」

「このまま友だちのところにいさせてもらって、仕事を捜そうと思っています」

「そうか」

　鮫島は息を吐いた。ひどく失望したようすではないのが、救いだった。

「また何かわかったら、知らせて下さい」

「そうします。がんばって」

　鮫島は告げ、電話を切った。

　三ヵ月後の深夜、歌舞伎町二丁目の区役所通りで、鮫島はともかとすれちがった。ともかは茶髪になり、ミニスカートをはいていた。ホストらしき金髪の若い男と腕を組み、楽しげに笑い声をたて、鮫島には、まったく気づかなかった。

静かな炎天

若竹七海《わかたけななみ》

1963年、東京都生まれ。立教大学文学部卒業。社会人を経て1991年に『ぼくのミステリな日常』でデビュー。日常の謎を巧みな構成で編み上げた連作短篇集で、著者と同名の若竹七海という人物が主人公であった。同年の『心のなかの冷たい何か』も若竹七海が主人公。翌年以降は、バラエティに富んだノンシリーズ作品の発表を続けるとともに、1996年『プレゼント』で女性探偵・葉村晶のシリーズをスタートさせる。シリーズ第３作『悪いうさぎ』は日本推理作家協会賞で長編および連作短編集部門の候補ともなった。葉村シリーズ２篇とノンシリーズ３篇からなる短篇集『暗い越流』の表題作は、第66回日本推理作家協会賞（短編部門）を獲得した。本作「静かな炎天」も葉村晶シリーズの一作である。さらに1999年には『ヴィラ・マグノリアの殺人』で葉崎市という地方都市を舞台にしたシリーズも開始した。悪意へのクールな視線と温もりのあるユーモアの共存を特徴とする。（M）

1

その軽自動車は真夏の日ざしの下で、アマゾン原産のカエルみたいな緑色に光り輝いていた。または、スライムみたいな緑色。あるいは、うっかり飲んだらとんでもないことになる浴室用洗剤のような。いずれにせよ、気づけよ危険、と言わんばかりに人目を引いている。

「この車、ハンドブレーキが不思議な場所にあるんですよ」

自宅のある千葉から車を転がしてきた富山泰之《とやまやすゆき》は、ニコニコしながらそう言った。新調した補聴器の調子がいいのだと言う。

「一度、どこだったか忘れて、ブレーキかけっぱなしで走っちゃいました。ものすごく焦げ臭くなって往生しましたよ。気をつけてください」

わたしは絶句したまま、キーを受け取った。金曜日だった昨夜、〈白熊探偵社〉に依頼人がやってきた。依頼内容はある人物の行動確認で、当然ながら対象者に尾行を気づかれるわけにはいかない。依頼人とその話をしたとき、富山もそばにいて話を聞いていた。依頼人が帰った後、よかったら尾行用にうちの車を使いませんか、最近、きこえが悪かったんで乗ってないし、と言い出したのも富山だった。

なのに、なんだこの車。

「ガスは満タンにしてありますし、二十万キロしか走ってません。色がオシャレでしょ。三年前に塗り直したんですよ」

「尾行用の車がオシャレでどうするんですか」

「車はやっぱり見た目ですよね。そうだ、今度、イラストレーターの杉田比呂美さんに頼んで〈白熊探偵社〉のステッカー作ってもらおうかな」

「わあ、すてき。成田山のお守りの隣に貼れば、さらにめだちますねえ」

イヤミと皮肉をこめて言ったのに、富山はうんうんとうなずいた。

「やっぱりミステリ専門書店の専属女探偵だし、小道具もしゃれてるほうが葉村《はむら》さんも気持ちがアガりますよね。わかりました。任せておいてください」

やめてくれ。

カエルに飛び蹴りでもしてやろうかと思ったが、今さら替えの車を用意する時間はない。おまけにご近所の目もある。富山泰之が店長を務め、わたしのバイト先でもあるミステリ専門書店〈MURDER BEAR BOOKSHOP〉は吉祥寺にある。いわゆる閑静な住宅街の中だから、近隣の音声、物音が筒抜けだ。各家庭の事情も手に取るようにわかる。

例えば、裏の篠田《しのだ》家は昼間無人だが、夜になると家族七人全員が帰宅してにぎやかになる。向かいの鶴野《つるの》家ではリストラされていたご亭主が再就職、娘さんが国費留学に旅立ち、肩の荷を下ろした奥さんは、けさからリウマチ持ちの母親をつれて二泊三日の湯治に出かけている。また例えば、先々月の終わり頃、店の隣家で町内会長を務める糸永《いとなが》家に、ご主人の母親が施設を追い出されて出戻ってきた。これがおそろしくきついバア様で、薬が効かず、辛いのはアンタたちのせいだと息子や嫁を叱責する。時には隣近所がやかましいとわめきちらす。

戸外の駐車場で長話しようものなら、またバア様がわめき出す。わたしはあきらめてカエルに乗りこみ、そーっとドアを閉めて、キーをひねった。二十万キロ「しか」走っていない車のエンジンは、けたたましい雄叫びとともに動き出した。

出だしはともかく、ハンドルを握るわたしの心は軽かった。本屋のバイトも悪くはない。同好の士が集まり、同じ本の同じ箇所が気に入った、などと言い合うのは楽しい。本の上げ下ろしは肉体労働だが、調査の仕事よりはるかにラクだ。死にそうな目に遭うことも——ないわけではないが——少ない。

それでも、どんなに大変でも、やはりわたしには探偵仕事が天職なんだろうと思う。それに、実入りのほうも本屋のバイトとは比べものにならない。二割を〈MURDER BEAR BOOKSHOP〉にとられ、取り分から国と市と年金と健保にむしりとられても、ずっと稼げる。吉祥寺からのドライヴ中、鼻歌が止まらなかった。

午前十一時すぎにマル対の住む蒲田の家の前に到着した。つべこべもめずに出てきてよかった。折しも〈袋田〉と表札のある豪邸の玄関扉が開き、マル対こと袋田浩継《ふくろだひろつぐ》が表階段をのそのそと降りてくるところだった。

着古したTシャツにトロピカル柄の短パン、ツッカケ。寝癖のついたぼさぼさの頭。むくんだような顔でうつむき、だらだらと歩いている。

依頼後にネットで調べたかぎりでは、父親は品川にある大病院の院長、姉ふたりも医者、中流の上以上という家庭環境のはずだが、品位のかけらも感じられない。家から離れた駐車場に入り、八月の日ざしを容赦なく浴びた車体にさわってしまい、慌てて手を引いたとき以外は、生気に乏しかった。もっとも、熱帯夜と猛暑日の連打を浴び続けている関東平野の住人は現在、彼にかぎらず、白昼のゾンビに限りなく近い。

袋田はサングラスをかけて、車に乗り込んだ。サングラス越しなら、緑がぐっと渋く見えるのか、こちらを気にする様子もなく追い越して南下していく。

車にセットしておいたカメラを起動させ、後を追った。

袋田浩継は二十三歳だった十一年前、運転していた車をバス待ちの列に突っ込ませ、七人を撥ね飛ばし、車を乗り捨てて逃走した。幸い死者こそ出なかったものの、一時は心肺停止になるほどの重傷者を三人も出す事故となった。

後に警察の捜査で、袋田が直前まで飲食店をはしごし、酒をかっくらっていたことが判明したが、危険運転致死傷罪の適用は見送られた。なにしろ事故の様子をとらえていた監視カメラには、袋田が車から飛び出し、俊敏に逃げ出す姿がはっきりと残されていたのだ。危険運転致死傷罪の適用は、正常な運転が困難だったかどうかで決まる。皮肉な話だが、あれだけそそくさと逃げ出せたのだから正常な運転は可能だった、ということになる。

結局、ひき逃げその他で彼にくだされた判決は懲役五年。六年前に交通刑務所から出てきて親戚の会社に就職し、親の豪邸で暮らしている。重傷者は、いまだに事故の後遺症に苦しみ続けているというのに。

「あの男は免許取り消し後の欠格期間の六年が終わるとすぐ、親に新車を買ってもらい、運転を始めたと噂で知りました。車がなければ生活できない地方ならともかく、住んでいるのは都心ですよ。まともな神経なら、あんな事故を起こしておいて、運転なんかできるはずがない」

角野史郎《かどのしろう》と名乗った依頼人は、膝の上に置いたこぶしをぶるぶる震わせていた。彼の息子は袋田が起こした事故に巻き込まれ、下半身に障害が残った。

「息子は十年以上もけなげにリハビリを続けています。それだけに、息子がかわいそうで、だから、なおのことあの男が許せないんです」

その噂が本当なのかどうか、袋田浩継の素行調査をお願いしたい、今度こそ運転免許を取り上げられそうな様子をおさえられれば、なおありがたい、とりあえず一週間、と角野は言って、手付けにと五十万円を差し出してきた。

おいしい依頼によだれが落ちそうだったが、こちらもこの仕事は長い。事前のデメリット告知で、トラブルを回避しておくことにした。

「喜んでお引き受けしますが、報酬として最初の三日間は一日七万円、それ以降は一日四万円と、かかった経費をいただくことになります。場合によっては大手の調査会社に応援を依頼しますし、最初からその大手を紹介もできますが」

「いえ、こちらでお願いします」

角野はきっぱりと言った。〈白熊探偵社〉のどこが気に入ったのか知らないが、ぜひにというのを断る理由は見当たらない。仮の契約書を差し出すと、角野は胸ポケットから〈日本お散歩振興協議会設立三十周年記念〉と書かれたボールペンを取り出し、みごとなペン回しをしながら読んで、サインをしてくれた。

〈MURDER BEAR BOOKSHOP〉の常連客・加賀谷《かがや》の友人が、わたしの代わりに本屋のバイトに入ってくれることになった。貸しのある大手調査会社の知り合いに、いざというときの助っ人も頼んだ。備えは万全。袋田浩継に爪の先ほどでも弱みがあれば、洗いざらいあぶり出してやる。

意気込むまでもなかった。袋田の車は五分と走らないうちにウインカーを出し、ファミレスの駐車場へと入っていった。迷うことなくあとへ続いた。昼前のことで、店はまだ空いていた。袋田は喫煙用の席に陣取り、煙草に火をつけながらソファに座った。わたしはバッグに忍ばせた隠しカメラをうまく向けられるカウンターに座り、袋田の店内での様子を見守り、会計をすませてやつが出て行ったあと、袋田の画像がきちんと録画されていることを確かめた。

問題なかった。袋田の元にビールが運ばれてきて、だらしない格好で脚を組んだ袋田がそのビールを一気に飲み干し、お代わりを頼み、ピザと一緒に中ジョッキを傾けつつスマホをいじっている様子がきちんと撮影できていた。小一時間ほどして、支払いを終えた袋田浩継が店を出る様子も。そしてその後、駐車場に移って車に乗り込み、みずから運転しているところも録画できた。

これなら間違いなく、免許取り消しの根拠になる。

飲酒運転で人様の人生を狂わせておきながらなんてやつだ、と思う一方で、つい、にやけてしまった。調査開始からわずか数時間で、依頼人を満足させられるだろう成果をあげたのだ。もう帰ってもいいな、と思ったが、せめて一日くらいは追跡しないとさぼっていたとでも思われそうだ。それに、一週間みっちり調査して、例えば、袋田が毎日のように飲酒運転を繰り返しているとわかれば、逃げ道はなくなる。ちょうだいできる調査費も増える。

袋田の新車は第二京浜に入り、多摩川を渡って川崎に入った。二台はさんで後ろから見たかぎりでは、運転ぶりはごく普通だった。側道で待ち構えている白バイを見かけたが、袋田の車が止められることはなかった。スムーズに東芝の工場をすぎ、今度は寿司屋系のファミレス前でウインカーが出た。袋田の車は吸い込まれるように入っていった。

あとに続こうかと思ったが、駐車場はほぼいっぱいだった。カエル車で無茶な割り込みはできない。舌打ちしながら行き過ぎて、バックミラーをのぞき込んだ。ふたり乗りのオートバイが入っていく後ろに、袋田の車が入口近くの空きスペースに駐車しようとしている様子がちらりと見えた。

遠藤町の交差点は渋滞していて、近くにパーキングも見当たらない。このあと、袋田はどちら方面に向かうのか。仮に、府中街道へと右折して新川崎駅の方向へ行こうとしているとしても、すでにこちらは右折レーンを外れてしまっている。大型トラックの群れの中で、いまさら車線変更などできない。

うまくいったと浮かれたらこれだ。しかしまあ、こうなったらもう焦っても始まらない。流れに逆らわずに車を走らせ、川崎駅前近くの幸通から府中街道に入って、そのまま直進した。ラジオで熱中症のニュースを聴きながら河原町で府中街道から右手に入り、気象情報を聴きながら第二京浜に合流した。

再び、寿司屋系ファミレスの前にさしかかったが、すでに二十分以上経過していた。駐車場の入口には袋田の車があった。あの調子で酒を飲んでいるとすれば、一時間はそのままだろう。

同じコースをさらに二周した。走りながら考えた。今日は土曜日だ。親戚の会社とやらで働いている袋田も土日は休みなのだろう。だから飲みたいのはわかるとして、ていける場所の居酒屋とか。飲酒と運転が別なら、誰にもとがめられないのに。

　飲酒運転経験者にはアルコール依存症が多いと聞く。収監中に酒毒は抜けたが、婆に戻ってつい、めでたいと乾杯してしまい、一杯くらいが二杯くらいになり、ついには元の木阿弥になったとか。両親は新車を買い与えたくらいだから運転は認めているのだろうが、「酒を飲むな」と息子に厳命しているのかも。だから家や近所では飲めず、親の目の届かないところでこそ飲んでいるのだろうか。この節、ファミレスや牛丼チェーンやファストフードで軽く飲むのがはやりだそうだが、「帰宅前に一杯」という習慣のない自営業と専業主婦の両親には、そんなのぴんとこないだろう。

　第二京浜を南下すること四回目、寿司屋系ファミレスの前にさしかかると、袋田が車の脇に立っているのが見えた。遠目にもわかるほど赤い顔をして、サングラスを取り落としている。遠藤町の交差点の渋滞がありがたかった。車列がぴくりとも動かないおかげで、袋田より前に出ないですむ。

　やがて、袋田の車が駐車場からビックリするほどの勢いで前に出てきた。合流地点にいたアウディにぶつかる寸前でなんとか止まり、そのまま無理やり車列に割り込もうとしている。乱暴だな、と舌打ちしたとたん、車列が動き出した。袋田の新車は鼻先をゆらしながら急速に前に出て、急速にブレーキを踏んだ。ひやっとしたが、そのまま車の流れに割り込んで、走り始めた。

こちらは中央の車線であとを追った。土曜日も二時を過ぎて、第二京浜はますます渋滞がひどくなってきた。走り出してすぐに、車列の動きは止まった。

カエルの運転席の座り心地はひどかった。お尻が真っ平らになったような気がするし、肩もこってきた。カメラを袋田の車に向けたまま、ハンドブレーキを引いて肩をまわし、手を尻の下に置いてこぶしでマッサージした。

狭い運転席で身体をほぐしつつ、ちらと袋田の車に目をやったときだった。視界に一台のオートバイが割り込んできた。袋田が駐車している最中の寿司屋系ファミレスの駐車場に、あとから入っていったふたり乗りのオートバイだ。この暑いのにふたりとも革のツナギを着て手袋をし、フルフェイスのヘルメットで顔をおおっている、というハードななりで、すぐに思い出せた。

オートバイは袋田の新車の脇に止まった。後ろの人物が降りて新車の前に回り込むと、いきなりハンマーらしきものでフロントガラスを殴りつけた。ビシッと音がするのと同時に窓ガラスにひびが入った。

「てめえ、なにすんだよ」

これにはさしも生気のない袋田も、思わず叫んで運転席から飛び出てきた。フロントガラスにひびを入れた襲撃者につかみかかろうとしている。オートバイを運転していたほうがいつのまにか背後に回っていて、特殊警棒らしきもので袋田を背後から殴りつけた。頭を抱え込んだ袋田の顔面を、今度は最初の襲撃者がハンマーの柄で殴りつけ、新車に血が飛び散った。

うずくまり、わたしの視界から消えた袋田に、さらに攻撃が加えられたようだった。その間、襲撃者はふたりとも言葉を発せず、やがて無言のままオートバイに戻り、走り去った。

オートバイの爆音が聞こえなくなって初めて、わたしはぽかんと開けていた口をようやく閉じた。

2

あとになって録画した映像を確認してみたところ、袋田浩継襲撃に要した時間はわずか四十七秒だった。この手際のよさと、袋田の車に続いてファミレスに入ったこと、車の窓にひびを入れることができる特殊なハンマーや特殊警棒を用意していたことから察するに、どうやら袋田を狙った計画的な襲撃と思われた。

もちろん、痛めつけるのが目的で、殺すつもりはなかったのだろう。車列が動き出したので、道路上に倒れている袋田の脇を通り過ぎたが、脚がありえない方向に曲がってはいたものの、袋田はぴくぴくと動き、かろうじて意識もあるようだった。

近くを歩いていた人たちが騒ぎ出し、通報する声がした。わたしはその場を走り去った。イライラしながらもう一周して二十分後に戻ると、警察が出て交通整理をしているなかを、救急車が走り出すところだった。渋滞がひどく、一度は緊急車両に置いてけぼりを食ったが、めぼしをつけて一番近い川崎市内の病院に行ってみると、袋田浩継がERに運び込まれるところに出くわした。

様子をうかがったが、怪我の程度はさすがに部外者にはわからない。が、酸素マスクをあてがわれ、大声で話しかける救急隊員に答えている様子もない。かなりの大怪我とみて間違いない。

カエルとわたし自身が怪しまれないうちに、病院を出た。依頼人の角野史郎を電話で呼び出し、彼の住む西荻窪の商店街にあるギャラリー兼カフェで落ち合った。

事情を説明しながら様子をうかがったが、角野は心底びっくりしたらしく、回していたボールペンを取り落とした。実績のない小さな探偵社を選んで雇い、調査させたらその日のうちに調査対象者が襲われた。これが偶然であるはずがない、と思ったのだが、そう考えたのもミステリの読みすぎかもしれない。世の中には偶然が存在する。

「あの男を恨んでいるのは、私たち一家だけではないですからねえ」

角野はしみじみと言った。後遺症に苦しんでいる被害者は他にもいるらしい。その被害者がプロを雇ってやらせた。角野史郎はそう考えているようだ。

「あの様子じゃ袋田浩継は、しばらく入院ということになるでしょうね。ですので調査はいったん打ち切ります。明日にでも報告書、録画した映像、経費その他の明細と領収書、お預かりしたお金の残金をお持ちします。それでよろしいでしょうか」

角野は毒気を抜かれたらしく、ペン回しを再開しながらうなずいた。この分だと、あの襲撃動画が警察に提供されることはなさそうだ。角野としては犯人に感謝して、袋田浩継のことなど忘れるつもりに違いない。

だとしても、もはやわたしの関知するところではない。仕事は終わったのだ。

まさか、日のあるうちに〈MURDER BEAR BOOKSHOP〉に帰ることになるとは思わなかった。ときどきうめき声をあげるようになったカエルをおっかなびっくり走らせながら、舌打ちをした。調査が一週間続けば三日間は七万プラス四日間四万で、しめて三十七万円。二割を上納しても三十万ほどになったはずだ。

わたしは光熱費込みで家賃七万円、調布市仙川にある農家の離れを改造したシェアハウスに暮らしている。最近、この農家の母屋が半壊したことや、六月に仙川近辺を襲った雹の被害で隣接する葡萄畑が壊滅したことなど、諸般の事情で建て替えが取りざたされるようになった。まだ大家の岡部巴《おかべともえ》の口からはっきりと言い渡されたわけではなかったが、そう遠くない未来に、引っ越し先を探さなくてはならない。

三十万の臨時収入があれば、引っ越し費用になったのに。

左折しながらそう呟いて、ふと、左肩に違和感を覚えた。痛い、というほどはっきりした感じではないが、なにか「うまくない」という感じがする。狭い運転席で身体をほぐしているさなかに襲撃があって驚き、知らず知らずのうちに変な動きをしてしまったようだ。

カエルを店の敷地内に入れ、狭い隙間から抜け出ようとして身体をひねったとき、今度ははっきりと左肩の痛みを感じた。慌てて外に出て、左腕をまわしてみる。

あれ。なんだこれ。なんかマズい。

肩全体、特に肩甲骨から腕の脇にかけて痛みがある。まさかこれは、噂に聞くところの〈四十肩〉では。

身体が資本のおひとりさまだという認識は十分に持っているから、食事に気をつけ、ストレッチと筋トレを心がけている。春に数回、入院したあとは、時間のあるときには軽くジョギングしていた。煙草もやめたし、体脂肪率も落とした。なのに、なんでこうなる。

腹立ち紛れに駐車スペースの小石を蹴り飛ばしたが、肩に響いてよけいに痛くなっただけだった。さらに石がイベント予告の貼り紙をしてある看板にあたり、カーンと鳴った。

しまった、と思った瞬間、わりに近くで、うるさい、あたしを苦しめる気かうんぬんという、甲高いわめき声が聞こえてきた。わたしは慌てて店舗に駆け込んだ……いや、駆け込もうとした。

店の一階の入口のめだつ場所に、三冊百円均一のワゴンを出している。読書好きのご近所さんや帰宅途中の中高生が利用するのは、もっぱらこのワゴンだ。さらに富山店長の方針で、時々さりげなく掘り出し物を紛れ込ませてあるので、ミステリマニアの間でも話題になり、おかげでこんな来づらい場所でも定期的に足を運んでもらえるきっかけになっている。

そのワゴンが見当たらない。それどころか店が開いてない。土曜日だというのに、店の電気は消えたままで扉も閉ざされていた。

預かっている鍵で中に入った。店に異状はないようだし、レジの中身もいつも通りに見えた。

富山店長に電話をかけた。調査が終わったことを報告し、店が開いていませんが、と聞いた。

「今日は富山さんが店番じゃなかったんですか」

「実は、調査中の葉村さんの代わりに明日からバイトに入ってくれる予定の、加賀谷くんの友だちがさっき来たんですけどね。まだ十八歳の若さで高木彬光のファンなんですよ。バイト代で墨野《すみの》隴人《ろうじん》シリーズを買ってもらえることになりまして。在庫は全部ありましたっけ」

なんの話だ。

「あの、それで今日、店は？」

「探偵仕事が終わったなら葉村さんお願いしますよ。こっちは家がなかなか見つからなくて、往生してるんです」

通話は切れた。わたしは電気をつけ、左肩をかばいながらワゴンを定位置に出した。それから二階に行った。二階のイベントスペースはイベントのないときにはサロン、というか常連のたまり場になっている。二階ではエアコンが静かに作動し、六人ほどのミステリファンが涼みながら、ミステリ談義を繰り広げているところだった。

富山について尋ねると、くだんの加賀谷が手を挙げた。

「お昼すぎに、古書の買い取り依頼の電話が来たんですよ。それで富山さん、店閉めて出かけました」

「買い取りって、どこ？」

「川越だそうです」

店に降りて、レジの陰で肩に湿布をし、夜八時まで店番をした。暑いうちは人っ子一人現れなかったが、日が落ちて涼しくなると、客が次々にやってきた。のぞきにきただけのひともいたが、たいていはせっかくここまで来たからには、となにかしら買ってくれる。八月に入ってから〈サマーホリデー・ミステリ・フェア〉というのを始めたが、どういうわけだかこの日だけで、クリスチアナ・ブランドの『はなれわざ』が三冊も売れた。

うち一冊を買ったのは、自宅で書道教室を開いているご近所の須藤明子《すどうあきこ》さんだった。こちらも糸永家と隣接していて、一人の静かな暮らしぶりであるにもかかわらず、教室に通う子どもたちの声がうるさいと例のバア様にわめきちらされている。

「お盆休みにはお教室お休みだし、明日から両親の墓参りに九州に行くの。これはその行き帰りに読むわ」

さすが書道の先生だけあって、暑いのにうす化粧、パンスト姿の須藤さんは、本にカバーをかけるのを待つあいだにそう言った。

「お盆には、このあたりもだいぶ静かになりますね」

「うちの向かいの田河《たがわ》さんちも、家族でハワイに行くんだって聞こえよがしにしゃべってたから、ご近所の人口は間違いなく減るわね。でも、おたくがお盆も営業してくれるんで、留守にしても安心だわ」

「お盆期間中は、平日にもイベントがあるので。ただそのぶん、うるさいって言われちゃいそうですけど」

「うるさくないわよ。このあいだなんか、あれ、なにかイベントが終わった直後だったのかしら。おたくから大勢ひとが出てきて驚いたくらいだもの」

「本屋ですから、壁は本棚と本で覆われていて、防音になってるんです。イベントのときは遮音カーテンも引きますし」

「普通の家よりも音は漏れにくいわよねえ」

なのに糸永家のバア様ときたら、とおたがい口に出さずに軽く非難した。糸永静男《しずお》氏は町内会長を務めるほどで住民からの信頼が厚い。みな、バア様には辟易していても、介護する側が気の毒で口には出せないのだ。

ところで、と須藤さんは言った。

「この店って調査会社も兼ねているって聞いたんだけど」

確かに探偵だが、調査員は実質わたしだけ、手が足りなければ大手に助っ人を頼みますが、という事情を説明し、なにかあればよろしく、と〈白熊探偵社〉の名刺を渡した。

それで終わりかと思ったが、須藤さんは、よかった、頼みたいことがあるんだけど、と身を乗り出してきた。

「ひとを探してもらいたいの。石塚幸子《いしづかさちこ》っていう、わたしの従妹なんだけど」

須藤さんはプリントした紙を差し出してきた。紙には名前と生年月日、本籍地、他に会社名や住所がいくつか並んでいた。

「これが七年前、最後にもらった年賀状の住所」

須藤さんは高島平団地の住所を指差した。

「さっちゃんは母方の従妹なの。母方の親戚で生き残っているのはわたしと彼女だけだし、ふたりとも東京に住んでいたんだけど、あんまり親しくなくて。電話してみたけど不通になってるし、この住所に出した手紙は返ってきちゃうし、いまどうしてるのかさっぱりわかんないのよ」

九州にある母方の祖母の家が問題なのだ、と須藤さんは説明した。祖母は二十年前に亡くなったが、その直後に須藤さんの母親が倒れ、祖母の家は相続の手続きもとらずに放ってあった。祖母の入っているお墓があるお寺には毎年、盆暮れとお彼岸にお花代と管理費を送っており、たぶんそこを自治体が調べたのだろう。祖母が住んでいた空き家の管理について、

「ごちゃごちゃ言ってきちゃったのよ」

須藤さんは嘆息した。

「あんなへんぴな場所にある家なんだから、そのまま朽ちていったって誰も困らないと思うのよ。それを取り壊せだの固定資産税がどうとか、うるさいの。もうね、よっぽどしらばっくれようかと思ったわよ」

でもなんだかそれも責任逃れみたいだし、あとでもう一人の相続人であるさっちゃんともめたくもないし、とにかく一度彼女と話をしたいんで探してもらえないかしら、と須藤さんは言った。

費用の説明をしたが、須藤さんは気にしなかった。

「祖母の形見分けのときに壺をもらったんだけど、それがあとでけっこう高く売れたの。そのお金をなにかのときのためにってとってあったんだわ」

こういうときのためよねえ、と須藤さんは言って、前金と現金で十万円くれた。

こうも早く次の仕事が舞い込むとは思っていなかった。〈白熊探偵社〉などと看板をだしたところで、ミステリ専門書店付きの探偵社などに誰も調査依頼を持ち込んだりしないだろうと思っていたのだが、案外そうでもなかったわけだ。須藤さんは以前からうちでよく本を買ってくれ、わたしとも言葉を交わすようになっていた。外聞をはばかるわけでもない調査なら、むしろ顔見知りの人間に頼みたいと思ったのだろう。

ありがたい話だ。このところ不幸続きの葉村晶《あきら》に、ついに運が向いてきたのかもしれない。

翌朝、角野史郎に渡す報告書その他と返却する預かり金を持って、八時過ぎには家を出た。四十肩がひどく痛み、車の運転は危ぶまれるので歩きだが、左肩にバッグがかけられない。それどころか息をしても痛い、という状態なので、冷湿布で肩全体を覆い尽くしており、自分でもかなり匂う。この湿布はその昔、祖母が愛用していた。なんだか、死んだ祖母を肩に乗せて歩いているような気になってきた。

角野に会って渡すものを渡し、西荻窪から中央線で新宿に出た。東京は少し郊外では南北に移動する手段がバスしかない。しかしバスの乗り継ぎで高島平まで出るのは面倒くさい。おまけにこの左肩では、バスの揺れに耐えられる自信もなかった。

地道に山手線、都営三田線と乗り継ぎ、一時間以上かかってようやく高島平団地にたどり着いた。それと知られた巨大団地を訪れるのはこれで二度目。最初は確か、二十五年ほど前、大学時代にバイトに来たのだ。四半世紀か。猛暑のせいではなくて、団地の中にいると谷底から山を見上げている気になるからだけでもなくて、めまいがした。

とりあえず、年賀状にあった最後の住所に行ってみることにした。今日もいやというほどよく晴れていて、谷底には陽炎が立っていた。ひとけはない。

キオスクで買っておいた水をすっかり飲みきった頃、番地の建物にたどり着いた。中に入ろうとしたとき、どこかでドアの開閉音が聞こえ、やがて日傘片手に出てきた女性がいた。駆け寄って、ちょっとお尋ねします、と切り出した。

「以前、この団地に住んでいた石塚幸子というひとを探しているんですが、ご存知ありませんか」

女性は目をぱちくりさせた。

「石塚幸子なら私ですけど」

3

七年前、空きが出たのでそれまで住んでいた七階から一階に引っ越したのだ、と石塚幸子は言った。当時、夫が患っていて、たびたび救急車を呼ぶことがあったため、そうしたのだそうだ。その後、夫が死に、さらに一階の別の部屋に引っ越したのだという。

「この部屋のほうが一人にはちょうどいい広さだったし、ま、気分転換にね」

石塚幸子は麦茶をいれてくれながら、笑った。須藤明子のほうが背が高く、石塚幸子のほうが二十キロほど体重が重そうだったが、ふたりとも笑顔がよく似ていた。

「その二度目の引っ越しのときに固定電話を解約したんだったわ。そう言えば年賀状も出さなくなっちゃって。年取ると、いろいろめんどくさいのよね。明子ねえさんからの手紙？　いまはほら、訪問販売とかうっとうしいから郵便受けにもドアのとこにも名前出してないし。あちらはあの一戸建てにずっといるだろうから、いざとなったらすぐ連絡くらいつけられるって、甘く考えてたのねえ」

わざわざ探偵を雇わせるなんて、ねえさんには悪いことしちゃったわ、と幸子は肩をすくめた。

石塚幸子の目の前で、須藤さんに電話をかけた。熊本の空港に降り立ったばかり、という須藤さんは、事情を説明すると爆笑した。それでも、一日分の調査費用と経費はとっておいてくれ、ということになった。それならこちらとしても申し分ない。

石塚幸子に電話を代わったが、ほんの二言三言でふたりの通話は終わった。けげんそうなわたしの顔を見て、スマホを返してくれながら幸子が言った。

「親しくないのよ、私たち。明子ねえさんとこの伯母さんとうちの母親、姉妹なんだけどものすごく仲が悪かったの。だから、伯母さんの葬式に私は出てないし、うちの亭主が死んだときもねえさんには報せてないわけ。ま、九州から帰ってきたら、むこうから連絡してくれるそうだから」

「そうですか」

またしてもこんなに簡単に依頼が片付くなんて、絶好調の幸運期がやってきたのだろうか、と思いながら、来たルートをたどって吉祥寺に戻った。お盆前の日曜日、かなりの人出だった。ちょうど十二時だしランチをとろうと思っていたのだが、どこも満席だろう。

アトレでシウマイ弁当を買って〈MURDER BEAR BOOKSHOP〉に行った。日ざしがキツく、折りたたみの日傘をさしたかったが、右手しか使えない。持ち慣れたショルダーバッグが重く感じられた。

店に戻ったら冷湿布を取り替えよう、いや、氷嚢を作ろう、と思いながら店にたどり着いて、驚いた。店舗は木造モルタル二階建てのアパートをリノベーションしたもので、二階の外廊下の下が一階部分の通路になっている。そこに、数人の客がたむろしていた。

「どうしたんです？」

加賀谷をはじめとする常連客たちだった。よほどヒマなのか、行く場所がないのか、昨日も二階で見かけた連中ばかりだ。

「どうしたんですって、葉村さんを待ってたんですよ。開店は十二時でしょ。そっちこそなにしてたんですか」

本来、角野から依頼された調査をするために、一週間、わたしは店には出ないことになっていた。そのために加賀谷の友人で、十八歳のくせに高木彬光のファンとかいう大学生をバイトに雇ったのだ。その彼に、

「今日から来てもらうことになってるし、仕事の説明や鍵の受け渡しのために富山さ

んも出てくるはずでしょ」

「それがその」

加賀谷がばつの悪そうな顔をした。

「その友人、浅川《あさかわ》っていうんですけど、急にお盆にはくにに帰ることになったって、昨日の夜に連絡があったんです」

なんだそれ。

外でしゃべっていたせいか、またどこかで窓が開く音がした。糸永家のバア様の声が聞こえてくる前に、ともかくも二階を開けて冷房を入れ、コーヒーメイカーをセットして、待っていた連中を中に入れた。暑いなか待たされた、と彼らは文句たらたらだった。土日は昼からサロンを開放、とホームページでうたっているくせに、なんだよ。

聞こえないふりをした。ゆうべのうちに富山には、須藤さんからの依頼についてメールを入れておいた。返信はなかったが、逆に言えば、店を開けろとも指示されていない。わたしのせいじゃないやい。

むかっ腹がたったので、店を開けるのは後回しにして、二階の冷蔵庫から氷を取り出し、ビニール袋に詰めて一階に下りた。レジの椅子に座って肩を冷やしながら、富山に電話をかけた。

「ああ、やっと店を開けたんですね」

開口一番、富山は言った。

「常連の方たちからお叱りメールが入っているんですよ。困りますね、日曜日は十二時には開店してもらわないと」

「ゆうべ、今日は別の調査依頼を受けて出かけるって連絡しましたよね。いまここにわたしがいること自体、ものすごいラッキーなんですっ」

「いろいろ参りましたよ」

富山はため息をついた。

「顔合わせのときは浅川くん、ミステリ本屋でバイトなんて嬉しいです、なんて言ってたくせに、実家に帰らなくちゃいけなくなった、って突然、逃げましたからね。しかも、昨日は川越まで買い取りの依頼で出かけたのに、その家が見つからなくて熱中症になるし。葉村さんは開店時間を守ってくれないし」

「だから、そんな指示は受けてませんってば……熱中症？」

「救急車で運ばれて、点滴一本ですぐに帰れましたけど。そんなわけで今日は店には出られません。明日の月曜日は夜からイベントなので、絶対に行きますが。そうだ、葉村さんも明日は五時に来て、イベント用の書籍コーナーを作ってくださいね」

いろいろと言いたいことはあったが、救急搬送されたんじゃしかたがない。通話を終えるとワゴンを出し、常連に負けず劣らず不満げな看板猫に餌と水を与え、肩にタオルを乗せ氷嚢を当てた格好でレジに座って、シウマイ弁当を食べた。顎を動かすだけで肩に響く。経木の香りのしみついた、硬めのごはんをよくかんで食べるのが好きなのだが、半分ほどで我慢できなくなった。

たかが四十肩だと甘くみていたが、これはひどい。セルフ・メディケーションでなんとかなるのか、不安になってきた。しかし、行きつけの整形外科はお盆休みで一週間以上、閉まっている。それに、医者に行けば治るとも思えない。そんなに簡単に治るなら、ネット上にこれほどたくさん四十肩の民間療法が出ているわけがない。

動けない痛みでレジに座ったきり、なにもできずに午後がすぎていった。夕方近くになって、雷鳴が轟き、大粒の雨が叩き付けるように降ってきた。屋根の下とはいえ、ワゴンが濡れる。急いで店に入れる作業をしたら、さらに左肩が痛み出した。にもかかわらず、雨は十分ちょっとでやんで、あたりは静かになった。

夕立のおかげで涼しくなり、外食しようと街に出る家族連れなど、ぽつぽつと客がやってきた。〈サマーホリデー・ミステリ・フェア〉のうち、パトリシア・モイーズの『死の天使』、ピーター・ベンチリーの『ジョーズ』、ジョルジュ・シムノンの『メグレの休暇』、有栖川有栖の『月光ゲーム』が売れた。

シムノンを買ってくれたのは、ご近所の鈴木さん夫妻だった。ふたりとも元教師で、八十歳をすぎているはずだが、夫婦そろってよくしゃべる。

「サマーホリデーといえば、イギリスでのバカンスを思い出すわ」

鈴木妻が微笑み、夫が重々しく言った。

「このひとが言い出しっぺで田舎に行ったんだ。遠目には絵のように美しいマナーハウスに泊まったが、ひどかった。飯はマズい。カーペットは犬の毛だらけ。お湯は出ない。なのに目の玉が飛び出るほど宿泊費が高い」

「天蓋付きのダブルベッドに寝たのは、後にも先にもあのときだけでしょ。あたしは感動したわ。お姫様気分が味わえたんだから」

「カビ臭くて窒息しそうだった。あんな体験は一度で十分だ」

「本場のティータイムを体験できたじゃないの。焼きたてのスコーンに本物のデボンシャー・クリーム」

「しなびたキュウリのサンドイッチ」

「サーモンのパイ。一口サイズでビックリするほどおいしいの」

「私の分まで、このひとが食べたんだ」

「濃くて熱くておいしいお茶。なぜかしらね。マネしようと思っても、うちでは絶対イギリスのお茶の味にならないの」

「こうやってこのひとは、アフタヌーンティーに出かけさせようとしている」

「招待していただいたのよ。この時期はお客さんが少ないから、賑やかしにもなりますしって」

鈴木妻が微笑み、夫は仏頂面になった。

「昔からタダほど高いものはないという。下手な好意に乗せられると見返りを求められるかもしれないから、私はいやだと言った。なのにこのひとときたら、サブリミナル効果を狙って、毎日のようにアフタヌーンティーの話だ。おかげで明日の午後は、この暑いのにお出かけだ」

肩に響くのを承知で、笑わずにはいられなかった。

「あなた、こちらに聞いてもらいたいことがあるんじゃないの？」

鈴木妻が微笑み、鈴木夫がそうだった、こちらは調査の仕事もしていると聞いたが、と訊いてきた。〈白熊探偵社〉の名刺を渡して概要を説明すると、夫が、では仕事を頼みたい、と言った。

「まずはこれを聞いてもらいたい」

鈴木夫がスマホを操作して、差し出した。若い男の声が始まった。

『もしもし？　ボクだけど』

鈴木夫が、鼻にかかったような声で、ふわあ、というような返事をすると、男は続けた。

『ちょっと困ってて、助けてほしいんだ。いま、吉祥寺の飲み屋なんだけど財布を落としたみたいで、支払いができなくて。これから友だちが行くから、現金を渡してもらえないかな。できれば三十万がいいんだけど、手持ちがなければ十万でもいい。でないと、店から出してもらえなくて』

鈴木夫が、代金は支払わなければならないが、店から出してもらえない、というのは監禁されているのと同じで問題だ、と言った。警察に連絡したらどうかね。

ここで急に別の人間が割って入った。若干、ドスのきいた男の声だ。

『ああ、電話代わりました。あのねえ、ことを荒立てたくはないが、無銭飲食も立派な犯罪です。警察沙汰になったら、こっちだって客商売なのに大迷惑だし、そうなったら無銭飲食の被害届を出して、徹底的に戦いますよ。こいつに前科がつきますよ。犯罪者になって人生を棒に振りますよ。困るのはこいつのほうだ。そこんとこ、わかってんですかねえ』

いや、わからない、と鈴木夫は答えた。払う意志があるんだし、逃げたわけでもないのに無銭飲食の罪は成立しないと思う。警察も同じ意見だろう。一一〇番するから店の名前と場所を言いなさい。

とたんに、ぶつっと音をたてて通話は終わった。鈴木夫はご褒美を待ちかまえる犬のような顔つきで、わたしを見た。

「すごい。よく録音できましたね」

「固定電話に録音装置をセットして、すべての通話を録音している。今の世の中、油断できんからな」

「このひと、前に中学の同級生からの電話で、投資詐欺にひっかかりそうになったのよ」

鈴木妻がばらした。鈴木夫がむっとしたようになにか言いかけたので、慌てて割り込んだ。

「これ、いつかかってきた電話なんですか」

「五日前の夜中だ。我々はもう寝ていた。おかげで頭が働かなくてね。友人とやらを家にこさせ、同時に警察を呼んで逮捕させるべきだった。まあ、そうしなくてよかったのかもしれないんだが」

「どういうことです？」

「電話をかけてきたのは、このひとの教え子かもしれないのよ」

鈴木妻が言った。鈴木夫はうなずいて、

「大隣正樹《おおどなりまさき》ってコの声に似ているんだ」

鈴木夫は定年退職後、三鷹にあるフリースクールでボランティアをしていた。そのときの人脈で学習支援のＮＰＯなどから声がかかるようになり、数年前まであちこちの教室で教えていた。大隣正樹とは七年前、家の近所で開かれていた無料の学習塾で知り合ったのだという。

「両親が離婚して、母親は仕事を掛け持ちしていた。高校受験の勉強で来ていたが、そもそも栄養がたりていないようで、十五歳だというのに小学生に見えた。それで、休みで給食のないときなど、よく飯に誘った。そんなわけで彼のことは、ふたりともよく知っている」

高校に入学してからも、しばらくは連絡をとりあっていたのだが、その後、母親が亡くなり、大隣正樹も引っ越していった。二年ほど前に、一度だけ電話があった。調理師免許をとって働いているという内容だったが、どこの店かについては言葉を濁した。しばらくしてから、その学習塾の同窓会をすることになって、かかってきた番号に折り返してみたが、通話はできなくなっていた。

「言葉遣いとか礼儀作法とか口を酸っぱくして教えたが、うまくいかなくて、正樹くんのしゃべり方もこんな感じだ。声も彼に似ている」

要するにこの通話が、正樹くんからの本物の借金の申し込みなのか、声が似ているだけの〈助けて詐欺〉なのか、わからないわけだ。

「警察に相談しようかとも思ったが、事情がはっきりしてからのほうがいいと思ってね。ただの勘違いかもしれないし。それに、万一のときのために、正樹くんの事情を本人の口から聞いておきたい」

「わたしたち、彼のことが心配なのよ」

「どうだろう。大隣正樹くんがいまどこでどうしているか、調べてもらえないだろうか」

次から次へと依頼の連打。どうなっているんだか。

わたしは内心驚きつつ、こちらの条件を提示し、こういう仕事は大手の探偵社に頼んだほうが、結果が早く出ると説明した。が、鈴木夫は首を振った。

「彼が無実だったら、詐欺の疑いをかけたことを知られたくない。それに、探偵の知り合いはこちらだけだ。まずはあんたに頼みたい」

そう大金も払えないので、とりあえず一日だけ調べてもらい、長くかかりそうだったらそのときまた考える、と鈴木夫妻は言って、十万円を差し出してきた。

となれば、断る理由はない。大隣正樹について、知りうるかぎりの情報を書き出してくれるように頼んだ。鈴木夫妻はいったん帰っていったが、閉店時間に戻ってきて、情報を大隣正樹の写真と一緒に持ってきてくれた。書き出してくれと言ったら、本当に手書きだった。夫が書いたのだろうか、教師生活四十年のわりには読みにくい字だ。

帰ってゆっくり読むことにした。ともかく肩をどうにかしないことには、調査に集中できない。

帰宅して早くにシャワーを浴び、食事をしていつもより早くふとんにもぐりこんだが、熱帯夜のこの日、四十肩と調査や店番の疲れで体力を消耗しているはずなのに眠れなかった。少しまどろんでも、寝返りを打ったとたんに痛みで目が覚める。その繰り返しだ。

カーテンの向こうがうっすら明るくなってきたので、あきらめて起きた。大隣正樹の情報を苦心惨憺読みこなし、ついでにネットで検索をかけてみた。

すぐにヒットした。大隣正樹は一昨日、詐欺グループのひとりとして調布東警察署に逮捕されていた。

4

大隣などという名前がそうあるとも思えなかったが、同名異人の可能性もゼロではない。日が高くなるのを待って、調布東署の知り合いに電話をかけることにした。事情を説明すると、刑事課所属の捜査員・渋沢漣治《しぶさわれんじ》は、暑いわ忙しいわで寝てないわなのに、まためんどくさいことを、とうめいていたが、調べて折り返し連絡をくれた。

「本籍地、生年月日、すべて一致してる。間違いない。葉村の大隣正樹は、こっちの大隣正樹だ」

「ネットには、青森県の八十代の女性から六百万円をだまし取った疑い、って出てたけど」

「そう。とりあえず、上京型の『母さん助けて詐欺』容疑で逮捕されたんだが、実はそれだけじゃないんだ。詐欺グループの内部分裂があってな。相手側を四人、山中に拉致って集団でぼこり、崖下に蹴り落として置いてきた。ひとりは自力で下山したが、ふたり死んで一人行方不明になっている。大隣正樹のほうの一派は、山中での暴行事件が明るみに出る前に、この元は仲間だった連中の親にまで電話をかけて、金を持ってこさせたんだから性悪だよ。しかも詐欺に気づいた親には、あらかじめ用意してあった、息子が詐欺電話をかけている隠し撮り動画を見せて、警察に言うならこいつをネットに流す、とさらに脅迫したらしい」

うわ。

「実際に、連中を崖から蹴り落としたのは大隣正樹ってことで、他のメンバーの供述は一致してる。大隣ってのは名前に反して小柄で童顔だが、そういうやつにかぎって、意外に冷酷なんだよな」

その先生たちには気の毒だが、じきに殺人罪で再逮捕だろう、と渋沢は言った。遅まきながら渋沢には、お中元にビールの詰め合わせくらい贈っとくべきだな、と思い、盛大に感謝して電話を切った。例の六日前に鈴木家に入った深夜の電話については、もちろん話していない。

あの電話は本当に飲食店でトラブり、助けを求めてのものだったのかもしれないし、詐欺の一環だったのかもしれない。そのへんの事情はわからないが、鈴木さん夫妻からの依頼は、大隣正樹がいまどこでどうしているか調べてほしい、というものだった。ならば、これで依頼はまっとうしたことになる。詐欺罪で逮捕され、調布東警察署に勾留中。以上。

またも午前中に調査が終了した。これで七万円は受け取れないな、と思いながら、湿布を張り替え、バッグの中身を極力、減らして家を出た。吉祥寺まではバスを使うが、月曜日のバスは混んでいた。気をつけていたのに、降りるとき乗客と左肩が触れた。涙が噴き出した。

鈴木さん夫妻はふたりとも家にいた。詐欺の覚悟はしていたようだが、さすがに殺人の容疑には驚いていた。夫婦は、すぐにでも調布東警察署に出向いてみる、と言った。担当者に話をきいて、場合によっては弁護士の手配など考えなくてはならない、なんなら直接会って罪を償うように説得もしたい、と鈴木夫が言い、妻もうなずいた。

「ティールームのご招待が今日だったのだけど、それどころではないもの。残念だけど」

「そもそも招待を受けたのが間違いだったんだ。これで断る口実ができた。むしろよかったんだよ」

「葉村さん、勾留中にお弁当って差し入れできるものなのかしら。正樹くんはスコッチエッグが好きだったわ。それにチキンライスにタコさんウインナー」

「ちゃんと野菜も入れてやりなさい。健康が第一だ」

ショックはショックだったのだろうが、やるべきことができたせいか、なんだかふたりとも生き生きしてみえた。わたしは、なにしろ部屋から一歩も出ずに解決してしまったので、と料金のディスカウントについて話そうとしたが、鈴木さん夫妻は聞かなかった。約束は約束だ、というのだ。結局、経費なしで七万円の支払いを受け、その場で領収書を切り、預かっていた十万円から三万円を返却した。

鼻歌まじりに鈴木家を辞し、〈MURDER BEAR BOOKSHOP〉に移動した。朝の気象情報に猛暑日の太鼓判を押され、覚悟はしていたものの、それ以上に暑かった。日ざしに加え、熱風がアスファルトから吹き上がってくるようだ。

ぎらつく太陽のもと、見渡すかぎりひとけはない。普段も人通りの少ない住宅街だが、暑さとお盆休みに入りかけたことによりさらに静けさを増していた。留守宅が多いせいか、エアコンの作動音すら聞こえない。

その静寂のあいまに、鈴木家のふたりが慌ただしく支度をしている声や、篠田家で飼っている鳥の鳴き声が、いつもより明瞭に聞こえた。せいぜい物音に気をつけながら店の戸を開けたが、二階の窓のところに立っていた糸永家の主である町内会長と目が合ってしまった。

平日に店舗を訪れる客は少ない。通常、月曜日と火曜日が休みだ。ただ今日は、夜七時からイベントがある。容疑者に刺されて重傷を負い臨死体験をした元刑事の作家、医学用語を用いた犯罪心理学的な短歌で注目される元看護師の歌人、この店の共同経営者でもある土橋保《どばしたもつ》の三人による〈怪奇夜ばなし〉という納涼イベントだ。灯りを消し、ろうそくをともし、声をひそめての怪談。応募が殺到し、夜には二十五人の客が来店することになっていた。

イベントのために来ると富山は言っていたが、怪奇小説を選んでミニ・コーナーを作ったり、発注しておいた飲み物を受け取ったり、椅子をそろえてサロンを整えたり、やることはいくらでもある。五時には出てこなくてはならないだろう。現在、十一時過ぎ。またバスに乗り、家に戻って出直す、と考えただけで肩が痛む。

準備で時間をつぶすことにした。店に電気をつけ、扉と小窓を開け放して風を通した。サロンに行って冷蔵庫から水と餌を出して店の看板猫に与えた。

ついでに庫内を探してみると、常連客のお土産の〈小田原焼〉についていた保冷剤と、五ヵ月前、あばらにひびがいったときに病院で処方された痛み止めの錠剤が見つかった。保冷剤をタオルで巻き、冷房対策用のスカーフを利用して左肩に巻き付けた。見るもあわれな姿になったが、帰りはこの格好でバスに乗ろう、と決めた。緑色ではないが、気づけよ危険、と触れ歩いているようなものだ。

糸永家のほうから、せっかくのご招待だが云々と詫びている鈴木さん夫妻と糸永町内会長の会話が聞こえていた。わたしは一階に下りてごく小さな音量でラジオをつけ、〈サマーホリデー・ミステリ・フェア〉のコーナーを片づけて、本日のイベント用の書籍コーナーを作る作業に没頭した。イベントのゲストたちの著書、怪談やホラー小説の類を本棚から探し出して集めるのだ。

なんてことのない仕事だが、片手では本を棚から取り出すのも辛い。ひとりしかいない店でエアコンをつけるのもはばかられて扇風機だけだから、なにしろ暑い。汗を流しながら、休み休み、少しずつ本を集めた。途中で買ってきたサンドイッチを食べ、ラジオから流れてくる関東地方のニュースに耳を傾けた。

暑い、暑さが続く、猛暑日、熱中症で搬送者が増え続け、高齢者の死者、といった聞き飽きたワードが一段落すると、興味深いニュースが始まった。

一昨日、川崎市の第二京浜道路で乗用車を運転していた男性が、バイクに乗った二人組に車から引きずり出され、暴行を受けて重傷を負った事件で、神奈川県警は千葉県内に住む三十八歳の女を傷害容疑で逮捕した。

調べに対し女は、「以前、娘が男性の飲酒運転により重傷を負った。最近、交通刑務所から出所した男性が飲酒運転を繰り返しているのを知り、恨みから犯行に及んだ」と供述しており、警察は、引き続き共犯者についてなど慎重に調べを進めている

……そうな。

やっぱりね、と痛み止めを水で流し込みながら、わたしは思った。「あの男を恨んでいるのは、自分たち一家ばかりではない」という角野史郎の考えが当たっていたわけだ。まさか襲撃者が女性とは思わなかったが。手慣れた犯行、板についたバイクの二人乗り、革のツナギ姿。若い頃はずいぶんと暴れ回ったクチだろう。袋田浩継もえらい相手を怒らせたものだ。

痛み止めが効いてきて、昼食後はずいぶん動きやすくなった。思いついて、レジの裏にある倉庫から〈骨ミステリ・フェア〉の際に使ったプラスティックの人骨標本を持ち出し、〈クリスマスミステリ・フェア〉のときに使った電飾をからませ、『恐怖の愉しみ』『幻想と怪奇』『怪奇と幻想』『闇の展覧会』といった基本書と一緒に飾り付けることにした。入手困難な『慄然の書』を簡単には手の届かない高い場所に苦心して配置し、個人的にごひいきのアンソロジー『怪奇小説傑作集1』をどこに置こうかと考えていると、ノックの音がした。

〈CLOSED〉の札をかけて開け放した戸口に、近所の住人が立っていた。糸永家の主にして町内会長、糸永静男氏だ。

「お仕事中申し訳ないが、ちょっといいですかね」

糸永会長は複数のレストランを経営しているオーナーシェフと聞いている。職業柄か、ふっくらした頰に丸く突き出た腹の持ち主だった。医者とシェフはメタボのほうが安心感がある、という言葉を裏付けているのか店は大繁盛、ご近所さんからの信頼も厚く、面倒見がいい。町内会長に選ばれて、ずいぶん長いと聞く。

そういえば、うちが移転開店するにあたって、ご町内と軽くもめたと聞いている。本屋とはいえ不特定多数……実際には不特定少数だったが……の人間が出入りすることになれば、静かに住む権利を侵害されるかもしれないと考える住民が現れても不思議ではない。しかし、この糸永町内会長が間に立って口をきいてくれたおかげで、〈MURDER BEAR BOOKSHOP〉はこの地でスタートできたのだ。

それを思えば、むげにはできない。

「どうぞ。暑いですけど」

首に巻いたタオルで汗を拭き、招き入れた。

「エアコン入れてないんですか」

店内に足を踏み入れて、会長は開けっ放しの小窓に気づいて顔をしかめた。

「うちのエアコン、作動音がすごくてご迷惑ですし」

「ダメですよ。暑い中作業して、熱中症で倒れたらどうするんですか。エアコンは入れるべきです」

しかたがないので店中をめぐり、小窓とドアを閉め、エアコンのスイッチを入れた。前の店舗から持ってきた古い業務用のエアコンが、やがて音を立てて作動し始めた。冷風が噴き出すのを待つ間、会長は黙って店内を見回していたが、やがて口を開いた。

「先日、昔の知り合いに会いましてね。娘さん夫婦と同居するため、家を建て直すことにしたそうです。で、それを機に本を処分するつもりだとか。それで私、こちらを紹介したんです。まあ、本人は自分のなじみの古本屋に任せたいと言ってるんですがね」

「はあ」

「でも、直接訪ねてみたらどうでしょう。買い取りの金額によっては、交渉の余地があるかもしれません。彼は私の知人のなかでも一二を争う読書家で、電車の中でよく時代小説や推理小説を読んでました。ベストセラー・リストに載った本は、必ず買っているんじゃないかな」

会長は、ミステリファンでなくても名前くらいは聞いたことがあるだろう推理作家の名前をいくつか挙げて、彼の自宅にはこういうひとたちの本がたくさんありましたよ、と言った。

どうだと言わんばかりだったが、返事に困った。言うまでもなく、そういう有名作家の著書は世の中にあふれている。うちの裏の倉庫にもてんこもりだ。よその古本屋の縄張りを荒らしたあげく、すでに持っているか、別の場所でも簡単に入手可能な本を大量買いしたりすれば、うちはつぶれる。

「今すぐに行くべきですよ」

どう説明しようかと考えていると、会長は身を乗り出した。

「こんな日にわざわざ足を運んでくれた、ということになれば、こちらに売ってくれるかもしれませんよ。早く行ってみるべきです。住所、書きましょう」

紙ありますか、とボールペンを取り出して糸永会長は言った。

そのボールペン……。

まだ店内は十分に暑かった。わたしは汗ばんだ糸永会長の顔と、彼が手にしたボールペンを眺めた。ついで手の届くところに置いてあった『怪奇小説傑作集1』を見た。つい今しがたまで、この本をどこに置こうかと考えていたのだ。大好きなアンソロジー。特に好きなのはW・F・ハーヴィーの「炎天」という短編で、これは「息がつまるような暑さ」の日に起きた物語で……。

エアコンの作動音が一瞬、やんだ。耳のふちまで水がたっぷり入ったような、外界と遮断された静けさが、わたしを包んだ。これまでこの店では味わったことのない静けさだった。

気がつくと、わたしは自分でも思いがけないことを口走っていた。

「糸永さん、お母様はご無事なんですか」

5

〈MURDER BEAR BOOKSHOP〉八月の納涼イベントは大盛り上がりだった。怪談のよしあしはお話の内容ではなく語り口で決まるのだな、とサロンの隅っこで〈怪奇夜ばなし〉を聞きながら思った。その点、ゲストふたりと土橋の演技力はかなりのものだった。ろうそくがひとつひとつ吹き消されていくうちに、イベント参加者は恐怖のあまりゲラゲラ笑い出していた。

おかげで、イベント用の書籍コーナーの本は飛ぶように売れた。『慄然の書』にはなかなかの値段がついていたにもかかわらず、最後は取り合いになった。次に見つけたときには真っ先に連絡するから、とじゃんけんで負けたほうを富山がなだめ、殺戮沙汰はなんとか回避された。

客たちを送り出し、ゲストを送っていくという富山や土橋と別れた後、わたしは片づけをして店を閉めた。ゴミ袋を持って外に出ると、裏の篠田家のほうからにぎやかな笑い声が聞こえてきた。夜になって、でかけていた家族が戻ってきているのだ。向かいの鶴野家にも久しぶりに灯りがともり、昼間とうってかわって街はひそやかな活気に満ちていた。

糸永家をのぞいては。

あのとき、糸永会長はこめかみから汗をしたたらせながら、わたしを凝視した。せいぜい五秒かそれくらいの時間だったが、とてつもなく長く感じた。否定されたら、怒り出したらどうしよう。わたしの考えは飛躍していた、それはわかっていた。最初の依頼人・角野史郎と糸永静男が持っているボールペンが、同じ〈日本お散歩振興協議会設立三十周年記念〉と刻印されたもので、ふたりが知り合いの可能性が高かったからといって、会話の流れを断ち切って、あのわめきちらすバア様の安否を確認したのはなぜか、問いただされたらどうしよう……。

でも結局、糸永会長はひとことも口をきかなかった。エアコンがようやくまともに作動し始め、店内がどんどん冷えていくのに、会長の汗は止まらず、顔は真っ赤で、やがて青ざめていった。何度か口を開いたが、言葉は出てこなかった。

そして、無言のまま店を出て行った。

ひとりになると、わたしは何本か電話をかけ、知りたい情報を手に入れた。そうしているうちに、救急車のサイレンが聞こえ、お隣で停まった。外に出てみると、やがて糸永家の玄関が開き、ストレッチャーが運び出されてきた。生食《せいしょく》の点滴を打たれているところからすると、まだ生きているのだろう。

野次馬はひどく少なかった。炎天下だからというだけではなく、そもそもご近所にひとがいないのだ。篠田家は家族全員、昼間は外出する習慣だし、鶴野家ではご主人が再就職して勤めに出、娘さんは留学中、奥さんは母親を連れて二泊三日で湯治。帰ってくるのは今日、月曜日の夜になる。

一人暮らしの須藤明子さんはお盆につき書道教室を閉めて、九州に墓参りに行っている。須藤さんちの前の田河家は一家でハワイ。鈴木さん夫妻は実際には調布東警察署に出向いているが、そもそもアフタヌーンティーに招待されていたからどのみちここにはいない予定だった。

そして、わたしも。

わたしは角野史郎から依頼された、袋田浩継の行動確認という調査を今日もおこなっているはずだった。娘が重傷を負わされたという三十八歳の女性が袋田を襲ったりしなければ、今日の日中、店にはいなかった。

そうやってご近所が無人になれば、糸永家は家から物音が漏れるのをおそれず、なんでもできた。

例えば、施設から出戻ってきて、大声で息子や嫁をののしり、いびり、聞こえよがしにご近所の悪口を言うバア様に対しても、だ。階段から突き落とし、事故を装うこともできただろう。風呂場で溺れさせることもできた。

ただ、このところ「息がつまるような暑さ」だった。熱中症で搬送される人の数はうなぎのぼりで、高齢者の死者も出ているし、その多くは屋内で発症していると連日のようにニュースでやっていた。だから例えば、窓も開けずエアコンも作動させず、水分も与えずに暑い部屋に放置して、母親を熱中症で死に至らしめても、それが殺人だったなどとは誰にも疑われない。

そのはずだったのだ。

そもそも角野史郎がなぜ、うちのような宣伝もしていない、というより、ほとんど活動もしていない個人経営の探偵社を知ったのか。依頼を受けたとき生じた疑問は、糸永静男町内会長と同じボールペンを持っていたことで解消されたように思った。ふたりは知り合いで、糸永会長がわたしを雇うように角野に勧めたのだ。

ことを起こすのに最適なのは今日、月曜日の昼間だった。お盆休みだし、住民たちはそれぞれの理由で出かけている。居残り組は鈴木さん夫妻くらい、そこで糸永会長はふたりを自分の経営するレストランでのアフタヌーンティーに招待した。「この時期はお客さんが少ないから、賑やかしにもなりますし」と、信頼厚い町内会長に誘われれば、断りにくい。

問題はうちの店だ。ふだんなら〈MURDER BEAR BOOKSHOP〉は月曜日は定休で無人だ。しかし店の前にはイベント告知のポスターが貼ってあった。実施される月曜日の夜には、大勢の客が集まってくる。となると、その準備のため、昼間のうちに誰かが出勤してきてしまうかもしれない。

補聴器を使っている富山なら、なにかに気づかれても言い逃れができる。それに追い払うのも簡単だ。例えば、ためしに川越の人間だと嘘をつき、古本引き取り依頼の電話をするとか。それでほいほい出かけていくようなら、その後の対応も簡単だ。どうしても月曜日の日中は留守にしてほしければ、また古本の引き取り依頼をすればいい。

バイトの大学生は、少し問題だった。若いし、ミステリファンならよけいなことに気づく可能性はある。

わたしは、加賀谷経由で番号を調べて浅川に連絡した。水を向けると、彼はあっけらかんと説明した。

「近所の人間だっていうおじさんから、どうしてもそのバイトを自分の知り合いに譲ってほしいって頼まれたんですよ。すごいミステリファンで、お盆の期間だけ上京してくるんだって。事情は自分から富山さんに説明するから、他の知り合いには黙っててくれないかって、バイト代の代わりに十万円もらいました。人助けをして田舎に帰れるし、断る理由がなかったですよ」

さて。

残ったのはわたしだけだ。犯行時、すぐ隣に探偵などいてほしくない。追い払うためには調査依頼を持ち込むのが一番だ。そこで、おりしも探偵を探していた角野史郎に〈白熊探偵社〉を紹介した。

ところが予想に反して、調査は半日で終わってしまった。このままでは、月曜の昼間に探偵がいる可能性がある。そこで、須藤明子のことを思いついた。

「ええ、従妹を探してること、糸永さんに相談してたわよ」

問い合わせると、須藤さんはあっさりと答えてくれた。

「そしたら、ご町内のよしみでおたくを雇ったらどうか、って。けっこう強引なオススメだったけど、変な探偵雇ってトラブルになったらたいへんだからって言われたし、町内会長は信頼できるしね」

ところが、須藤さんの依頼もまた、すぐに解決してしまった。糸永会長も驚いただろう。ただしまだ、鈴木さん夫妻と例の電話の一件があった。

ご町内のもめ事やトラブル、解決できないお悩みは、まずは信頼厚い町内会長のところへ持ち込まれる。古くからの住人には特にその傾向がある。お金のかかる探偵にすぐ相談、などとなるわけがない。だから、お悩みのストックがあったのだ。

そこで、わたしに「知人のところへ蔵書を買いにいけ」と勧めたときのように、〈白熊探偵社〉を強く推薦すると——町内会長への信頼、悩み相談をした負い目、招待してくれた会長のススメをむげには断れないという状況もあって——、鈴木さん夫妻は思惑通り、わたしに調査を依頼した。

これで少なくとも、今日の昼間くらいは探偵も留守にするだろう。そう思っていたのに、なんと朝っぱらには調査が終わってしまった。糸永会長はそのことを、鈴木さん夫妻がアフタヌーンティーの招待を断るために訪れたとき、知らされたのだ。

思っていたよりもはるかに「有能な」探偵が、店に居座って作業も始めた。エアコンもつけず、窓を開けたまま。糸永会長は焦った。すでに「熱中症計画」を始めていたからだ。いま思えば、街は静かすぎた。高齢で病人のバア様がいる糸永家からすら、エアコンの作動音が聞こえていなかった。

糸永会長はついにみずから、〈MURDER BEAR BOOKSHOP〉に乗り込んできた。そして、なんとかわたしを追い払おうとして逆に失敗した……。

救急車に乗せられるバア様に、バッグを持った糸永夫人が付き添っていた。この二ヵ月ほどでずいぶん頬がこけている。直接顔を合わせるわけでもない近所の住人にとってすら、バア様はうっとうしい存在だった。まして近くで面倒をみている人間のストレスは相当なものだっただろう。同情はできた。

ただ、わたしはあの、自分でも思いがけなかった一言を、後悔はしていない。

あとになって、バア様が熱中症で死亡した、と聞かされたら、わたしはやはり不審に思っただろう。屋内で熱中症になる高齢者は珍しくないが、息子夫婦が面倒をみていたのにエアコンが使われていなかった、となれば意図的にバア様を熱中症にしたんじゃないか、と疑ったはずだ。

そうでなくても今回、依頼が連打されたのは糸永静男氏が裏で糸を引いていたためだった、と気づき、その同じ頃に彼の母親が自宅で死んだとなれば、やはりたんなる病死では納得できなかっただろう。

救急車が出て行くと、糸永静男会長は車庫から自家用車を出した。病院に行くのか、それとも……。彼はわたしと目を合わせようとしなかった。

糸永静男町内会長は本来、みんなから信頼されるに値するまっとうなひとなのだと思う。だから、母親の罵詈雑言が近所に迷惑をかけているのを恥じ、なんとかしなくてはと思った。それでもご近所の目を気にして、みんなが留守にしているときにしか、行動に移せなかった。あれこれ画策しすぎて墓穴を掘った。小心な、正直者だからこそ、あれこれ考えすぎ、やりすぎてしまったのだ。

早く止められてよかった。わたしは思った。今ならまだ、言い訳が通る。ひとと大罪についての言い訳。例えば、W・F・ハーヴィーの「炎天」のラストのような。

「この暑さじゃ、人間の頭だってたいがいへんになる。」

作中引用
「炎天」W・F・ハーヴィー　平井呈一訳
『怪奇小説傑作集1』（創元推理文庫）所載

解説――多様にして芳醇

村上貴史（ミステリ書評家）

■ベスト8ミステリーズ2015

なんともいい感じに多様である。

短篇ミステリの魅力が、実にバラエティ豊かに、この一冊には詰まっているのだ。『ベスト8ミステリーズ2015』は、そんな短篇集なのである。

■多様にして芳醇

まずはその主人公たちに着目してみよう。
本書には、二〇一五年に発表された短篇ミステリのなかから、日本推理作家協会賞短編部門の受賞作及び候補作を中心に秀作を選《え》り抜いた八作品が収録されているが、ミステリといいつつも警察官を主人公とする短篇は、たったの一篇しかない。同様に、プロの探偵も一人しか主役を務めていない。プロの犯罪者に目を向けてみても、詐欺師が主役の一篇があるのみだ。残る五篇は、いずれも別の立場の人々を主人公にしている。どんな人々かを順不同で紹介すると、人気婚活番組の参加者だったり、会社の保養所に泊まっている三人組のＯＬであったり、あるいは、高校時代のクラスメイトと久しぶりに会うことになった人物であったり、だ。要するに、通常であれば犯罪とは無縁の一般人たちなのである。警察官と探偵と詐欺師以外で、いささか強引だが玄人《くろうと》っぽい主人公を探すと、ある法律の執行の現場に立ち会う人物（応報監察官という役職の人物）が見つかる程度だ。犯罪との関係でユニークなところでは、背後から銃で撃たれたばかりの人物が主人公という一篇もある。という具合に、主人公像は実に多様なのである。

一方で、主人公に女性が多いという共通性もある。ＯＬはもちろん女性だが、彼女たちのみならず、私立探偵も、婚活番組参加者も、旧友と再会する人物も、詐欺師も、応報監察官も、銃で撃たれた人物も、みな女性だ。実に八篇中七篇が、女性主人公なのである。とはいえ、各作品を女性主人公でひとくくりにするのはあまりに乱暴。一人ひとり、それぞれに考え、自分なりに行動しており、それが短篇ミステリとしての個性に寄与している点は強調しておこう（唯一男性が主人公の一篇にも、もう一人の主人公と呼びたくなるような女性が登場している。彼女もまた強烈な印象を残しており、本書の八篇のすべてで、女性が活躍しているのだ）。

各篇の短篇ミステリとしてのスタイルは、実に多様であり、〝いかにも〟な作品は、本書には存在していない。例えば、名探偵の推理を楽しむタイプの謎解き小説は、その典型的なかたち（事件が起きて証言を集めて推理して謎を解いて真相を特定して完結）では一篇も収録されていないし、昨今の警察小説ブームとは裏腹に、警察小説は、警察官が主人公の一篇しかない。その一篇にしても、〝警察小説〟というレッテルが想起させるものとは全く異なる内容となっている。では、本書の収録作は一体どんな小説なのかというと——実際には御自身で読んで体感して戴きたいので、概要だけ簡単に紹介しておこう。

まずは静かな作品から。

大沢在昌「分かれ道」は、唯一警察官が主人公の短篇ミステリである。それも、相当有名な警察官が主人公だ。〝新宿鮫〟こと鮫島である。

鮫島は、非合法な代物の受け渡しなどに使われるマンションの一室を、その向かいの古いマンションから監視していた。その鮫島のいる一室に、二十《はたち》くらいの女性が訪ねてきた。かつてその部屋に住んでいたらしい母親を訪ねてきたようだった……。

張り込みの傍ら、地方から出てきたその女性を気に掛ける鮫島の姿を淡々と語った一篇である。二〇頁《ページ》弱のなかに、母の想いを切り取り、新宿という街の怖さを切り取り、そして鮫島らしさを漂わせた、まさにプロの仕事という短篇である。ラスト二行が深く読み手の心に刺さる。

静かといえばタイトルからしてそうなのだが、若竹七海「静かな炎天」も静かな話だ。主人公である私立探偵・葉村晶《はむらあきら》は、ちゃんと仕事をしている。四十肩に悩みつつもしっかりと探偵の役割を果たし、ある前科者の出所後の素行調査などの依頼を片付けていくのである。なぜ静かなのかといえば、葉村晶がさほど苦労しなくとも依頼が片付いてしまうため、いわゆる山場が来ないのだ。そんな探偵の日々を、この「静かな炎天」は描いている――のだが、そこは著者が著者である。しっかりと意外な結末が用意されているし、葉村晶が訝しんでいたこともロジカルに説明される。不思議で鮮やかな結末が記憶に残る一篇だ。

もう一つ静かな短篇を。

永嶋恵美「ババ抜き」は、会社の保養所に泊まりに来たものの雨にたたられたOL

三人組が、部屋でババ抜きをするという小説である。ほんの少しの回想をはさみつつ、冒頭から結末まで、ＯＬ三人はババ抜きを続ける。ラスト数行を読むと、どうやら彼女たちはさらにババ抜きを続けるらしい。そんなババ抜き小説だが、油断禁物、この短篇は第六九回日本推理作家協会賞短編部門の受賞作である。紛《まご》う方なきミステリなのだ。それも極上の逸品だ。頁をめくる毎に、読者は、ババ抜きに興じる三人の心を徐々に知っていく。それにつれてサスペンスが増し、非常に身近な恐怖が増していく。著者は、映画でもなく舞台劇でもなく、小説だからこその自然さでこのサスペンスや恐怖を作品化しており、しかもそれをワンシーンの物語として仕上げているのである。著者の技量には、もう〝お見事〟としかいいようがない。

続いては、〝お仕事〟の三篇を。

小林由香「サイレン」の主人公である鳥谷文乃《とりたにあやの》は、前述の応報監察官だ。彼女は、受刑者への刑の執行に立ち会う仕事をしている。〝どんな刑が執行されるのか〟はこの著者のオリジナルのアイディアなのだが、小林由香は、その発想を単なる思いつきに終わらせていない。事件の被害者、刑を受ける犯罪者、刑の執行者、そして応報監察官など、物語を構成するそれぞれの人々の心を、このアイディアを活かして、実に生々しく描ききったのである。現実の日本とは異なる設定を背景とする本作だが、それでも、ここで描かれる人々はリアルだ。だからこそ、衝撃が次々と襲い来るラストシーンが――やるせなさもあれば希望もある――読む者の胸を詰まらせるのである。

続いては詐欺師の物語、大石直紀「おばあちゃんといっしょ」だ。メインに据《す》えられているのは、似非《えせ》宗教による詐欺である。悩みを持つ者を騙して大金を喜捨《きしゃ》させるという仕組みなのだが、黒幕の女性は、そろそろこのパターンの店じまいを考えていた。〝勝ち逃げ〟を目論《もくろ》む彼女が仕掛けた作戦は……という一篇。プロローグとエピローグも添えられていて、中篇に近いボリュームだ。内容もその長さに相応《ふさわ》しく、詐欺のプランをじっくりと堪能できるし、終盤のスピーディーな展開も愉しめる。著者が描く〝騙し〟の技術を満喫できる一篇であり、「ババ抜き」と同時に日本推理作家協会賞短編部門の受賞作となった。

日野草「グラスタンク」で語られるお仕事も一風変わっている。〝復讐代行業者〟だ。主人公の美咲《みさき》が、高校時代のクラスメイトの結衣子《ゆいこ》に招かれて訪ねていったカフェに現れた長身の美青年が、復讐代行業者だった。結衣子は、この業者に頼んで高校時代に二人の親友だった菅野希《すがののぞみ》の死の真相を突き止めてもらい、彼女に死をもたらした者に復讐するのだという。そして美咲にもそれに加わって欲しいと、結衣子は求めた……。平穏な日常から、突如として復讐という非日常に巻き込まれた主人公の心の揺れを、筆者はなんとも巧みに、そして息苦しい程の緊張感のなかで描いている。また、この長さのなかで、現在進行形で〝復讐〟を語り、さらに美咲と結衣子と希の高校時代のエピソードを回想で語り、いずれも読者を惹きつけるという手腕も見事。結末の切れ味と余韻を堪能されたい。

残る二篇は、徹頭徹尾先の読めない物語。

秋吉理香子「リケジョの婚活」は、独身の男女が集う〝人気婚活番組〟を舞台とした一篇。大学で電子工学を専攻し、現在は電機メーカーで技術系の仕事をしているいわゆる〝リケジョ〟の恵美《えみ》は、狙いを定めた男性を射止めるために様々な技術を駆使する。事前にターゲットの情報を収集し分析するのはもちろん、それに基づいて会話をシミュレーションするソフトウェアを開発し、徹底的な訓練を行ったりするのだ。そんな彼女の首尾やいかに――という一篇で、とにかく恵美が繰り出す〝技〟が愉しい。まさに備えあれば憂いなし。強敵の出現など、恵美の行く手には様々な難関が立ちはだかるのだが、彼女はたじろがず、リケジョの才能を活かして次々とクリアしていく。その活躍が愉快だ。しかも、それだけ起伏に富んだ物語でありながら、決して〝婚活〟という枠組みを逸脱することはない。著者の小説作りの上手さも堪能できるのである。ラストのちょっとした〝怖さ〟を含め、文句なく満足の一篇である。

最後は榊林銘「十五秒」。独自性でいえば、本書収録作のなかでダントツだ。主人公は、背後から撃たれた女性である。繰り返すが、背後から撃たれた女性なのだ。銃弾は身体を通り抜け、彼女の目の前の空中で静止している。そう、時間が一旦停止しているのだ。そこにいわゆる死神的な存在が現れ——二足で立った大きな猫のようにも見える——彼女は、あと十五秒後に死ぬという。死に際してちょっと手違いがあったので、時間を自由に止めたり動かしたりする能力を彼女に授けると猫は付け加えた。とはいえ、十五秒という余命の絶対値は変えられない。かくして彼女は十五秒を有効活用すべく、必死で知恵を絞る……。ユニークこの上ない一篇であり、しかもその十五秒に濃密極まりない頭脳戦がぎゅっと圧縮されて詰め込まれているのである。実に新鮮な読書体験で、至福の刺激を脳の隅々まで与えてくれた。

——こんな風に多様であり、こんな風に芳醇なのである。

■追加情報

〝概要だけ簡単に紹介〟するはずだったのだが、魅力を語り出すとついつい止まらなくなる。それでもまだまだこの八篇の魅力のほんのさわりを伝えたに過ぎないことは、本書を読了した方ならよくおわかりだろう。

というわけで、そうした方々に、著者に関する少々の追加情報を記しておきたい（きちんとした著者紹介は、皆様既に各作品の扉を参照されているであろう）。

大石直紀は、「おばあちゃんといっしょ」を含む短篇集『桜疎水』を二〇一七年に発表した。本作とはまた違うかたちの驚きを、男女の恋心や家族内の愛憎、あるいは犯罪などに巧みに絡めて綴った作品集である。落ち着いた恋愛小説のなかにミステリ要素を溶かし込んだ短篇など、本作とは異なるテイストの作品を並べつつ、質は本作同様に高水準なものばかりを揃えている。こちらも是非味わって戴きたい。

永嶋恵美の「ババ抜き」だけは、雑誌が初出だった他の収録作とは異なり、書き下ろしアンソロジーから選ばれた短篇である。女性作家集団「アミの会（仮）」が編んだ『捨てる』という書き下ろしアンソロジーからの一作なのだが、この『捨てる』は粒揃いの作品集であった。必読である。その後のアミの会（仮）のアンソロジー（永嶋恵美作品を収録した『隠す』『惑―まどう―』『毒殺協奏曲』『怪を編む』など）にもご注目を。

秋吉理香子は「リケジョの婚活」を含む婚活小説集『婚活中毒』を一七年に発表。まるで展開が異なる四つの〝婚活ミステリ〟を揃えた一作で、他には、強烈などんでん返しの二篇と、想定外のかたちで幸せを見出す一篇が収録されている。これもまた必読。

日野草の〝復讐代行業者〟の物語は、『GIVER』（一四年）、『BABEL』（一五年）、『TAKER』（一七年）に収録されている。「グラスタンク」は『GIVER』の一篇。他の作品も読むと、〝復讐代行業者〟の知恵の凄味を否が応でも理解することになる。それはそれで、ミステリファンとしては実に愉しい。

榊林銘は、第二短篇を『ミステリーズ！　vol.86』（一七年）に発表。大金が動く賭け麻雀に参加することになった男が、訳あって麻雀に関する一切の記憶を失ってしまい、ルールも何も判らないまま、おっかない相手との勝負に挑む「たのしい学習麻雀」だ。相変わらずビックリする切り口で〝窮地で必死で頭を使う〟小説を生み出してくれていて嬉しいことこの上ない。生憎《あいにく》といつになるかは不明だが、第三作、そして初の著書が待ち遠しい。

小林由香は、全体として応報監察官・鳥谷文乃の物語としても読めるかたちで、「サイレン」を含む全五篇を、連作短篇集『ジャッジメント』として纏めて一六年に刊行した。大きな物語のなかの一篇として本作を読むのも、また一興である。一八年には、いじめを題材にした〝復讐〟の物語『罪人《つみびと》が祈るとき』という長篇も発表。こちらも読み応えがある。

　大沢在昌は『帰去来』（一九年）でパラレルワールドとタイムトリップを警察小説に組み合わせたり、『漂砂の塔』（一八年）で二〇二二年の北方領土を舞台にしたりと、デビュー四〇周年を迎えて従来以上に大胆な作品を放ち続けているが、一八年には、第一作『新宿鮫』（一九九〇年）に始まった《新宿鮫》シリーズの新作にも着手した。『暗約領域　新宿鮫XI』である（本稿執筆時点ではまだ連載中）。《新宿鮫》シリーズの短篇集には、『鮫島の貌《かお》』（一二年）がある。『狼花　新宿鮫９』の後日談もあれば、「こちら葛飾区亀有公園前派出所」等とのコラボレーション作品があったりするなど、バラエティ豊かだ。タイトル通り、鮫島の様々な表情が味わえる一冊であり、「分かれ道」が好きな方であれば必読だろう。特に「雷鳴」で描かれる鮫島と他者との距離感を、「分かれ道」でのそれと比較して味わって戴きたい。

　若竹七海は、「静かな炎天」を表題作とする連作短篇集を一六年に発表。作中で言及された数々のミステリに関する蘊蓄《うんちく》を記した「富山店長のミステリ紹介ふたたび」も巻末に収録されている。謎の解かれ方（本作だととんとん拍子に進むが）の対比という点で読み比べが愉しい「血の凶作」や、葉村晶が電話とネットで事件解決を目指す羽目に陥る「副島さんは言っている」など、上質な短篇ミステリばかりが揃った一冊だ。ちなみに《葉村晶》シリーズの現時点での最新刊は、一八年の長篇『錆びた滑車』である。

■世界へ

さて。繰り返しになるが、本書には、短篇ミステリの芳醇で多様な魅力がぎゅっと詰まっている。

この一冊が、一人でも多くの方々を、短篇ミステリという素敵な素敵な世界に誘《いざな》ってくれることを願う。

収録作品初出

おばあちゃんといっしょ　大石直紀
「小説宝石」2015年12月号（光文社）

ババ抜き　永嶋恵美
『捨てる』（文藝春秋）

リケジョの婚活　秋吉理香子
「月刊ジェイ・ノベル」2015年12月号（実業之日本社）

グラスタンク　日野 草
「野性時代」2015年3月号（KADOKAWA）

十五秒　榊林 銘
「ミステリーズ！」74号（東京創元社）

サイレン　小林由香
『ジャッジメント』（双葉社）

分かれ道　大沢在昌
「オール讀物」2015年8月号（文藝春秋）

静かな炎天　若竹七海
「別冊文芸春秋」2015年9月号（文藝春秋）

本書は、二〇一六年五月に小社より刊行された『ザ・ベストミステリーズ２０１６』から、文庫化に際し８本を収録し改題したものです。

ベスト8《エイト》ミステリーズ2015
日本推理作家協会《にほんすいりさつかきようかい》 編《へん》

講談社文庫
定価はカバーに
表示してあります

2019年4月16日第1刷発行

発行者――渡瀬昌彦
発行所――株式会社 講談社
東京都文京区音羽2-12-21 〒112-8001
電話 出版 (03) 5395-3510
販売 (03) 5395-5817
業務 (03) 5395-3615

デザイン―菊地信義
本文データ制作―講談社デジタル製作
印刷―――豊国印刷株式会社
製本―――株式会社国宝社

Printed in Japan

ISBN978-4-06-515104-4

講談社文庫刊行の辞

二十一世紀の到来を目睫に望みながら、われわれはいま、人類史上かつて例を見ない巨大な転換期をむかえようとしている。

世界も、日本も、激動の予兆に対する期待とおののきを内に蔵して、未知の時代に歩み入ろうとしている。このときにあたり、創業の人野間清治の「ナショナル・エデュケイター」への志を現代に甦らせようと意図して、われわれはここに古今の文芸作品はいうまでもなく、ひろく人文・社会・自然の諸科学から東西の名著を網羅する、新しい綜合文庫の発刊を決意した。

激動の転換期はまた断絶の時代である。われわれは戦後二十五年間の出版文化のありかたへの深い反省をこめて、この断絶の時代にあえて人間的な持続を求めようとする。いたずらに浮薄な商業主義のあだ花を追い求めることなく、長期にわたって良書に生命をあたえようとつとめるところにしか、今後の出版文化の真の繁栄はあり得ないと信じるからである。

同時にわれわれはこの綜合文庫の刊行を通じて、人文・社会・自然の諸科学が、結局人間の学にほかならないことを立証しようと願っている。かつて知識とは、「汝自身を知る」ことにつきていた。現代社会の瑣末な情報の氾濫のなかから、力強い知識の源泉を掘り起し、技術文明のただなかに、生きた人間の姿を復活させること。それこそわれわれの切なる希求である。

われわれは権威に盲従せず、俗流に媚びることなく、渾然一体となって日本の「草の根」をかたちづくる若く新しい世代の人々に、心をこめてこの新しい綜合文庫をおくり届けたい。それは知識の泉であるとともに感受性のふるさとであり、もっとも有機的に組織され、社会に開かれた万人のための大学をめざしている。大方の支援と協力を衷心より切望してやまない。

一九七一年七月

野間省一

講談社文芸文庫

多和田葉子

雲をつかむ話／ボルドーの義兄

解説＝岩川ありさ　年譜＝谷口幸代

読売文学賞・芸術選奨文科大臣賞受賞の「雲をつかむ話」。ドイツ語で発表した後、日本語に転じた「ボルドーの義兄」。世界的な読者を持つ日本人作家の魅惑の二篇。

たAC5
978-4-06-515395-6

吉本隆明

追悼私記　完全版

解説＝高橋源一郎

肉親、恩師、旧友、論敵、時代を彩った著名人——多様な死者に手向けられた言葉の数々は掌篇の人間論である。死との際会がもたらした痛切な実感が滲む五十一篇。

よB9
978-4-06-515363-5

講談社文庫　目録

西村京太郎　寝台特急《メモリー・トレイン》「日本海」殺人事件
西村京太郎　十津川警部　帰郷・会津若松
西村京太郎　特急《アリバイ・トレイン》「あずさ」殺人事件
西村京太郎　十津川警部の怒り
西村京太郎　新版　名探偵なんか怖くない
西村京太郎　宗谷本線殺人事件
西村京太郎　奥能登に吹く殺意の風
西村京太郎　特急《スーサイド・トレイン》「北斗1号」殺人事件
西村京太郎　十津川警部　湖北の幻想
西村京太郎　九州特急「ソニックにちりん」殺人事件
西村京太郎　十津川警部　幻想の信州上田
西村京太郎　十津川警部　金沢・絢爛たる殺人
西村京太郎　東京・松島殺人ルート
西村京太郎　秋田新幹線「こまち」殺人事件
西村京太郎　十津川警部　生死を分けた石見銀山《トリアージ》
西村京太郎　悲運の皇子《みこ》と若き天才の死
西村京太郎　新装版　殺しの双曲線
西村京太郎　十津川警部　西伊豆変死事件
西村京太郎　愛の伝説・釧路湿原

西村京太郎　山形新幹線「つばさ」殺人事件
西村京太郎　新装版　名探偵に乾杯
西村京太郎　十津川警部　君は、あのSLを見たか
西村京太郎　南伊豆殺人事件
西村京太郎　十津川警部　青い国から来た殺人者
西村京太郎　十津川警部　箱根バイパスの罠
西村京太郎　新装版　天使の傷痕
西村京太郎　新装版　D機関情報
西村京太郎　十津川警部　猫と死体はタンゴ鉄道に乗って
西村京太郎　韓国新幹線を追え
西村京太郎　北リアス線の天使
西村京太郎　十津川警部　長野新幹線の奇妙な犯罪
西村京太郎　上野駅殺人事件
西村京太郎　京都駅殺人事件
西村京太郎　沖縄から愛をこめて
西村京太郎　十津川警部「幻覚」
西村京太郎　函館駅殺人事件
西村京太郎　内房線の猫たち〈異説里見八犬伝〉
西村京太郎　東京駅殺人事件

新田次郎　新装版　武田勝頼　㈠陽の巻　㈡水の巻　㈢空の巻
新田次郎　新装版　聖職の碑《いしぶみ》
新田次郎　新装版　風の遺産
新田次郎　新装版　鷲ヶ峰物語
日本文芸家協会編　愛　染　夢　灯　籠〈時代小説傑作選〉
日本推理作家協会編　犯人たちの部屋〈ミステリー傑作選〉
日本推理作家協会編　隠　さ　れ　た　鍵〈ミステリー傑作選〉
日本推理作家協会編　Play《プレイ》推理遊戯
日本推理作家協会編　Doubt《ダウト》きりのない疑惑〈ミステリー傑作選〉
日本推理作家協会編　Bluff《ブラフ》騙し合いの夜〈ミステリー傑作選〉
日本推理作家協会編　Logic《ロジック》真相への回廊〈ミステリー傑作選〉
日本推理作家協会編　BORDER《ボーダー》善と悪の境界〈ミステリー傑作選〉
日本推理作家協会編　Guilty《ギルティ》殺意の連鎖〈ミステリー傑作選〉
日本推理作家協会編　Shadow《シャドウ》闇に潜む真実〈ミステリー傑作選〉
日本推理作家協会編　Junction《ジャンクション》運命の分岐点〈ミステリー傑作選〉
日本推理作家協会編　Question《クエスチョン》謎解きの最高峰〈ミステリー傑作選〉
日本推理作家協会編　Symphony《シンフォニー》漆黒の交響曲〈ミステリー傑作選〉
日本推理作家協会編　Esprit《エスプリ》機知と企みの競演〈ミステリー傑作選〉
日本推理作家協会編　Life《ライフ》人生、すなわち謎〈ミステリー傑作選〉

2019年3月15日現在